鍼医・杉山検校

管鍼法誕生の謎

杉山検校（日本医学誌より）

新子嘉規

著者からのおことわり

本書の舞台となった江戸時代は、「鍼」を「しん」と読んだようですが、現在は、「はり」または「しん」の両方の読み方をします。したがって、本書においても両方の読み方を採用しました。

例　鍼＝（はり）　鍼医＝(はりい)　鍼師＝(はりし)　鍼治＝(はりじ)など
杉山流鍼治＝(しんじ)導引所　刺鍼＝(ししん)　鍼柄＝(しんぺい)など

目次

第一章

雷鳴

元和三（一六一七）年、今にもひと雨きそうな夏の昼下がりであった。

「奥さまっ。大変です！　大変ですっ、若さまが！　若さまがっ」

下男の嘉平《かへい》が、顔面を真っ赤に染めた養慶《やすちか》（後の杉山和一《わいち》）を抱えてとび込んできた。

「養慶っ！　その顔はいったいどうしたのです。嘉平これはどうしたことです。訳を申しなさいっ」

母の幸《さち》は、ふるえる両手で我が子を抱きしめていた。汗と土ぼこりにまみれた養慶の眉間は、ざくろのようゞな傷口が痛々しく、血の臭いに思わず顔をそむけたくなるほどであった。

「養慶っ。どうしたのかお話しなさい」

幸は我が子を強く抱きしめながら、何故このようなことになったかを知るのも怖かった。

「母上、きょうは清太郎《せいたろう》になんか負けなかったよ」

養慶は意外なほど落ちついて話しはじめた。城下の仲間たちと、近くの社で相撲をとってあそんでいた。ほかの仲間よりは頭ひとつぶん大柄の養慶ではあったが、清太郎にはいつも帯をつかまれ、押し出されるか投げとばされてしまうのである。今日は頭から思い切りぶつかっていった。いつも父の重政《しげまさ》がいうのを思いだしたからである。

養慶の頭が清太郎の顔に強くぶつかり、にぶい音がした。養慶自身が大変なことをしてしまったと思うくらい、清太郎は勢いよくあお向けにひっくり返ってしまったのである。突然、清太郎が泣きだした。

「いたいよっ、いたいよう。養慶はずるいっ、頭でぶつかれば石頭がかつじゃないか！」

「ごめんね清太郎」

「鼻血がでてきたじゃないか。養慶のばかっ！」

いきなり清太郎が養慶に組みつき後ろ向きに倒すと、手もとにあった棒きれをにぎりしめ、養慶の額をめがけ打ち始めた。またたく間に顔面はまっ赤に染まった。まわりの仲間たちは、ただおろおろするばかりであった。そこに嘉平が通り合わせ、止めに入ったというしだいである。

幸は、養慶の目が見えないことが元で、喧嘩となったのではと案じる一方で、改めて盲目《もうもく》の我が子をふびんに思わずにはおれなかった。袖口でそっと涙をおさえながら、それでも気丈に振舞った。

「誰か水と油薬と、それに晒《さら》しをもってきなさい」

下働きのお春とお菊が急いではこんできた。顔と傷口がきれいになり、晒しを裂いて巻かれた養慶の頭は、いっそう痛々しく見えるのであった。

その時、突然はげしい稲妻と、地響きを轟かせた雷鳴と共に大粒の雨が地面を叩いた。幸は、とっさに我が子を強く抱きしめた。養慶は、母の胸のなかで雷鳴と土の臭いを感じながら、ある名案を思いついたのである。

（そうだっ。このつぎから相撲をとるときは、はじめから頭と頭をくっつけて立てばよいのだ。そのほうがきっと清太郎の帯がつかめるぞ）

養慶は、盲目の自分がどのように対応してゆけばよいのかを、幼くしてすでに考え始めていたのである。

「養慶なにがおかしいのです。もしものことがあれば大変ですから、石宗斎《せきしゅうさい》先生に診ていただきましょう」

「母上、わたしはへいきです。今よいことを思いついたのです。父上がおかえりになられたらお話しします」

夕刻、重政は城勤めから帰宅し、養慶から昼間の出来事と、相撲の立ち合いのことを一通り聞いたのち、我が子を抱き寄せた。

「養慶えらいぞ、よく思いついたな。これからさっそく安藤家に出かけよう。そなたの思いついたことを話せば、清太郎どのもきっと喜ぶぞ。なぜなら、これからも皆で相撲をとることができるのだからな。喜ぶに決まっておるぞ」

案の定、清太郎は大変なことをしてしまったと落ちこんでいたが、養慶の話しを聞き、二人は抱き合ってよろこんだ。

「養慶、ひる間はごめんね」

「いいんだよ清太郎。これからもみんなであそぼうね」

夏の盛りをすぎた頃、城下では今日も子どもたちが元気よく走りまわっていた。そこには頭の晒しもとれた養慶の姿があった。そばには清太郎が寄りそっていた。

子どもたちの影も伸びた七つ刻《どき》、蜩《ひぐらし》がひときわ甲高《かんだか》くあたりの空気を裂いた。


杉山養慶《やすちか》は、慶長一五（一六一〇）年、安濃津《あのつ》（現三重・津）城主・藤堂高虎に仕える父重政と、母幸の間に長男として生まれた。武家の男子として育てられていたが、数え年七歳のとき、当時二〇年ごとに日本国中に大流行していた麻疹《はしか》に罹患し、その高熱により失明という痛手を負った。杉山家にとってこれ以上ない不幸に見舞われたのである。

しかし、当の養慶は周囲の者に心配させながらも、たくましく育っていった。それがせめてもの救いであった。

江戸へ

元和五（一六一九）年、養慶《やすちか》は一〇歳となった。当時、盲目男子の多くは一〇歳になると、親の承諾のもとに琵琶法師としての修業に入ったのである。養慶も『当道座《とうどうざ》』に入門し、平曲の一方流《いちかたりゅう》妙観派《みょうかんは》を学ぶこととなった。

当道座は、平安時代初期、任明《にんめい》天皇の第四皇子・人康《さねやす》親王が二八歳で失明し、京都・山科に隠遁《いんとん》生活をしながら、盲目男子を集め琵琶・管弦・詩歌などを教えていた。人康親王の没後、幕府は残された者のなかから、技能の優れている者に検校《けんぎょう》・勾当《こうとう》・座頭《ざとう》どの官位を与えて組織を作らせたのが始まりだという説がある。

その後、当道座は明石覚一《かくいち》検校らの努力により、盲人男子の互助組織として、職業権の保障、官金の配当、自治内の裁判権などを得たのであった。

寛永元（一六二四）年、養慶は、一五歳で一方流の師から『和一《わいち》』という名を与えられ、以後杉山和一となった。但し、杉山の苗字はまだ名乗れないのである。

和一は、琵琶の修業が辛いというのではないが、何かしら毎日が物足らないのである。これまでの仲間たちは、剣術に汗を流し書物による勉学に明け暮れていた。

和一は、自分も思うぞんぶん汗を流したい。大きな声を出したいという衝動にかられるのであった。琵琶法師の道に入ったときから、自分は長男として家督を継ぎ、杉山家を盛り立てていくことなど到底かなわぬことであり、家督は妹婿にゆずろうと小さな胸で決めていたのである。

しかし、このままでよいのだろうかという将来への不安は当然であり、同時に、少年の有り余る力のはけ口が見出せなかったのである。

そのような日々のなかで迎えた一六歳の春であった。修業の仲間から、琵琶法師であった山瀬琢《たく》一《いち》という人物が、京で鍼治《はりじ》の修業をした後、江戸に出て盲目の鍼医《はりい》として大勢の病を治しているとの噂を聞かされた。

その日から、和一は寝ても覚めても鍼治のことが頭から離れなくなったのである。盲目であっても、鍼医として世間の役に立てるという道があることに感動すらおぼえるのであった。鍼医とはどのような学問をするのか、その内容も分らぬまま、自分にも出来はしないだろうかという一筋の望は捨てきれなかったのである。

和一は、幼い頃から一番に心ゆるせる清太郎に打ちあけた。

「清太郎、鍼医の勉学はたいへんだろうね」

「なにの勉学だって容易くはないさ」

「だって盲目の者は文字が読めないのに、どうやって学ぶのだろう」

「だったら今の和一たちは、琵琶をどうやって学ぶのだい」

「それは、言葉や手をとって教わるのさ」

「だったら鍼医の勉学だって同じだと思うけど」

「そうかなあ」

「だって山瀬琢一先生というお手本とするお方がおられるじゃないか」

「そうだね。もし、お教えいただくのなら盲目同士のほうが良いかもしれないね」

「和一、まずは自分が、鍼医になりたいという志が一番大事だと思うよ。大きな目標に向かって、一生けんめいに努力するから鍼医になれるのさ。これは、和一に与えられた天命かもしれないよ」

「清太郎ありがとう。気持ちがすこし楽になったよ。さっそく父上に話してみるよ」

「それがいい。お父上もきっとお許しくださると思う」


明けて寛永三（一六二六）年正月、杉山家の皆がそろう祝いの席で、和一は父重政に鍼医のことを打ち明けた。

「父上、私は一七歳になりました。おかげで体も丈夫です。琵琶法師として修業をしておりますが、昨年の春、当道座の仲間から盲目の鍼医として、江戸にてご活躍の山瀬琢一先生のことを聞かされました。それ以来、私も鍼医として世間のお役に立ちたいと思うようになり、その願いは日増しに強くなるばかりなのです」

「和一よ、世間には盲目の鍼医となると、ほとんどおられないぞ。それはとりもなおさず、いかに鍼医への道が険しいかということであろう。にもかかわらず、そなたは鍼医の道を選びたいと申すのだな」

「はい、そうです。どちらの道も検校の位にまで昇りつめるには、大変な努力がいることだと思われます。けれど、鍼医は大勢の人の病を治すことができ、しかも喜ばれると察します。盲目となった私には、杉山家の家督を継ぐことは叶いません。ならば、より広く世間のお役に立ちたいと思います」

「和一、よくぞ申した。そなたの気持ちはよくわかったぞ。父もそなたの身の上については案じておった。大きな望に向かうがよい。ただし、一度決めたからには、途中で取りやめることなど許されぬぞ。山瀬どののことは父も調べてみよう。内弟子の道が叶うやもしれぬ」

「父上、お願いいたします」

正月がすぎ、父の重政はさっそく江戸屋敷を通じて江戸・麹町《こうじまち》の、山瀬琢一の鍼治療所《はりちりょうしょ》に文を送り、和一の内弟子の件を願った。

三月始め、待ちにまった返書が杉山家に届いた。

「和一、山瀬殿からの返書が届いたぞ。よい返事だと思うがな」

「父上はやく読んでお聞かせください」

「そうあわてるな。…先般お尋ねの内弟子のこと、当方まだ若輩にて人に教える自信は無く、一人で修業中の身なれど、思いの末、おなじ盲目の者同士、お役に立てばと思い至りました。どうぞ江戸へ出てきてください…とある。和一これで一安心だな」

「はい、はやく鍼治を学びたく思います。」

「そうだな。和一もいよいよ江戸暮らしとなるのだ」

幸は、我が子のたくましい成長ぶりに、思わず涙がこぼれた。

「和一、母も嬉しく思います。あなたが麻疹を患い盲目となってしまったおりは、どうぞこの身に代えてお救いくださいと神仏にすがりました」

「母上、ご心配をおかけしました。このように丈夫に育てていただいたのは、母上のおかげです。きっと鍼医になってご安心していただきます」

「兄上、りっぱなお医者さまになってくださいね」

「兄上、江戸にゆかれても、お友だちをたくさん増やしてくださいね」

「お梶《かじ》、お彩《さい》、二人ともお父上とお母上のお言いつけを守って、きれいな娘になるんだよ」

「はいっ」

「若さま、江戸へはどうかこの嘉平をお供させてください」

「あなた、私からもお願いいたします」

「そうだな。初めての土地だから、ここは嘉平にしばらく面倒かけるとするか」

「父上、ありがとうございます。嘉平がそばにいてくれたなら、どんなに心強いかしれません」

「嘉平、ごやっかいになりますが、お願いしますよ」

「はい奥さま、この嘉平まだまだ老いぼれてはおりません。どうぞご安心ください」

「嘉平、よろしく頼みます」

「若さま、江戸はずいぶん遠いと聞いております。道中いろいろなことに出会うでしょう。私がお目の役をさせていただきます」

「嘉平、くれぐれも頼むぞ」

「はい旦那さま、ご承知いたしました」

江戸にむかうことが決まった次の日から、母の幸は朝暗いうちから近所の社に出向き、我が子の願いが叶うよう神に祈りつづけるのであった
寛永三（一六二六）年四月始め、いよいよ江戸に向かう日がやってきた。

「若さま、お支度がすべてととのいました」

「嘉平、その『若さま』はやめておくれよ。こうやって母上が縫ってくださった墨染《すみぞめ》の僧体《そうたい》なんだから、和一のほうがよいと思うんだ」

「はい、わかりました。若さまっ、いや和一さま」

「大丈夫かなぁ、たのんだよ」

「大丈夫でございます。わっ、和一さま」

母の幸は、襟元を正してやりながら我が子の晴れ姿に涙するのであった。

「和一、水が変わるときは体に気をつけるものなのですよ。くれぐれも食べすぎてはいけませんよ」

「はい、母上のお言葉を守って気をつけます」

「兄上は食いしん坊ですからね」

「兄上は食いしん坊ではないわ。お春さんたちがおいしく作ってくださるからよ」

「お梶もお彩も仲よくするんだよ」

「はい、兄上」

「仲よくします」

「お春さん、お菊さん世話になりました。ありがとう…」

「若さま、立派な鍼医者さまにおなりくださいね」

「若さま、鍼医者さまになられたなら安濃津に必ずお戻りくださいね」

「お菊さん、それはまだわからないけれど、戻るときもあるかもしれないね。そのときはまたよろしく願います」

「若さま…」

「さあ、名残惜しいがそろそろ二人を見送ろうか」

杉山家の表には、和一と嘉平を見送るために、となり近所や幼なじみたちも集まった。

「皆さん、私と嘉平はこれから江戸にまいります。鍼医となるためにしっかり勉学してまいります。長い間お世話になりました。ありがとうございました」

「和一どの、達者でな」

「和一、体を大事にしろよ」

「嘉平さん、和一を頼んだよ」

「皆さん、ありがとう…」

「和一、志を貫くのだぞ」

「はい父上…」

「和一、江戸の皆さまに可愛がられるのですよ。ときには文を書いていただき、ようすを知らせてください」

「はい母上…、そういたします」

「では嘉平くれぐれも頼んだぞ」

「はい旦那さま、この嘉平命がけで若さまをお守りいたします」

「皆さん、名残惜しいのですが、これでお別れします」

和一と嘉平は、見送りの人たちに深く一礼して、朝陽にむかって歩きだした。清太郎たち幼なじみは、安濃大橋まで見送ってくれることになった。

「和一、絶対に鍼医になるのだぞ。これは、おまえに与えられた試練だと思って、最後までがんばれよ」

「清太郎ありがとう。きっと鍼医になると約束する」

和一の力づよいことばに、幼なじみたちは歓声をあげ手を打った。

杉山家の表にひとり残った母の幸は、遠くに歓声を聞きながら、溢れる涙が止まらなかった。自身の心の内に空いた大きな穴を埋めることはできそうになく、いつまでもそこに立ちつくすのであった。

和一は、安濃大橋で最後の別れをしたが、いよいよ江戸に向かうのだという気持ちの高ぶりと、これであとには戻れないのだという心細さが入りまじる、そんな思いに押しつぶされそうになるのであった。それを察して嘉平が声をかけた。

「和一さま、草鞋《わらじ》が弛んではいませんか」

「嘉平ありがとう。結びなおすよ」

「和一さま、江戸までの道のりはおよそ一〇四里（約四一一キロ）で、道中は十六、七日も要するのだそうです」

「嘉平、だったら道中どれだけ旨いものに出会えるか楽しみだね」

「和一さま、食べすぎてはいけませんよ」

「あっそうだ。母上との約束だったね。でも名物は食べておきたいよ」

「はい、私もそう思っております。あっははは」

二人の足どりは軽く、安濃津はずれの如意輪観音堂まで来たところで、道中の無事を祈って手を合わせた。

「和一さま、ここからは伊勢街道です。参詣の人が多くなりますよ」

「そのようだね。もうざわめきが聞こえるよ」

「えっ。そうですか、私はいっこうに聞こえませんが…」

「ほら、聞こえるじゃないか」

「…ほんとうですね。聞こえます」

伊勢参りは、京、大坂をはじめ遠く江戸からも『伊勢講』などを組んで、当時から大勢の人たちが行き交ったのであった。

「和一さま、きょうは四日市まで脚をのばしたいと思います」

「嘉平、私は大丈夫だよ。道は平らだし日和だし、旅にはもってこいだよ」

初日だけに二人は張りきっていた。五里半（約二一・四キロ）の道のりは、あっという間であった。道中の茶店で出された名物の『なが餅』は、小豆餡の餅を平たく細長くして、両面を焼いたものだった。

宿は『いせ屋』に決めた。夕餉《ゆうげ》の膳は、『白魚《しらうお》づくし』であった。春は四日市や桑名の沖で白魚漁が盛んとなる。特に『白魚のおどり食い』と称し、生きたまま口に入れるのであるが、和一には到底できないことであった。宿が気をきかせ、釜揚げにして酢味噌をつけてだした。やはりこのほうが和一の口に合った。珍しさもあって、和一は母の言いつけを忘れて食べすぎたようである。

初めての長旅の疲れもあって、和一は夕餉のあとすぐに寝入ってしまった。

四日市名物「長餅」

　翌四月二日、二人はまだ夜が明けやらぬうちに目覚めた。この日は、船で熱田《あつた》の宮へ渡るのである。桑名から宮に渡る船もあるが、桑名まで陸路の三里八町（一二・七キロ）歩くぶんを、四日市から船で行くほうがそれだけ早く楽なのである。一〇里約四〇キロ）の船旅は二刻《ふたとき》余り（約四時間）をのんびりと過ごせるのであった。

　和一は、帆かけ船に乗るのは勿論はじめてである。幾本もの綱がきしむ音で船の大きさが想像できた。三、四〇人も乗り込んでいるのであろうか、船上は賑やかである。朝五つ（八時頃）船頭の合図で船はしずかに湊をはなれた。和一は、なぜか心わくわくするのであった。

熱田の宮を目指す帆掛け船

間もなく帆がするすると上がり、ばたばたと大きな音とともに急に風をはらみ、船が海の上をすべりはじめた。舳先《へさき》が波を切る音、風が帆をたたく音、風に負けまいとこらえる綱の悲鳴、すべてが初めての体験である。頬をたたく風の強さで、どれほどの速さなのかも想像できた。

和一は、自分が走って得られるものではない船の速さに感動しながら、心地よさを楽しむのであった。しかし、半刻《はんとき》（一時間）もすると船は前後左右にゆっくりと大きく揺れはじめた。風があり波があるぶん船が揺れるのである。

「嘉平、こんなに揺れて、船は大丈夫だろうか」

といいながら嘉平の袖をつよく握っていた。

「和一さま、ご安心ください。この風と、この日和では予定よりも早く宮に着きそうですよ」

「嘉平は平気なのだね」

「はい、以前に奥さまのお供で乗ったことがあります」

「母上は大丈夫だったのかい」

「はい、いまの和一さまとご一緒でしたよ」

「母上も大変だったのだね。それはそうと、桑名をまわらなかったので、『焼蛤《やきはまぐり》』を食べそこなったね」

「和一さま、蛤の旬は終わりましたから、今の時期は浅蜊《あさり》の時雨煮《しぐれに》がでてきますよ」

「じゃあ、つぎの機会まで楽しみにとっておくよ」

船上のあちこちで会話がはずんでいる。春の船旅も宮の湊に近づいたのか、船頭が大きな声で合図すると、乗客たちは荷物をまとめはじめた。

宮の湊に上がると、熱田の宿場は東海道を行き来する人、伊勢参りの人、熱田神宮に参詣する人などで溢れていた。

陽はまだ頭上にあり、二人は一里半（約六・五キロ）先の鳴海《なるみ》宿へと向かった。この頃の鳴海はまだ遠浅の波際にあった。桶狭間の合戦場にも近いことから、死者を弔うためであろうか寺の多い宿場である。

また、竹田庄九郎が当時では珍しい藍《あい》と紅《べに》を用いた木綿の絞り染めを、この辺りで始めたことが、みやげ物としても重宝され、とくに手ぬぐいや浴衣に人気があった。

鳴海の宿は『尾州屋』ときまったが相部屋であった。和一は、同部屋の大男のいびきに、ほとんど眠れなかった。昼間に乗った帆かけ船を思いだして気をまぎらせた。


四月三日は朝から小雨が降っていた。今日は岡崎宿まで六里二三町（約二六キロ）を頑張って歩かねばならない。嘉平も眠そうに大あくびをくり返しながら歩いている。

「和一さま、昨夜はさんざんでしたね。あんなに大いびきの男と相部屋にするのはひどいですよ」

「いびきも嫌だったけれど、この雨もたいへんだね。なにか楽しいことを話しながらゆこうよ」

「そうしましょう。和一さま、その杖を前にあげてください」

「どうしてなんだい」

「杖の先を私が持つのです。そうすれば私のすぐあとを和一さまが歩くことになり、私が水たまりを避ければ、和一さまも避けることができるでしょう」

「なるほど、それはよい思いつきだね。私も助かるよ。いくら小雨とはいえ水たまりに入れば草鞋が何足あっても足りないからね」

「困ったときは何かしら思いつくものですね」

二人は小雨が降り続くなか、池鯉鮒《ちりゅう》宿を四つ頃（午前九時半頃）通りかかった。ここは馬市が有名で、毎年四月二五日から一〇日の間に四、五〇〇頭もの馬が売り買いされるそうである。まだ馬は少数しか集められてはいなかった。

先を急ぐことにした。雨が小降りになり、岡崎宿のはずれの矢作川《やはぎがわ》に架かる橋をわたる頃は雨も上がり、辺りは夕焼けに染まりはじめていた。矢作橋は全長が二〇八間（三七八メートル）の壮観な反り橋《そりばし》である。水かさの増えた川は恐ろしい音を立てている。

岡崎は徳川家康の祖父、松平家の城下町であったが、いまは、本多家が治めている。城下はたいそう繁昌しているが、防衛のためとはいえ街を通りぬけるのに、二七曲がりもしなければならない。

宿は『矢作屋』にきめた。雨と泥ですっかり汚れた着物を脱いで、さっそく風呂にとびこんで手脚をのばした。夕餉には近郷近在から取り寄せた産物がならんだ。なかでも鹿肉のみそ鍋はたいそう旨かった。昨夜とちがって二人とも泥のように眠った。

四月四日は日和であった。吉田宿まで七里（約二八キロ）は、気分よく歩けそうであった。昼七つ（午後四時半頃）ふたりは無事に吉田宿についた。ここは六月一五日の、牛頭《ごず》天王祭りの宵宮では花火が上がり賑やかだという。『豊川屋』の番頭の話では、昨日の矢作川、そして大屋川と豊川が湾にそそぐので『三河』という地名の由来になったそうである。夕餉には海の幸が多く出た。嘉平は、吉田の名産である煙草と火口《ほぐち》を買い求めた。

四月五日は舞阪宿まで六里七町（約二四・三キロ）である。途中の白須賀《しらすか》宿の近くで昼餉どきになった。

「嘉平、腹が減ったね。ぐうぐう鳴ってるよ」
「和一さま、豊川屋で聞いておりました、『柏餅』を出す茶店が見える頃なのですが」
「太閤さまも召し上がったといってたね」
「あっ見えましたよ。助かりましたね」

二人は作りたての柏餅を昼餉にすることができた。

舞阪の手前に広がる浜名湖は、もとは徒歩で行けたが、室町時代の大地震で亀裂ができたため渡し舟となった。海に幾本もの杭を立て、波から舟を守っているのが珍しいそうである。

舞阪は、何といっても鰻である。宿に決めた『浜屋』の夕餉にでてきたものは、背開きにしたものを蒸してあり、軟らかく口に含むと解けてしまいそうである。

白須賀名物「柏餅」

四月六日は見附宿まで六里三五町（約二七・四キロ）である。途中の浜松宿は、家康公が一七年間居城した浜松城と六軒の本陣が東海道随一の賑わいを見せる宿場である。昼餉の『鯉濃《こいこく》』のせいか元気がでた。

天竜川は幸い水量も少なく無事に渡れた。雨が降ると一変して『暴れ天竜』となり、しばしば川止めとなるそうである。

見附宿は、京を発って初めて富士を見つけることができるので、その名がついたそうだ。

「嘉平、富士の山を見つけたかい」

「いいえ、先ほどから探しているのですが…、まだ見つかりません」

「嘉平には初めての富士の山だけど、これからは何度も見ることができるよ」

「そうですね。見つけたらお知らせします」

『松の屋』の夕餉に出された鯉の洗いと山の幸に満足した。

四月七日は金谷宿まで七里一五町（二九・一キロ）である。日坂《にっさか》の峠も汗を拭きふき、はげまし合って無事に越えることができた。

途中、大きな石が行く手をさえぎっている。ここで山賊に襲われ息絶えた妊婦の怨みが霊となり、石に乗り移り夜な夜な泣き声をあげるのだそうだ。話しを聞いた弘法大師が、南無阿弥陀仏と文字を刻み、念仏を唱えると泣き声は止んだという。たたりを恐れて石はそのままにされているのだそうだ。

金谷宿にたどりついた。峠越えは足もとの力具合がちがうのか、和一の足うらに豆ができてしまった。

それが幸いといえるのか、明日の川越は、先日の雨で大井川の水かさが増したため、川止めとなっていた。和一と嘉平はゆっくり体の疲れをとることにきめた。宿の『大井屋』は、川止めが解かれるのを待つ人で賑やかである。このようなときは、懐中のものを盗られないようにしなければと、嘉平が耳打ちした。

四月九日は川止めが解かれた。岡部宿まで四里三四町（一九・四キロ）である。水量が人足の脇の下までなら川越がゆるされたのである。ただ水量によって人足の費用もちがってくるのであった。この日は帯より少し上なので、一人六〇文を川会所に払い、割り符を受けとり川越人足に渡した。和一は肩車され、幼いころ父にしてもらったことを思いだした。

川の流れは天竜川ほど急ではなかったが、水量の多いことが肩の上からでもわかった。川底の丸い石はすべりやすく、人足はよほど気を入れて運ばねばならなかった。

両岸からおおぜいの旅人が川を越えるのであるから、こちら島田側の岸も大騒ぎである。和一は、ようやくして嘉平に見つけてもらった。

「やっと会えたね。川止めされるとたちまち人が溢れるんだね」

「和一さま、丸一日も川止めされましたから、今日は岡部宿まで急ぎましょう。このあたりでちょうど旅の中程くらいだと思います。そうそう足の豆はどうなりましたか」

「嘉平ありがとう。すっかりよくなったよ。へえ、あと半分か、さあ急ごう」

途中の藤枝宿の手前の茶店で『瀬戸の染飯《そめいい》』というものを味わった。御強《おこわ》を梔子《くちなし》で黄色に染め、摺りつぶして小判型に伸ばし、天日に干したものである。腹ごしらえをして山間《やまあい》の岡部宿に着いたのは、日が暮れかけたころであった。宿は『岡田屋』ときめた。

四月一〇日、興津《おきつ》宿まで七里七町（二八・三キロ）、岡部の宿を発つとすぐに宇津ノ谷《うづのや》峠の難所である。両側に迫った急な山道を越え、丸子の茶店でとろろ汁を食べ、府中の茶店では、『安倍川餅』を食べた。餅の名の由来は、茶店の親爺さんが、家康公に『安倍川で採れた金《きん》をまぶした、金な粉餅でございます』といって献上したところ、家康公がたいそう喜ばれて、『安倍川餅』の名を与えたそうである。

対岸の三保の松原は、五万四千本もの松林が二里の砂浜に続いている。

興津宿は、甲州路との分岐にあり、古くから交通の要所として開けていた。『山河屋』の夕餉は、春の山の幸が並んだ。

四月一一日、原宿まで九里六町四五間（三六・一キロ）は少々長道である。由比の手前の薩陀《さった》峠は、断崖に削られた細く険しい道で、たいそう難儀して越えた。

京の当道屋敷に向かう座頭が、襲われ金を取られて殺されるという、盲目の者にとって命のかかった難所である。後年、歌舞伎の、『文弥殺し』の舞台にもなっている。

由比《ゆい》の茶店では、うまい『桜えび』の釜揚げを食べることができた。

途中の蒲原《かんばら》宿では、蒸した栗を裏ごしして餅にまぶした『栗粉餅《くりこもち》』を昼餉とした。

歌川広重画より（富士を望む）

原《はら》宿は湿地帯の中にあり、そのぶん目前に迫る富士の雄姿は旅人を癒してくれた。

「和一さま、今、目前に迫る富士の姿は、雄々しく神々しく、私ではいい尽くせません」嘉平はそういいながら和一の両手をとって、富士の稜線にそって描いて見せた。

「へえっ、そんなに大きく見えるの。手が届きそうだね」

「その通りです。そのうえ夕日で真っ赤に染まっていますよ」

「よいものが見られたね」

原宿の『富士見屋』では、夕餉に鰻料理を出してくれた。明日の箱根の峠道に備えて、しっかり腹におさめた。

四月一二日は箱根宿まで六里二八町（二六・六

キロ）を、二人して気を入れ富士見屋を発った。朝霧の中を、同じような思いで人々が動きだした。

途中の三嶋宿では富士の湧き水で一息つき、富士見屋で用意してもらった、鰻入りのにぎり飯を平らげ、あとは箱根の宿をめざした。まっすぐ続く峠道には、川石が畳のように敷き詰められ、崩れや滑るのを防いでくれている。大きさを揃え、ひとつずつ運びあげる苦労を思うとありがたいものである。上りきったところの茶店でひと息つき、甘酒で咽をうるおした。

「和一さま、箱根ですよ。ここまで来ればひと安心ですね」

「嘉平がいてくれたおかげだよ。名物もたくさん食べられたしね」

「おかげさまで、私も初めて食べるものがたくさんありました」

やっとのことで箱根宿にたどりついた。山の夕暮れは早かった。宿を『湯元屋』にきめ、さっそく温泉の湯に体をしずめた。夕餉には、山椒魚の造り、雉肉と小芋の煮物、山菜の和え物などがならんだ。山椒魚は魚ではないが、白身で淡泊であった。黒焼きにしたものを、子供の疳虫の薬として売っているそうである。

「お客さま、江戸へはもうひと息でございますが、明日の峠は脚にこたえますから、ゆっくり下ってくださいね」

「急いで下ると転びそうですね」

「そうなんですよ。大けがをなさったお人もありましたからね」

「ありがとう。気をつけます」

和一は、気が弛みかけていたのを引き締め直すのであった。

四月一三日は大磯宿まで八里八町（三二・三キロ）、山の冷気は元気をくれた。昨夜、湯元屋の番頭がいったとおり、朝露に濡れた石畳は、一層の気配りを要した。

「和一さま、海に近い平地には松並木が多く、この辺りの山地は杉並木が多いのですよ」

「そうだ。木の香りが違うね」

「松は潮風に強く、杉は寒さに強いのだそうです」

「そうだったのか。どちらにしても並木路は、旅人にはありがたいね」

「暑さ寒さを避けるだけではなくて、ひと休みする人たちが多いのですよ」

「私たちもひと休みしょうよ」

途中の小田原宿まで下ると昼餉時であった。外郎《ういろう》という薬屋の、目まいや気付け薬の苦さを口直しするのに出されたものが、名物の『ういろう』になったそうである。二人は、ういろうと茶で空腹を満たした。

小田原宿を発ってすぐの酒匂川《さかわがわ》は、冬の渇水期には仮橋が架けられたが、幕府の防衛の理由で渡し船を禁じているので、この季節は川越人足に頼らねばならなかった。

歌川広重画より（江之島道分かれの遊行寺橋）

大磯　宿に着いた頃はすっかり日が暮れていた。宿は『松風屋』にきめた。

四月一四日の戸塚宿まで六里九町（二四・九キロ）は、比較的歩きやすい道が続く。こんもりとした高麗山《こまやま》の姿が、旅人を癒してくれるばかりではなく、海の漁師にとって格好の目印なのである。

途中の藤沢宿は、江ノ島《えのしま》道との分岐にあり、時宗《じしゅう》総本山の遊行寺《ゆぎょうじ》を控え大層な賑わいである。

戸塚宿は山間にあり、夕暮れともなると各宿から客を引く声が谷間にひびいていた。宿は『相模屋』と決めた。和一は、夕餉に並んだ山の幸をとくに味わって食べた。

一日ごとに江戸が近くなって、山瀬先生はどのような方なのだろう、江戸はどのような所なのだろうと、思うだけで和一は寝つけなかった。横の嘉平は、一日も欠かさず手を引いてくれた。ずいぶん疲れがたまっているであろう　と思うとありがたかった。

四月一五日、和一は早く目覚めた。外はまだ暗いのか小鳥のさえずりが聞こえてこなかった。嘉平を起こすまいとしたが、気配がしたようである。

「おや、和一さま眠れませんでしたか」

「眠ったけれど、江戸が近くなると気になりだしたのかな、目が覚めてしまったのだよ」

「長かった旅も今日でおしまいですからね。無理もないですよ」

「今日は一日楽しんで歩こうよ。名物も食べてさ」

「それがよいですね。そうしましょう」

品川宿までは八里一八町（三三・三キロ）である。さっそく品濃坂下の茶店で『焼餅』を、境木《さかいぎ》では『牡丹餅』を食べた。川崎の『米《よね》饅頭』は鶴見橋近くの鶴屋の娘よねが売り出したもので、米粉の皮で餡《あん》を包んで蒸したものだった。

品川宿にたどり着いたときは、すっかり日が暮れていた。宿を『芝浦屋』に決め、いよいよ明日に迫った山瀬家に向かうための着物などの用意をすませた。夕餉には穴子の焼き物、大森の海苔、芝海老などが並んだ。

この夜は、明日に備え早く床に入ることにした。

寛永三（一六二六）年四月一六日、和一は僧体姿で品川の宿を発ち麹町《こうじまち》に向かい、八つ半（午後一時）頃には山瀬琢一の鍼治療所《はりちりょうしょ》にたどりついた。待ち遠しかった山瀬宅である。

「お頼み申します。伊勢は安濃津からまいりました、杉山和一と供の嘉平と申します。山瀬琢一先生はご在宅でしょうか」

「はい、山瀬琢一は私です。杉山和一どのですね。遠いところよくこられた、さあさあ上がりなさい」

顔を出した山瀬琢一は、三〇歳前後と思われる。まだ若々しさが残るが、いかにも鍼医らしい雰囲気を持つ柔らかな物腰の人物であった。先に立って奥の座敷に案内した。

「あいにく手伝いの者が出払っており、おかまいできませんが、どうぞお座りください」

そういって二人に茶を用意してくれた。途中から嘉平が手伝った。

「和一どの、鍼医の道をめざそうという志はわかります。しかし、琵琶から鍼に心変わりされたのはなぜか聴かせてください」

「はい、盲目であっても鍼医として世間のお役に立てることを、山瀬先生がお手本として示されておられるのと、もし私も鍼医となれたなら、あとに続く盲目の者のために何かお役に立てるのではと考えました」

「よくわかりました。私も琵琶から鍼に変わりました。だから和一どのの気持ちはよくわかります。ただし、鍼医の道はけっして容易くはない。第一に我々盲目の者には使える文字がないのだから、書物の中身はすべて聞いて覚えねばならない。最初の鍼を立てるところから、目ではなく手で習わねばならない。どこから見ても盲目には苦労がついてまわる。それでも鍼医をめざすのは、自分の内なる心なのだ。和一どのにその覚悟があるなら私についてきなさい」

「はいっ。先生についてまいります」

「では、たった今から私の弟子となることを正式に認めます。和一と呼び捨てにします。盲目であるだけに、人より精進して鍼の道を究めなさい」

「ありがとうございます。鍼の道を究めるために、一生けんめいに努めます」

「さて、それでは和一の部屋だが、二階へあがった始めの部屋を使いなさい。ふとんは用意してあります。もちろん嘉平さんのぶんもね」

「ありがとうございます。お世話になります」

「ここには、身の回りの世話をしてくれる年かさのおかねと、鍼治の手伝いをしてくれる、お糸という近所の娘が通ってきます。けれど和一が江戸の暮しになれるまで、嘉平さんにはしばらくの間いてもらいたいと思っています」

「よろしいのですか。あつかましいようで…」
「なになに、そのほうが私も助かるのです」
「おそれいります。それではしばらく厄介になります」
「では、私は患者の療治《りょうじ》にもどります。二人はさっそく近所をひとまわりして、町のようすを見てきてください」

当時の江戸は、天正一八（一五九〇）年に徳川家康が江戸城に入って以降、西の守りのために直属家臣たちが住む武家屋敷を、甲州街道沿いに番町《ばんちょう》として作らせた。続いて、番町に住む人々の暮らしを支えるためにできたのが麹町である。町名の由来は、麹をあつかう店が以前から数軒あったからといわれている。

また、慶長八（一六〇三）年に家康が将軍となると、国家事業として江戸の首都建設が始まり、城の東に日本橋が架けられ、商人、職人を職種ごとに集めて住まわせ、日本橋、京橋、神田と町人の町が広がっていった。

その後、街道の整備や埋め立て、河川や堀による水路の整備などによって、江戸は大都市として発展して行くのである。

杉山和一が歩いた江戸の町

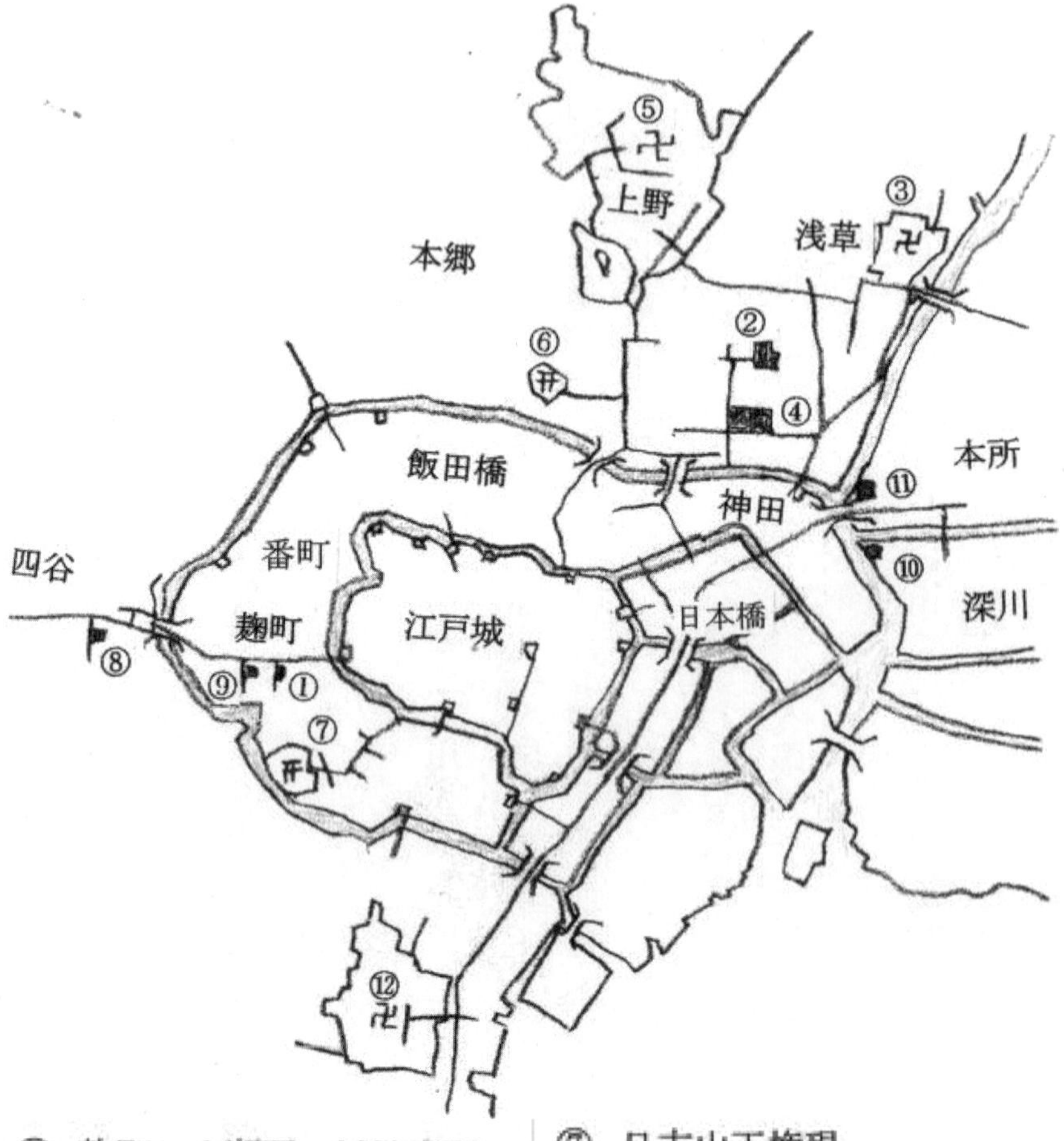

① 麹町・山瀬琢一鍼治療所	⑦ 日吉山王権現
② 阿野津藩中屋敷	⑧ 四谷・山瀬琢一鍼治療所
③ 浅草寺	⑨ 麹町・杉山鍼治導引所
④ 阿野津藩上屋敷	⑩ 本所一つ目・当道座惣禄屋敷
⑤ 寛永寺	⑪ 阿野津藩下屋敷
⑥ 神田明神	⑫ 増上寺

山瀬琢一の鍼治療所は、甲州街道から一筋はいった表長屋の角家で、次々と患者がおとずれ繁盛しているようであった。

和一と嘉平は、まず麹町の店《たな》をみてまわった。魚屋、八百屋をはじめ、たいがいの食材はそろうようである。また、鍛冶屋、桶屋などの生活用具の商いもそろっていた。町は碁盤の目のように区割りされており、歩きやすく覚えやすいと和一は思った。

つぎに番町も歩いてみた。大小はあるものの、みな塀で囲まれた門構えの武家屋敷が整然とならんでいた。

両方の町ともに坂道が多いのも和一の心にのこった。

一刻《いっとき》（二時間）ほど歩きまわって、和一と嘉平がもどると手伝いのおかねとお糸がせわしく動きまわっていた。

「ただいま戻りました」

「おかえり、和一さんと嘉平さんだね。かねとお糸だよ、よろしくね」

「和一と申します。今日からお世話になります」

「供の嘉平と申します。厄介になります」

「今夜はみんなで、あんたたちの歓迎の夕餉だよ。ふだんは先生お一人だもの、さみしいよね。さあっ、うんとご馳走を用意するからね」

「ありがとう。たのしみだな」

「なにか手伝いましょうか」

「ああそうだね、じゃあ嘉平さんは水を汲んできておくれ。和一さんには、そうだ芋とごぼうを洗ってもらおうかね」

「はい」

和一の洗った芋とごぼうも入った煮物が、ぐつぐつと音をたてだした。魚を焼く匂いと煙がたちこめた。やがて奥座敷に馳走がならべられた。

「おお、今夜はにぎやかだな」

鍼治を終えた琢一が手を拭きながら入ってきた。

「先生、用意ができましたよ。さあさあみんな座ってね。お糸ちゃん、味噌汁をもってきてちょうだい。熱いから気をつけてね」

「はい」

座敷の奥に琢一が、片側に和一と嘉平が、その向かいにおかねとお糸が席についた。

「それでは、皆そろったので二人を歓迎する宴をはじめようか。まず順に自分を紹介しよう。私はこの鍼治療所の山瀬琢一と申します。京で鍼治を学び、愛宕下《あたごした》から麹町へ移って五年余りになります。よろしく願います。つぎは和一です」

「和一と申します。山瀬先生のお噂をお聴きして、どうしても鍼医になりたくて伊勢・安濃津からまいりました。よろしくお願い申します」

「歳はいくつだい」

「はい、一七歳になります」

「若いね」

「私は、嘉平と申します。和一さまのお供でやってまいりましたが、しばらく厄介をかけます。よろしくお頼み申します」

「わたしは近所の糸と申します。先生のお手伝いをさせていただいて三年になります。和一さんがんばってね」

「ありがとうございます」

「最後は、かねと申します。先生のお世話は愛宕下から移ってこられた頃からだから、もう五年になるわね。和一さん何としても鍼医になるんだよ」

「がんばります」

「では宴をはじめよう。みんな、しっかり食べなさい」

「いただきます」

「じゃあ私が、お膳の説明をしますね。右手前がしじみの味噌汁、その左がご飯、その前が煮物、その右が魚の焼き物、まんなかが青菜のごま和えです」

「お糸さんよくわかりました。ありがとうございます」

「私の祖父が、目が不自由になってきちゃったので、いつも説明してあげるの。よくわかって助かるよって」

「それはよいことだよ」

宴は、安濃津のこと、江戸までの道中のこと、麹町の店の評判のことなど、夜のふけるまで賑やかにつづいた。

翌朝、和一はおかねに起こされた。明け六つ（午前六時）の鐘が鳴ったという。ねむい目をこすりながら階段をおりた。

「さあ今日からは、お弟子の第一歩だよ。和一さんは雑巾をかたく絞って、畳の三部屋と板の間を拭いておくれ。治療所は清潔がかんじんだよ。鍼治の道具箱はずらせてもだいじょうぶだからね」

「はいっ、平曲修業のときも拭きそうじをやっていました」

「それはたのもしいね。毎朝たのむよ」

「はいっ」

山瀬琢一の鍼治療所は、玄関を入ると土間につづいて、六畳の板の間が待合部屋になっている。つづいての六畳と八畳が治療部屋で、その奥が八畳の座敷となっている。土間がこれらの部屋に沿い、奥にのびて台所となっている。二階は階段をあがり廊下にそって、六畳と八畳二間それに物干しからなっている。

この日は、琢一について麹町二丁目の名主《なぬし》・矢部与兵ヱ宅に出向き、住民となるあいさつをした。

「先生から伺っていた和一さんかね。がんばりなよ。私はずっと先生の療治をごひいきにしているけれど、その内あんたにもお願いするよ」

「早く療治ができるよう努めてまいります」

「与兵ヱさん、ひとつよろしく願います」

「わざわざご苦労さん。がんばりなさいよ」

「ありがとうございます」

三人は治療所に戻ったが、和一と嘉平はその足で、下谷《したや》の安濃津藩・中屋敷に留守居役・大久保剛章《たけあき》をたずね、身元引受人の礼を述べた。

「杉山重政の嫡男《ちゃくなん》和一と申します。この度は、身元をお引き受けいただきありがとうございます」

「おお、和一とはそなたか。なかなかよい体格をしておるが、なにか武術でもやっておるのか」

「はい、幼いころより仲間たちと、よく相撲をとって遊んでおりました」

「そうか、体を鍛えることはよいことだ。で歳はいくつになるのか」

「はい、一七歳になりました」

「そうか、若いというのはよいな。それに、この度は鍼医という大きな望があるではないか」

「はい、おかげさまで山瀬琢一先生より内弟子のお許しをいただきました」

「ちかごろ山瀬どのの評判はよく聞いておるぞ。和一もはやく鍼医になってくれよ、殿にもお話しいたしておくからな」

「はい、よろしくお願い申しあげます。鍼医の道を目指し、一生けんめい学んでまいります」

「そうじゃ、何事にせよ究めるのはなかなか大変であろうが、若いからできるのだぞ。師の教えをよく守るようにな」

「はい」

「それに嘉平と申したな。しばらく江戸に滞在するとのことじゃが、和一のこと頼むぞ」

「ははっ」

「では大久保さま、本日はこれにてご無礼いたします」

「うんそうか。和一よ、時折は訪ねてくるように。達者でな」

「ありがとうございました」

和一は、この江戸で父上や自分を知ってくれる人が存在することに、なにか安心と心強さを感ずるのであった。

「ただいま戻りました」

「いかがであった」

「はい、お留守居役の大久保剛章さまに励ましていただきました」

「それはよかった。和一よ、帰ってさっそくだが、私はすぐに鍼治《はりじ》を始めるので、そばでようすを聴いていなさい。あとで説明するからね」

「はい、お聴きしております」

和一は、襖を隔てた向こうの、師と患者のやりとりに耳をすませた。琢一は患者の具合や鍼治のようすも、和一に聞えるよう声にだした。

長い一日がすぎた夕刻、患者の療治を終えた琢一はお糸を帰したあと、和一を直接教えることにした。

「よいかな、今から私のいうことを、よく覚えてゆくのだよ。まず鍼《はり》の話しをしよう。鍼は、それぞれ金または銀を含んだ合金で出来たものだ。長さ一寸六分または二寸の鍼体《しんたい》と、一寸ほどの鍼柄《しんぺい》から出来ている。鍼先《はりさき》は鋭く尖っている。ここまでよいかな」

「はい」

「つぎは、左手を押し手、右手を刺し手という。両の手で互いに

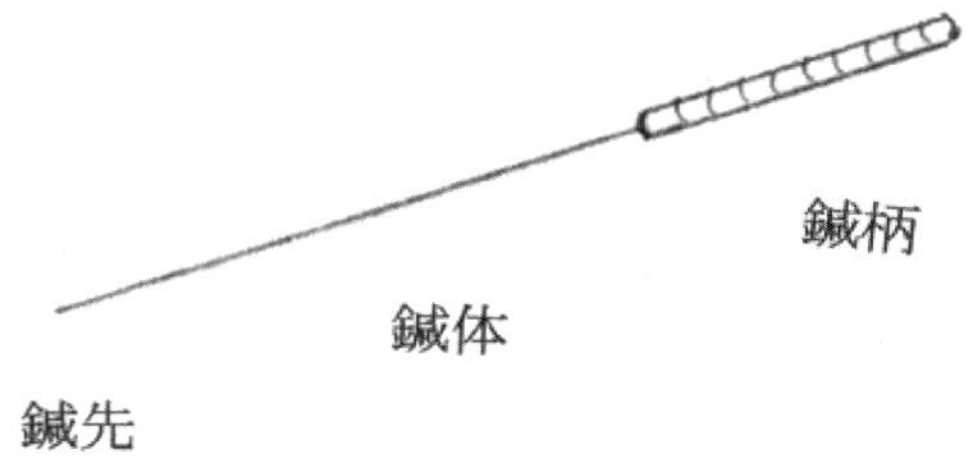

助け合いながら、まず鍼を立てるのだ。押し手の拇指《ぼし》と示指《じし》で輪を作り、その先で鍼先に近いところをつまむように持つ。鍼先を穴《つぼ》と呼ぶ鍼治点《はりじてん》にそっと触れさせる。残りの指の力をぬき、手首も一緒に患者の肌に置く。ここまでよいかな」

「はい」

「つぎは、刺し手の拇指と示指で、鍼柄を横からつまみ、左右にゆっくり捻る。捻りながら押し手の指との加減で、痛みなく鍼先がほんの僅かに刺せれば、これを鍼立《はりた》てという。鍼を刺そうとは思わずに、鍼先が軽く刺さることを確かめるのだ。鍼立てが出来たなら、つぎは鍼を意のままに操り患者を治すのだ。よいかな」

「はい。先生、鍼立てはわかりましたが、痛みはどうして起こるのでしょうか」

「よい質問だ。肌の表面は傷つけばただちに痛みを起こし、はやく手当しなければならないことを知らせるよう、もともと鋭敏に作られているのだよ」

「では、なぜ痛みなく鍼立てができるのでしょうか」

「それもよい質問だ。じょうずに鍼治をすれば、鍼を抜いても血が出ない。これは、鋭い鍼先は、肌や肌肉《きにく》や筋《すじ》を傷つけることなく刺さるので痛みがないのであろう。だからこそ患者の療治に鍼が使えるのだともいえるな」

「では、いつ頃から鍼治は行われているのですか」

「和一はなかなか明晰《めいせき》だな。わが国では大和に都があった頃だから、今から九百年以上も前に、鍼治と按摩が唐から伝わったとされている。ただ鍼治が盛んになったのはせいぜいここ数十年前のことなのだよ」

「それでは、先生も私もたいへんな時代に生まれたことになりますね」

「そうだ。鍼治が盲目の者の職になるかならぬかは、われわれの双肩にかかっているのだよ」

「これは大変なことです。心して取りくまねばなりませんね」

「その通りだよ。今日はこれまでにして、あすは体の仕組みについて話そう。腹が減っただろう」

「はいっ、もうぐうぐう鳴っています」

「おかねさん、夕餉の用意はできていますか」

「はい、お待ちしていました。嘉平さんにも手伝ってもらったのよ。さあさあ手を洗ってね」

和一は、夕餉をとりながら鍼治の不思議さにふれたようで嬉しかった。

つぎの日も、和一は襖を隔てて師の鍼治をうかがった。

「和一、今日は聴いていて何か思うことはあったかね」

「先生、鍼治点はどうやって決められたのですか」

「そうだね、和一がどこかで頭をしたたかぶつけたときどうする」

「はい、思わず手で押さえます」

「その通り。押さえたほうが痛みは早く止まると思わないかい」

「そのような気がします」

「昔、戦場《いくさば》で傷口が痛くてたまらないとき、手で押さえると痛みがわずかでも和らいだのだろう。古傷が痛むときもそうやって押さえているうちに、たとえば小柄《こづか》の先などで、正確に痛む部分を押さえればよいこともわかったのだろう。それがいつしか鍼であり鍼治点に変わっていったのだろうね」

「それで、ついには鍼治を専門とする人が出たのですね」

「そういうことだ。やがて傷の痛みだけではなく、どんな病には、どこに鍼を刺せばよいのかが大勢の鍼師《はりし》によって、まとめられ書物として残されていったのだろうね」

「長い時の流れと、人の力があって出来たのですね」

「ところで和一、鍼治や按摩《あんま》が盲目の私たちに出来るのは何故だかわかるかな」

「何故だか…。先生わかりました。それは、どちらも手で療治出来るからではないでしょうか」

「その通り。目が見えずとも、指先で患者の具合を私たちは学ぶことができるのだよ。先人のおかげだね」

「ありがたいことですね」

「ありがたいところで、今日の本題にはいろうか」

「はい、お願いいたします」

「体には穴《つぼ》と呼ぶ鍼治点《はりじてん》がいくつもあるが、それらを端から順に覚えるのは大変なことなのだ。この穴はどこの具合が悪いときに用いるのか、という覚え方をしてゆくのだが、まずは体をいくつかの部に分けて穴を覚える。首から上、体の前、体の後ろ、手、脚というようにな。ここまでよいかな」

「はい」

「つぎは、なぜ体は病にかかるのか。それは、人が生きている間には、寒さ、暑さ、はやり病、けが、仕事の疲れ、心の疲れ、飲食の摂りすぎなど、本人ではどうしょうもないものから、本人の不注意など多くの原因があって、体のぐあいが悪くなるのだ。ここまでよいかな」

「はい」

「では、穴という鍼治点に鍼を立て操ることで、なぜ体のぐあいが良くなるのか。それは、一人ひとりの体には、具合が悪くなっても、元どおりになろうとする仕組みがあるからなのだ。その仕組みを鍼治の心地よい刺激が助けるのだ。ここまでよいかな」

「はい」

「つぎに、昨日も今日も私が鍼治した中に、臍《さい》のまわりに刺鍼をした患者があった。いずれも胃や腸のはたらきが弱っていた。そこで、和一の体で鍼治点を押さえるので、しっかり覚えてゆきなさい。

まず一つ目は、臍《さい》とみぞおちとの間の中管《ちゅうかん》（中完）。ここは胃のはたらきを盛んにし、目まいやむかつきを止めるのに使うのだ。

二つ目は、臍の下一寸（この場合一寸を示指の爪の巾＝約一センチメートル）から外へ三寸の符《ふ》穴《けつ》。腹が冷え食慾がないのに使う。

三つ目は、臍の下三寸の関元《かんげん》。ここは腹下りや婦人の病を治す。ここまでよいかな」

「はい」

「では、今日はここまでにしよう。あとは忘れないよう指先で何度も押さえて、穴の場所を確かめておきなさい」

「はいわかりました。そういたします」

「そうだ、忘れないうちに大事なことを言っておくよ。ぐあいの悪いところを自分の手で押さえることは、先ほど出てきたね。そのことが揉んだりさすったりする按摩になったのだから、鍼医を目指しているからといって、けっして按摩をおろそかにしてはいけないよ。按摩で患者のようすを肌から知ることは、盲目の我々には、見て確かめるのと同じことを、指先でするのだからね。つまり『指先の眼』で確かめねばならないのだよ」

「指先の眼ですね。よくわかりました。ありがとうございました」

つぎの日は、背腰部《はいようぶ》の臓腑名がつく穴を教わった。その名の臓腑の病を治し、体の仕組みが元通りはたらくのを助けるのである。

「和一よ、今日の穴は自分でほとんど触れない。そこで、嘉平さんに手伝ってもらいなさい」

「はい、そういたします」

この夜は、嘉平をうつ伏せにし、背骨《せぼね》の両側を上から順に押さえて穴を確かめていった。

「ううっ。和一さま、そこはたいそう痛むのですが」

「ここは腎の鍼治点だけど、かるく押さえても痛むかい」

「いえ、痛くとも心地よいくらいです」

「明日、先生にうかがってみようよ」

「ぜひお願いいたします」

つぎの日、朝餉《あさげ》の席でさっそく和一は琢一に質問した。

「嘉平さん、そこに伏せてみてください。…うん、これは体の疲れだと思います。歳はいくつになるのですか」

「はい、四〇になります」

「食はすすみますか」

「はい、おかねさんの馳走は口に合いますもので、食べすぎるかもしれません」

「では、あお向けになってください。…うん、やはり疲れのようです。筋骨も五臓六腑もしっかりしています。時々は和一の復習の相手になって押さえてもらってください」

「先生、ずいぶん心配いたしました。臓腑にぐあいの悪いところがあるのではないかと思うとよく眠れませんでした」

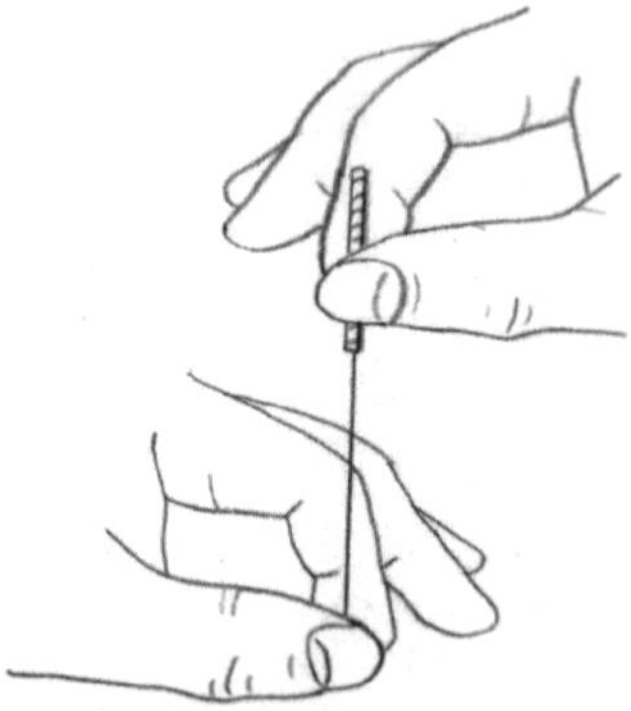

捻鍼法

「大丈夫ですよ。これからは、疲れが残るときもあると覚えておいてください」

「先生、ありがとうございました」

「夕刻、和一に教えるときには、嘉平さんにも一役かってもらいましょうか」

「私ですか」

「そうですよ。嘉平さんですよ」

「はい、かしこまりました」

夕刻、琢一は嘉平をうつ伏せにさせ、鍼治の用意をした。「嘉平さん、いまから刺鍼《ししん》をします。和一に触らせますから、鍼をとどめているのが少々ながくなります。気分がわるくなればいってください」

「はい、わかりました」

「では、始めます。和一、先にこの鍼を触ってごらん」

「先生、鍼はずいぶん細いのですね。それに長いものなのですね」

「そうだよ、先日いったように、細いから痛みなく刺すことができるのだよ」

琢一が押し手で鍼をつまむところから和一に触れさせた。

「鍼先はなるべくそっと置くのだよ。つぎは、刺し手でこのように鍼柄をつまんで、左右に柔らかく捻るのだよ。嘉平さん痛くはないですか」

「いえ、痛くはありません」

「先生、刺し手で捻りながら奥に押し込むのですか」

「いやまだだ。触れてごらん。私が手をはなすと鍼は倒れてしまうだろう。それくらい浅く刺さっているだけなのだよ」

「ほんとですね」

「では、鍼を操るよ。押し手で鍼を固定し、刺し手でしずかに鍼先を肌肉《きにく》の表まで刺す。このとき無理に刺してはいけない。ほんの少し進めては戻るくらいの気持ちで鍼を刺すのだよ。嘉平さんのばあいは一寸（約三センチ）くらいかな。そこまで進めたなら、ほんの僅か上下にゆっくり動かす。

つぎに左右に軽く捻る。この捻りにはいくつもの方法があって、患者の具合に合わせるのだよ」

「ずいぶん複雑なのですね。それを、はやく覚えなければならないのですね」

「そういうことだね。嘉平さんのばあいは、筋のこわばりをほぐすように、ゆっくり操っている。和一、触れてごらん」

「これが鍼を操るということなのですね」

「そうだよ。しかも患者一人ひとりちがうのだよ」

「先生、腰がずいぶんと軽くなった気がいたします」

「それはよかった。これからは和一に少しずつやってもらうといいのだが」

「えっ、私が鍼を操るのですか?」

「そうだよ。いつかは始めることになるのだ。今できることからやればよいではないか」

和一は、こんなにも早く鍼を持てるとは思ってもみなかった。本当に自分の手で人の体に鍼を刺すことができる日が来るのだと思うと、心おどるのをかくせなかった。

「ただし、まだ鍼治ではないよ。嘉平さんに頼んで鍼立ての稽古をさせてもらうのだ。嘉平さん、少々は痛かろうと思いますが、和一が鍼医になるためだと思ってよろしく頼みます」

「嘉平、一生けんめいやるのでよろしく頼みます」

「私が手伝えるなど思ってもみなかったこと、願ってもないことです」

「和一、この鍼をあげるから使いなさい。むりやり鍼立てしようとすれば痛みはつよいし鍼も曲がってしまう。常に心しずかに鍼治をおこなうという気持ちで向かうのだ。まずは自分の体に鍼を立ててみることだね」

琢一は、まだ早すぎるとは思いながらも、鍼を手にするほうが和一のためになると判断し、小さな桐箱に綿をしき、銀の鍼が五本入ったものを、和一の手に持たせた。

「先生、いただけるのですね。ありがとうございます。がんばります」

「よいかな、つねに鍼先を鋭くしておかねばならない。紙を突き刺すとき音がするようでは、先が歪んでいるかすり減っているので、砥石で鋭くするのだ。これは和一の仕事だよ。そして鍼はつねに清潔にしておかねばならない。そのためには、毎日煮沸するのだ。それはお糸の仕事だから、明日頼みなさい」

和一は、その夜はいつまでも眠れず、鍼を自分の腹に立てるまねごとをくり返すのであった。

つぎの朝、勤めに現れたお糸にさっそく頼んだ。

「お糸さんおはよう。きのう先生から鍼をいただけたのです。鍼の煮沸はお糸さんに願いなさいといわれました。どうぞお頼み申します。稽古の相手には嘉平がなってくれることになりました」

「おはよう。よかったわね。鍼の煮沸はまかせて。毎日のことだもの慣れているのよ。それに稽古なら、わたしもおかねさんも喜んでお相手させていただくわ」

「ありがとう。よろしく願います」

和一は、稽古あいてが三人もできて張りきらざるをえなかった。

師の鍼治が終えると、臓腑の病や、けがの後遺症について学んだ。理論を覚えることと、鍼立ての稽古は大変であることを和一は知ったのである。

やがて和一は、一日中『鍼づけ』の苦しさを味わうこととなる。頭のなかで整理できないいまま、今日も覚える分が次々と加わっていくのである。何とか関係づけて覚えようとした。寝床のなかでもぶつぶつとくり返すのであった。嘉平にはすまないと思いながらも、毎夜遅くなってしまうのである。

そのようなくり返しのなか、鍼立てから鍼を徐々に刺入《しにゅう》するときの緊張感は何ともいえなかった。自分の脚や腹に刺入するときはもちろん、嘉平たち稽古相手には、最も心配りをしなければならなかった。嘉平は、痛みをがまんしてくれているのがわかるが、お糸などは時として奇声を発する。

「きゃぁ、痛いっ。何とかしてよう」

「お糸さん、ごめんごめん。すぐに抜きます」

和一の自信のなさが、指先を通してわかるのであろうか。おかねなどは、もっとはっきりいってくれる。

ある。


「和一さん押し手が弱いよ。それじゃすぐに痛くなるよ」

「おかねさん、ありがとう。気をつけます」

このような日々をくり返しながらも半年がすぎ、和一は何とか鍼立てができるようになったのである。


寛永三（一六二六）年一〇月、風がすっかり冷たくなり、秋の気配が深まった頃、嘉平が安濃津に戻ることとなった。半年あまり嘉平は影になり日なたになり、和一を支え続けてくれたのであった。今では和一も、すっかり江戸のくらしにとけ込んで、近所なら迷うことがなくなった。

「嘉平、ながいあいだありがとう。こうして鍼治の入り口にたどりつけたのは、みんな嘉平がいてくれたからだよ。安濃津に戻ったらみんなによろしく伝えておくれ。鍼医になるのは何年先になるかわからないけれど、がんばっていると…」

「私こそ、鍼医を目指される和一さまのお手伝いができて幸せ者です…」

二人にとってこれが永遠の別れでないことはわかってはいても、やはり辛いのである。和一にとって嘉平は自分が手足のように頼りにしていたし、ある意味では甘えていたのである。一方、嘉平は、幼少より見てきた和一を若さまあつかいして来たのである。

だが和一は、いつか独り立ちしなければならないのであり、この度の別れそのことが、ひとりの大人へと成長する最初だったのである。和一の寂しそうな様子に啄一がやさしく諭した。

「和一よ、嘉平さんにはずいぶん世話になったが、国もとでもみんなが待っておられることだろう。嘉平さんには嘉平さんの仕事があり、和一には和一の仕事があるのだ。この辺りの人たちは、皆さん和一のことを知っているではないか。何が寂しいことなどあるものか。江戸にとけ込んで鍼治の道をまっすぐ進みなさい。明日は笑顔で嘉平さんを送ろうではないか」

「そうだよ和一さん、あたしたちがついてるよ」

「そうよ、患者さんたちだってきっと和一さんを頼りになさるわよ」

「皆さん、ありがとうございます。ちょっと寂しいけれど大丈夫です」

「皆さまには、こんなに思っていただき、お供をしてまいりました者として嬉しゅうございます。若っ、いいえ和一さまは鍼治の道をしっかり歩まれることと思います。皆さま、和一さまのことを、どうかよろしくお頼み申します」

「嘉平さん、ご苦労さまでした。お帰りになったらくれぐれもよろしくお伝えください。和一には鍼医としての素養があり、あとは本人の努力しだいだと」

「先生、必ずお伝えいたします。私からもよろしくお頼みもうします」

翌一〇月二一日の明け六つ、嘉平は後ろ髪引かれる思いをふりきって旅立っていった。みんなで見送ったので、和一は涙をこらえることができた。寂しいのは嘉平も同じであり、自分のめざす目標のほうがもっと大事なのだと自身に言いきかせるのであった。

江戸に来て早くも始めての正月がすぎた。和一は、毎日夢中で鍼治を学んでいるためであろうか、季節が移りかわることを意識するほど余裕はなかった。

「和一よ、どんなに上達したのか、今日は私の脚にやってもらおうか」

「はい先生、お願いします」

和一は内心落ちつかなかった。師には初めての鍼立てである。おかねたちにするのと同じようにと臨んだ。

「うん、鍼立てはそれでいい。体の力を抜いて鍼を進めてみなさい。そう、そこだっ。その手触りがわかるかな」

「…いえ、わかるようでわかりません」

「では、鍼先が自分の心の眼だと思ってやってみなさい」

和一は、鍼立ての痛みばかりを気にしていたのだった。

「どうだね。わかるだろう」

「先生、少し重く感じるような気がます」

「それでよいのだ。そこで上下にゆっくり動かしてごらん。そうだ。つぎは左右に捻ってごらん」

「先生、軽くなってきたような気がします」

「そうだ。それで鍼治のまねごとができたのだよ。それでこそ鍼を持たせた意味があるというものだ。少し早いかなと思ったが案の定、私の見込んだ通りだな」

「先生、私自身が鍼先を通して、患者さんが感じていることをわからねばならないのですね」

「その通りだが和一、ここで心得違いをしてはならぬぞ。患者の病を治して痛みをとって、なおかつ患者から感謝され信頼されてこそ、はじめて鍼治をなしたといえるのだよ」

「はい、わかりました」

「では、そのうちに私がこの患者はと思ったときは、和一に任せることにするので心づもりをしておきなさい。困ったときはすぐにいうのですよ」

「先生、ありがとうございます。患者さんをお任せいただけるよう努めてまいります」

和一には自信はなかったが嬉しかった。ほんとうの意味で鍼治ができるのである。どんな患者を診ることになるのか待ちどおしかった。

つぎの朝、和一は誰よりも早く起きた。ひとり拭きそうじをしていると、おかねがやってきた。

「おはよう。あらっ、どうしたんだい。こんなに早くから」

「おかねさん、おはようございます。先生がそのうちに患者さんを任せると言ってくださいました」

「まあ、よかったね。初めての患者さんのことは決して忘れちゃいけないよ」

「はい、いつまでも憶えておきます」

「そうときまったら、用事は早くすませちゃおうね」

きびしい寒さも峠を越えた或る朝、師の鍼治がはじまって間もなく和一が呼ばれた。

「和一、このかたは酒屋の仙蔵さんだよ、腰が痛いといわれるので私が途中まで療治した後を診てさしあげなさい」

「若先生ですか、お願い申します」

「和一と申します。こちらこそよろしく願います」

「先生、昨晩から腹が下っています。今朝になると腰が立たなくて商いになりません。どうぞ診てください」

「仙蔵さん商いでずいぶんと重いものを持たれますね。腰の筋の疲れに加えて、昨晩は冷え込みがぶり返したので、少々こたえたのかもしれませんね。では腹から診ますのであお向けになってください」

琢一は、仙蔵の発する声にも気をつけながら腹を診た。思ったとおり符穴と関元まわりが柔らかく、指で押しても力なく気がぬけたようである。関元を定め、ゆっくり鍼を立てしずかに捻った。五分ほどのところで留め、しずかに待った。押し手の下に温かみを感じたので、つぎの符穴に移ったところで腹がぐるぐると動きだした。さいごに中管も加えた。

「先生、腹に力が入るような気がします」

「それはよかったですね。では、うつ伏せになってください。あとは和一が診てくれます」

「若先生、よろしくお願い申します」

「仙蔵さん、こちらこそよろしく願います」

和一は仙蔵の腰の筋をていねいに探った。思ったとおり背骨の両側がずいぶん強ばっていた。まず大腸穴に一寸の深さで留め上下にゆっくり動かした。柔らかくなったのを確かめて順に上へ移った。

「仙蔵さん、座ってみてください」

「ありゃ若先生、楽に座れます。ありがとうございます。すぐ商いに取りかかってもよいでしょうか」

「そうですね。先生にうかがってみましょう」

「そうだね、仙蔵さん店にもどって何かを持ちあげてみて、腰に痛みがなければ大丈夫だが、昼すぎまではおとなしくしてください」

「はい、そういたします。若先生ありがとうございました」

「仙蔵さん、お大事に」

和一にとつて、すばらしい始まりであった。日々学んだことが活かされ患者に喜ばれること。この積み重ねが、盲目の者の職として世間に認められるのである。目的の実現にむかって嬉しい一歩であった。これも、嘉平をはじめ稽古相手に恵まれていたからであった。

この日から、和一は時おり患者を任されていったが、まだ鍼治には自信が持てるほどではなかった。患者が痛がっていることを度々感ずるからである。

これは、多くの患者に接し経験を重ねることで解決するのか、それとも自身の技そのものが未熟なのか、悩み苦しみ続ける日々なのであった。


寛永五（一六二八）年、明けて正月、江戸は春のような暖かな日和であった。山瀬家は四人そろって浅草・浅草寺へ参詣することとなった。お糸が琢一を、おかねが和一を案内した。和一にとって、みんなで出かけるのは江戸に来て初めてのことであった。ひとりでは方角もわからないくらい多くの人々で賑わっていた。観音さまに各自の願いをこめて手を合わせた。

「和一さんは何をお願いしたんだい」

「えっ、恥ずかしくて…」

「いいでしょう。聞かせてよ」

「お糸さんまで、困ったな…」

「和一、みんなに聞かせなさい」

「…では話します。一つ目は、よい鍼治が行えますように。二つ目は、江戸の町に早くなじめますように。三つ目は、よき友ができますように。四つ目は…」

「えっ、欲張ったね」

「だから恥ずかしいって言ったじゃないですか。やめようかな」

「やめないで。聞きたいわ」

「四つ目は、江戸で珍しくて旨いものを、たくさん食べられますようにってことなのです」

「まあ、あんたらしいね。珍しいものがめっかったら、あたしたちにも教えてよ」

「もちろんです」

「では、なにか旨いものでも食べて帰ろうか」

「先生それがいい」

「私は匂いで旨いものをさぐりあてます」

「じゃあ、あたしの眼にもかなえば、それにきめようね」

「そういうことだな」

和一は、何とかして旨いものを嗅ぎつけねばならなかった。

四人はまぶしい日差しのなかを浅草の喧噪にとけ込んでいった。

第二章

ひとり旅

寛永六（一六二九）年一〇月、秋風もいっそう涼しさを増したある日、師の琢一は和一《わいち》を呼んでいった。

「和一よ、ひとつ頼みたいことがあるのだが」

「先生、私にできることでしょうか」

「ああそうだよ。話しというのは、このたびの江島《えのしま》参詣のことなのだがね。じつは、この私に見合いの話しがあってね、あいにく日が重なってしまうのだよ。そこで和一には、私のぶんも参詣してきてほしいのだがどうだろう」

「先生、おめでたい話しじゃありませんか。私なら大丈夫です。これまで何度もご一緒していますから、道中ははっきり覚えております」

「だが、一人旅ほど心細いことはないよ。何が起こるかわからないのだからね」

「先生、私はいつもよいことが起こらないかと楽しみにしています。先生のお見合いの話しも、きっとうまくゆきそうな気がします」

「和一の前向きなところがよいのだが、それでは頼むことにするか」

「先生、お任せくださってありがとうございます」

「おいおい、それは私の言い分だよ。ところで、和一はいまだに鍼立《はりた》てに悩んでいるのかい」

「はい先生、私はもっと痛みなく鍼立てができないかと、日ごと悩んでおります」

「それだ。和一は痛みなく鍼立てをしようという気持ちを前に出しすぎるのだ。いつも私がいってるだろう、患者の全体を見て鍼立てにのぞむのだよ」

「私もそのようにしているつもりなのですが」

「たぶん、和一自身の手先に気持ちを込めすぎているのだろうね」

「あっそうです。気がつくと、いつのまにか指先に力が入っているのです」

「それではだめだよ。治さねばと気持ちを込めすぎるのだろうね。ほんの少し、気持ちを引いて構えてみなさい。そうすることで、もっと患者の体がわかってくるのだよ」

「はい、そのようにいたします」

「そこでだ。和一よ、この度の江島《えのしま》参詣には、とくべつに七日の余裕をあげよう。岩屋に籠もって自分の鍼治《はりじ》について考えてみなさい」

「えっ、七日もいただけるのですか」

「そうだよ。これは、和一の将来がかかった大事な七日だからね、しっかり修業してきなさい」

「はい、その覚悟はしております」

「それと、ひとつ教えよう。『爪切進鍼法《つめきりしんしんほう》』という手技がある。押し手母指の爪を立てて肌に押しつける。つぎに立てた爪に添わせて、刺し手で鍼を置くように立てる。つぎに、爪をはずして鍼先の近くをつまむと、いつもの押し手の型に入るだろう。これは、ぜひ和一に試みてもらいたい。和一だからいうんだよ」

「先生やらせていただきます」

「では江島参詣とあわせて頼むよ。道中くれぐれも気をつけてな」

「はい」

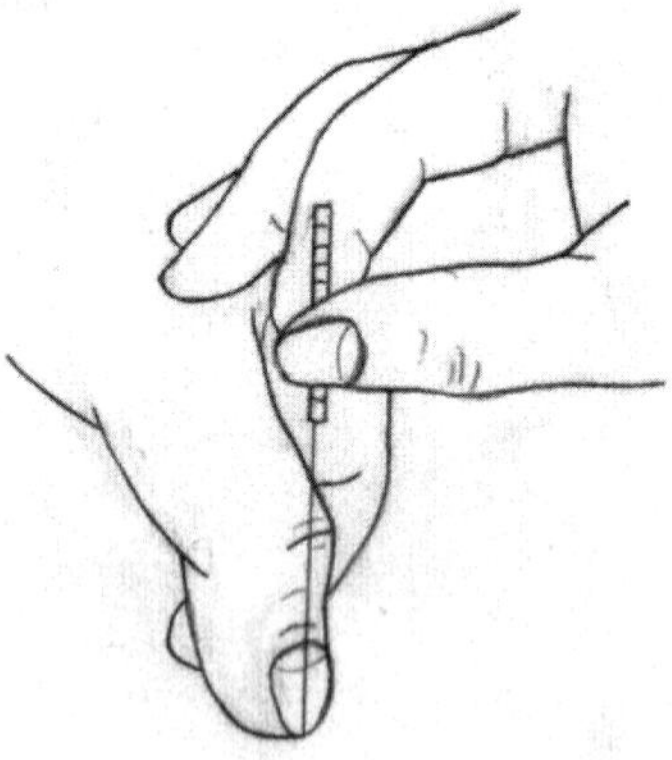
爪切進鍼法

和一は、一度に幾つものことに、とりかかることができる嬉しさと同時に、責任の重さも感じずにはおれなかった。
江島は、島全体が神仏合祀の信仰の地であり、弁財天社は下之坊の内にある。弁財天は琵琶を抱えているところから、特に盲目の琵琶法師たちが、技能の上達を願って参詣することが多く、それがいつしか盲目の者全般の守り神として崇《あが》められるようになっていったのである。

一〇月一三日、和一はよく眠れないまま、明け六つ（午前六時頃）の鐘を聴きながら寝床をでた。急いで支度し表にでると、おやっと思うくらい風が体をふるわせた。あたりはまだ静まりかえっていた。

和一は、細い杖の先を前方に向けて、地面をかるく小突きながら歩みはじめた。背中には、鍼箱と岩屋に籠もるときの衣装と着替えなどを行李《こうり》に入れ風呂敷に包んで結わえた。水入れと笠と換えの草鞋《わらじ》はぶら下げた。着物の後ろ裾を帯にはさんで脚もとの絡みをなくして歩きやすくした。

「おや和一さん、こんなに早くからどちらまでですか」

「丹波屋さん、おはようございます。きょうは江ノ島への弁財天参詣なのです」

「お一人ですか。気をつけてお行きなさいよ。いつもお見かけしていますが、それにしても上手いもんですね」

「何がうまいんですか」

「いえ歩きかたですよ」

「ああ、私たち盲目《もうもく》の者は、こうやって杖の先で地面を確かめながら歩くのですよ。でも時にはつまずきますすけどね」

歌川広重画より（日本橋）

「それにしてもたいしたもんだ。あっそうだ、できたての豆腐をもってゆきなさいな、おいしいよ」

「わあ、いいのですか。ありがとうございます」

この頃、豆腐はまだ珍しく将軍家の膳に上るものであったが、麹町ではとくべつに庶民も食することができた。

和一は半蔵門から堀にそって神田をまわり日本橋に急いだ。すでに大勢の人で賑わっているので日本橋についたことがわかった。

日本橋は、慶長八（一六〇三）年、徳川家康の江戸入りと同時に造営された。幅四間（約七メートル余り）、長さ三八間（六八メートル）の堂々とした反り橋である。西へ向かうのであろうか、仲間同士で交わされることばに、道中を楽しみにしているのがうかがえる。また、魚河岸《うおがし》の威勢のよいかけ声が、荷揚げの忙しさを感じさせた。がらがらと荷車が重そうに和一のまえを横切っていった。

和一は、橋の中ほどで大きく息を吸いこみ、遠く江ノ島を想いめぐらせた。東海道は道幅五間（約九メートル）で民家以外のところは松並木が続いた。江戸から西へ向かう旅人はずいぶん多い。日和のためであろうか、とくに箱根での湯治や大山《おおやま》参詣も多いようである。和一は、おおよそ人の後について歩いても大丈夫であった。

朝五つ（午前八時頃）の鐘は高輪《たかなわ》・泉岳寺らしい。小鳥のさえずりや枝葉をゆする風の音、陽差しや川のせせらぎ、どれもが和一にはいつもの風景であった。

和一は、いく度となくこの道中で、盲女《もうじょ》たちが道端に茣蓙《ござ》を敷いて座り、三弦にあわせて唄いながら、僅かの銭をもらっている姿に出会い、いつも胸が痛むのであった。盲女たちは近隣に住まいするのであろうか。生きるための必死の姿であり、その唄声は、時に職を求める闘いの姿のようにさえ聴こえるのであった。

街道が開け、大勢の人たちが往来するからこそ、そこに商いが生まれ、人の暮らしが潤うのである。盲女たちにとっては、何としても生きてゆかねばならなかったのであろう。

和一は、盲女たちの唄声を聴くと銭は置いたが、同じ盲目の者として話しかけることまではできずにいた。

その数十年後、八橋検校《やつはしけんぎょう》の活躍により多くの盲女たちも、わが国の邦楽を支え発展させていったのであった。


品川宿にさしかかったころ、昼餉《ひるげ》に近いためか煮売り屋の旨そうな匂いがただよってきた。和一はいつものように、宿場の初めにある茶店に立ち寄ると、中から威勢のよい声とともに、娘が和一を見つけて飛びだしてきた。

「あらっ。和一さん、いらっしゃいませ。今日は先生とご一緒じゃなかったのね」

「お光《みつ》さんこんにちは、今日は先生のご都合がかなわず、私ひとりで江島参詣なのです」

「お一人じゃ心細いわね」

「いいえ、道中は大勢の方々の声や、小鳥や風やお天道様だって、私を楽しませてくれるのですよ」

「へえそうなの。和一さんは、きっと耳がいいのね」

「いつも耳を頼りにはしています。それに杖の先だって、足の裏だって頼りにしているのですよ」

「そうよね。お目がご不自由なぶんは、ほかで頑張なくっちゃね。あっごめんなさい。私お話に夢中になっちゃって、何をさしあげましょうか」

「茶と団子を二本と、それに、しょう油を少々いただけませんか」

「おしょう油?」

「ええ、江戸を発つとき、豆腐をいただいたのです。しょう油をかけると旨さが増すのですよ」

「とうふって、まだ食べたことがないわ」

「じゃあ後でぜひ食べてください」

「ありがとう。すぐに用意しますからね」

和一は、風呂敷包みに結わえてあった竹皮の包をひらくと、豆腐の香りがただよい、腹の虫がぐうと鳴った。

「おまちどおさま。お茶が熱いので気をつけてね。こちらがお団子ね。それにおしょう油よ。お鉢と箸もどうぞ」

「ありがとう。お光さん、豆腐を半分だけ鉢にとって、しょう油をかけていただけませんか。もう半分はみなさんで召しあがってください」

「えっ、こんなにたくさんいただけるの。両親もきっとびっくりするわ。どうやってこしらえるのかしら」

「私の聞くところによると、大豆を水でふやかしてすりつぶし、水を加えて火にかけ、沸いたら木綿の袋で濾《こ》して熱いうちに『にがり』というものを加えてかきまぜ、固まりかけたものに重しをのせて水気をぬくと、固まった豆腐になるそうですよ」

「へえっ、あの大豆がこんなにきれいになるのね。どんな味がするのかしら」

「ほんのり甘くて大豆の味も少しはするかな」

「じゃあ後でゆっくりいただきますね」

お光は跳ねるように店の奥に入った。和一が豆腐を口にはこぶと想像したとおり、しょう油の香りとともに、すき腹にはかくべつ旨かった。丹波屋の主人の声が聞えてきそうであった。団子は炙《あぶ》って甘辛い蜜がかかっている。こちらもまたたく間に腹におさまった。茶をすすっていると、お光親子が顔をだした。

「和一さん、きょうは珍しいものをいただきありがとうございました。江戸ではみなさん召しあがっておられるのですか」

「いいえ、ほんとうは将軍さまがお召しあがりになるものですが、麹町では特別に庶民が食することを許されているそうなのです」

「へえっ、将軍さまがお召しあがりになられるものなの」

「そうだったのですか。私どもは、そんなに大事なものをいただけ、おかげで長生きできそうです」

「親爺さん、そのうち国中に広まると思いますよ。このように人々の往来がさかんなのですから」

「そうかもしれないわね。和一さん、また珍しいものに出会えたら教えてね」

「これお光、はしたないことをいうものではありませんよ」

「何かあれば、きっと教えてあげますよ。さあ、おかげで腹もしっかりしたし、今宵は川崎泊まりときめていますので、団子と茶の代を置かせてもらいます」

「和一さん、今日は珍しいものをいただいたお礼に、お代はけっこうでございます」

「親爺さん、先ほどの豆腐こそいただき物なのです。それを、おすそわけしただけなのですから、団子と茶の代は取っていただかないといけません」

「そうですか、では遠慮なくちょうだいします。団子が五文で茶が四文になります」

和一は、親爺さんの差しだす盆に、一列に九文ならべた。

「和一さん、足もとに気をつけてね」

「お光さん、戻りも世話になるかもしれません。その節はよろしく願います」

品川宿は南北に長く、江戸に向かう人でも賑わうため、歩きづらく困っていると、脇を通りぬける者が声をかけてくれた。

「お前さん、歩きにくそうだね、どちらまでいきなさるのかえ」

「はい、江ノ島までまいります」

「それじゃ、宿場はずれまで手を引いてあげよう」

「ありがとうございます。たいそう助かります。今日はいつになく賑わっていますね」

「日和だからよけい賑わうのさ」

「あなたは、どちらまでいかれるのですか」

「おいらは、おっかあの具合を確かめに大森までさ」

「それはご心配ですね。私におかまいなく急いでください」

「なあに、大丈夫さ。大森はもう目と鼻の先だ。ほうら宿場はずれだぜ」

「私は、江戸で鍼治《はりじ》を学んでおります和一と申します。おかげでたいそう助かりました。ありがとうございました」

「なあに、いいってことよ。おいらは神田で大工見習いの三郎てんだ。気をつけていきなよ」

「おっかさんが早く良くなりますように」

「ありがとうよ」

和一の心は温かく満たされ足どりも軽かった。街道は相変わらず人の途切れることなく歩きやすかった。大森海岸の漁師村らしい。風が魚を干す匂いをはこんできた。三郎の実家もこの辺りなのであろう。

やがて大橋のたもとにたどりついた。六郷川（多摩川）は流れもゆるく、水の匂いもなつかしい。

徳川家康によって架けられた六郷大橋は、後の元禄元（一六八八）年の大洪水で流失するまでは、大勢の旅人がのんびりと渡ることができた。それ以降は渡し舟にたよることになるが、橋を架けなかったのは、船賃によって地元経済を潤す目的もあったようである。

川崎宿に入ると、向こうのほうから和一をよぶ声がする。

「和一さま、大和屋の佐吉でございます。おや、きょうは山瀬先生とご一緒ではないのですか」

「佐吉さん、一人なのですよ。今宵は世話になります。よろしく願います」

「さあどうぞ。ただいますすぎを持ってまいります」

草鞋《わらじ》を解き、仲居がもってきたすすぎに熱《ほて》った足をひたすと、しみるように気もちがよいが、どっと疲れも感じた。麹町から四里一八町（約一七．七キロ）余りの一人旅は、初日だけに二〇歳の和一でもたいへんであったのだ。番頭の幸助が部屋に案内した。

「和一さま、お泊まりいただきありがとうございます。さっそくですが宿帳に代筆させていただきます。江戸・麹町、鍼医山瀬琢一宿、和一さまですね。ところで、今日は先生とご一緒ではなかったのですね」

「番頭さん、いつも代筆の厄介になります。先生は都合がつかず、私ひとりで江島参詣となりました」

「そうだったのですか。お一人では心細いでしょうね」

「心細くはありますが、私は耳から入るもの、肌に触れるもの、それに口から入るものすべてを楽しんでいます。それと道中では声をかけていただき、たいそう助かっているのですよ」

「それはようございました。ではいつものように、宿代を前金でお願いいたします。お一人ですから、ちょうど二百文(約五千円)になります」

「明日は保土ヶ谷まで行きますので、草鞋とにぎりめしと茶を用意願いたいのですが」

「それでは草鞋が八文、にぎりめしが三つと茶で一五文を加えますと、二二三文になります」

「では、一朱金(約六二五〇円)で願います」

「ありがとうございます、では二七文の釣りでございます。長旅のお疲れを、どうぞ湯で流してください。そのあいだに夕餉をご用意いたします」

「よろしく願います」

和一は、湯につかるのが楽しみであった。江戸の湯屋は蒸気浴であり、しかも人が多く、ゆっくり洗ってはおれなかった。旅に出た時は湯の中で、手足をのばして筋を揉みほぐすと、昼間歩いた疲れがとれ、つぎの日もまた元気に歩けるのである。腹がぐうと鳴ったので湯から出ることにした。

部屋にもどると、夕餉の膳から旨そうな匂いがしてきた。

「和一さま、お湯加減はいかがでございましたか。長旅でお腹もすかれたでしょう。私がお給仕させていただきます」

「おみねさん、いつも世話になります。今宵は何を馳走してもらえるのでしょうか」

「はい、お膳は奥左に鰈《かれい》のしょう油煮、その右に青菜のごま和え、右手前に鰯だんごの汁、まん中は蕪《かぶら》の香の物でございます」

「旨そうですね。さっそくいただきます」

「ご飯をおつけしました。どうぞ」

「ありがとうございます。汁碗の野菜は、ごぼうと里芋それに蕪ですね」

「その通りです。おかわりがございます。たんと召しあがってください」

和一は、左手で鰈をそっとおさえながら、上手に身をはさんで口にはこんだ。

「鰈も旨い。甘みもちょっとたすのですね」

「ほんの少し甘みをつけるのです。和一さまは何でもよくおわかりですね」

「ただ食いしん坊なのです」

和一は、汁と飯をおかわりして満腹になった。

「ごちそうさま。いつも給仕してもらって助かります。先生も喜んでおられますよ」

「まあ、おいしく召しあがっていただけ何よりでございます」

和一たちは、泊まり宿をきめているので、宿のほうでも何かと世話をしてくれるのであった。おみねが後片づけし寝床をのべていった。腹がふくれたせいもあり、急に眠気がおそってきたので、金包みを胴に巻きつけふとんに潜り込むと、またたく間に眠りに入った。

二日目の一〇月一四日、小鳥のさえずりで目覚めた。昨日の疲れは残っていないようである。支度をして大和屋の土間におりた。

「和一さま、おはようございます。今日も日和のようでございますよ」

「佐吉さん、おはようございます。日和がなによりです。ぐっすり眠れましたから、保土ヶ谷までよい旅になるでしょう」

「さようですね。どうぞご注文のお荷物です」

「ありがとうございます。戻りも世話になると思います」

「おまちしております。どうぞ足もとにお気をつけて」

保土ヶ谷まで三里二七町（約一四・七キロ）は、途中の神奈川宿までは歩きやすいのである。しばらくすると、市場《いちば》村の一里塚だと街道をゆく一団が話している。日本橋からはちょうど五里にあたる。

鶴見橋たもとの鶴屋は、米《よね》饅頭をもとめる人たちで相変わらず賑わっている。にぎりめしを持っているので今日はがまんした。

子安《こやす》村までたどりつき、道端の松の根方に腰をおろした。一気に歩いたので汗がにじんでいる。

大和屋で用意してくれたにぎりめしが気になり、さっそくかぶりついたところ、中に何か入っている。しじみの佃煮であった。おみねが、若い和一には滋養がだいじだと気を配ったのである。母の幸が作ってくれた梅干し入りのにぎりめしを思いだした。琵琶の修業時代に時おり持たせてくれたのだ。にぎりめし三つと茶を腹におさめ、元気がでたところで歩きはじめた。

神奈川宿に入り青木橋をすぎると、袖ケ浦《そでがうら》からの眺めに大勢の人達が立ち止まっていた。その脇をすぎると街道は山手に入る。芝生《しばう》村は、旅人のために草鞋を揃えただけではなく、飯や酒を出す店も並び賑やかである。

帷子川《かたびらがわ》に架かる欄干のついた反り橋を渡ると保土ケ谷宿である。和一は欄干に手をかけ覗き込むと、水の匂いと瀬音がざあざあと響きわたり、街道が山手にかかったことを教えてくれた。

定宿《じょうやど》の『武蔵屋』に着いた。裾を払って土間にはいると、平太郎の威勢のよい声がとんできた。

「これは和一さま、よくおいでいただきました。さあこちらへお座りください。ただいますすぎをお持ちいたします」

足もとがきれいになると気持ちがしっかりする。平太郎が部屋に案内した。

「平太郎さん今宵はお世話になります」

「日和でよかったですね。今日はお一人なのですね」

「はい、そうなのです。先生は都合がつかなかったのです。盲目の一人旅はたいへんですが、それなりに楽しいものですよ」

「楽しいことはよいことですが、お困りのことございませんか」

「そうですね。目が見えるにこしたことはないのですが、見えなければそれなりに、何事も工夫するようになりました。ただ街道で時おり牛馬の糞を踏んだりするのですよ。それに雨降りは、だいじな音が聞こえづらくなります」

「わたくしも大勢のお客さまが一度にお喋りになられたら、何がなにやらわからなくなります」

「そうでしょう。そのようなとき、一人の方にのみ耳を傾けるのです。気持ちがおちつくものですよ」

「ありがとうございます。この次からそういたします。では、宿帳のほうを済ませて、お湯に浸かっていただきましょうか」

「宿帳は、いつものように代筆願います」

「承知いたしました。明日は江島までですか」

「はい、そのつもりです」

「では、にぎりめしと草鞋を用意しておきましょう」

「よろしく頼みます」

和一は、武蔵屋の風呂が気に入っていた。風呂は岩を連ね野趣にあふれたもので、主人の自慢でもあった。湯の落ちる音、鳥や鹿の鳴き声、葉ずれのかすかな音など、静かに暮れてゆく景色を想像させてくれるのである。手足を揉みながら今宵も耳で景色を楽しんだ。

「お湯はいかがでしたか」

「お初さん、とてもいい湯だったよ。寂しげな鹿の鳴き声が気がかりだったけど、腹の虫もさわがしかったよ。また世話になります」

「まあ牡鹿が牝鹿を求めていたのですね。さあ、お腹がすかれたでしょう。お膳は右手前から、兎の肉と茸《きのこ》と野菜の味噌煮込み。左奥が、川魚の焼き物。その右側が青菜と雉の皮を炙った酢みそ和え。それにかやく飯には、茸と雉肉が入っております。どうぞ召しあがれ」

「どれも旨そうだな。いただきます」

「味噌煮込みは熱いので気をつけてください。小鉢に取りましょうか」

「いえ箸で何を挟んでいるのか、確かめながら口にはこぶのも楽しいのですよ。これは茸ですね」

「そのとおりです。何故おわかりなのですか」

「これまでに挟んでは間違え、まちがえては確かめることをくり返してきたのです」

「まあ、そうだったのですか」

「腹が減りすぎていると、口に入れるのが先ですけれどね」

「おほほ、そうですよね」

「この魚は岩魚《いわな》ですか。歯が鋭いですよ。武蔵屋さんが釣って来るのですか」

「そうなのです。夜明け前には、今日はどこそこの谷に入るといわれてお出かけです」

「釣果はいかがなものですか」

「はい、昼には戻られますが、たいがいはご機嫌がよろしいようですね」

「それはよかった。ごちそうさま、ああ旨かった。いつも心温かなもてなしをありがとうございます」

「なにをいわれるのです。こちらこそ、いつも美味しそうに召し上がっていただけ喜んでおります」

「ほんとうに旨いのですよ」

「ありがとうございます。明日は江ノ島までででしたね。早く起こしにまいりましょうか」

「よろしく頼みます。七つ半（午前五時頃）には発ちたいと思います」

「おまかせください。ではごゆっくりおやすみください」

「お初さん、おやすみなさい」

和一は、明日にそなえて、足三里などに鍼治をして布団にもぐり込んだ。

一〇月一五日、七つすぎ和一はゆり起こされた。今日は江島まで五里二町（一九・七キロ）を歩き通さねばならないのである。

「和一さま、起きてください。あついお茶をお持ちしましたよ」

「お初さん、おはようございます。ありがとうございます」

あつい茶は気持ちよく喉を下りていった。武蔵屋の土間では平太郎が待っていた。

「和一さま、おはようございます。まだ夜が明けませんが、きっと日和になることでしょう。どうかお気をつけて。それで、ただいま京までお帰りの三文字屋《さんもんじや》さまといわれる呉服屋さんに、途中までご一緒していただけたらと、お願いしてみましたところ、快く御引き受けいただけましたので、どうぞご一緒にお発ちください」

「それは助かります。平太郎さんお世話になりました」

「あんさんが、和一さんといわはるんどすかいな。私は京の室町通りで、織田内匠守《たくみのかみ》さまの御用をあずかって呉服を扱うてます三文字屋徳右衛門といいます。供の彦三《ひこざ》と義助《ぎすけ》です。これ、ごあいさつしなはれ」

「おはようさんどす。彦三と申します」

「義助と申します。よろしゅう願います」

「私のほうこそ申し遅れました。江戸・麹町の鍼医・山瀬琢一に師事しております和一でございます。どうぞよろしくお願い申します」

「ではまいりましょう。武蔵屋さん世話になりましたな、おおきに」

「ありがとうございました。三文字屋さま、よろしくお願い申しあげます。またのお越しをお待ちしております。皆さま、どうぞ足もとにお気をつけて」

まだうす暗い街道を、彦三を先頭に徳右衛門、義助と和一が続いた。周りには、ちらほら人影があった。茶屋町をすぎ、元町にかかるころから上り坂が始まった。

「和一さんは、街道を何べんも歩いてはるんかいな」

「はい、年に二、三度は江島弁財天に参詣しております。いつもは先生と一緒なのです」

「ほう、この度はどないしはったんどす」

「先生のお見合いの日と重なってしまったのです」

「それはええ話しどすな。うまいことといったらよろしいな」

「ありがとうございます。うまくゆきそうな気がします」

「ところで和一さん、あんた年は幾つになるんや。まだお若いんとちがうやろか」

「二〇歳になります。もっと年上に見えますか」

「いやいやそうやおへん。目がご不自由やのに、しっかりしてはると思うておりますんや。国はどちらどす」

「はい、安濃津に生まれました」

「ほう安濃津というたら藤堂さまのお国どすな。今や飛ぶ鳥をも落とす勢いどすがな」

「父は藩に仕えております」

「ほんなら和一さんは、お武家やのうて鍼医になろうとしてはるんどすな。大したもんや。そうや、鍼医というたら、私も京では入江先生にお世話になってますんや」

「えっ、本当ですか。私の師は、京の入江先生のもとで鍼治を学ばれたのです」

「ほんまどすか。世間は広いようで狭いといいますなあ。戻ったらさっそくご報告しておきますわ」

いつの間にか境木《さかいき》地蔵まで歩いていた。武蔵と相模《さがみ》の国境に安置され、街道をゆく旅人を見守っている。見晴らしもよく茶店が並び賑わっている。

「三文字屋さまありがとうございました。おかげさまでたいそう助かりました。ここからは一人で歩けますので、どうぞ先をお急ぎください」

「そうどすな、急ぎはしませんが、先にいかせてもらいましょうか。和一さん、またどこかでお会いできるかもしれまへんな。気をつけておいきやす」

「三文字屋さま、ありがとうございました。彦三さん、義助さんお世話になりました」

「お達者で」

「足もとにお気をつけてな」

「皆さまもお元気で。ありがとうございました」

三文字屋の一行は、ひと足先に歩きだした。和一は、ここまで無事に歩けたことを、地蔵尊に一礼し歩きはじめた。

日本橋から九里にあたる品濃の一里塚で一休みして昼餉にした。武蔵屋が用意してくれたのは、昨夜のかやく飯をにぎってくれたものであった。雉肉も茸も入り、しょう油が焦げて、なんとも旨いので三つとも味わった。

腹ごしらえができたところで江島へと急いだ。戸塚宿を過ぎると上り坂にかかる。原宿の一里塚で一休みしていると、松並木を抜ける風が心地よい。遊行寺《ゆぎょうじ》までは下りがつづく。街道は相変わらず旅人が途切れることはなかった。

時宗《じしゅう》の総本山・遊行寺《ゆぎょうじ》の開祖一遍上人《いっぺんしょうにん》は、踊り念仏で衆生を救ったといわれている。いつも大勢の人達が参詣している。あまりにも混み合っているので、街道から手を合わせるだけにしている。

境川《さかいがわ》にかかる赤い遊行寺橋を渡ると、江ノ島道との分かれである。

東海道とはちがい、江ノ島道は人がまばらとなった。それでも必死に後をついて歩いていると、後ろから声をかけられた。

「お前さん江島参詣かい」

「はい、そうなのです」

「おいらたちは駿河からの見物なのだが、一緒にいこうか」

「それは助かります。ぜひお願い申します」

「お前さん目が不自由のようだが、どこから来なすったのかい」

「はい、江戸・麹町からまいりました」

「えっ、江戸からたった一人でかい。道中は何事も無かったのかい」

「はい、道中は幾人もの方々にお助けいただき、おかげさまでここまで無事にきました」

「そうかい。それは、弁財天さまが見守ってくださったのだよ」

「そう思います。いつも先生と盲目の二人旅なのです」

「先生は、琵琶法師かい」

「いいえ、鍼医なのです」

「ほう鍼医をね。失礼だが、どうして盲目で療治ができるのだい」

「はい、盲目であっても指先で人の体のようすがわかるのです。声や体の匂いも鍼治の判断にするのです」

「角さん、見えないからこそ、手や耳や鼻を、精いっぱい使えばできるのだよ」

「そうだろうね庄さん。だいいち体の中なんてのは、誰にだって見えないじゃねえか」

「かえって見ないほうがよいのかもしれないね」

「いえいえ、見えるにこしたことはないと思いますが、盲目であっても一生けんめいに学べば、鍼医にもなれるということだと思います」

「そう容易くは鍼医にはなれないってことだな。でお前さんは、今は修業の途中ってとこなのだね」

「はい、そうなのです」

「修業でいちばん大変なことはなんだい」

「はい、私たちには文字がないことなのです」

「つまりは、文字が見えないってことだね」

「はい、そうなのです。書物が読めないから、すべて耳で聞いて覚えねばならないのです」

「そいつは大変なことだぜ」

「おらたちだって、大事なことは書き付けておくものな」

「私の先生は、京で大変な修業をされたのです。だから私も先生についてゆくことにしたのです」

「なるほど、わかるぜ」

「そいつぁぜひとも鍼医になってもらわないとな。ところでお前さんの名は」

「はい、和一ともうします」

「和一さんか、覚えとくよ」

「ありがとうございます。鍼医になれるよう励みます」

「おう、潮のにおいがするるぜ」

「ほんとだ。もう着いたんだな」

「お二人は、たいそう鼻が効くのですね」

「なあに、おらたちは漁師なのさ」

「そうだったのですか。鼻にはちょっと自信はあったのですが」

「ほうら海が見えてきたぜ。そろそろ別れだな」

「おらたちは、島の手前の宿なんだが、ここからは一人で大丈夫かい」

「大丈夫です。たいへんお世話になりました」

「りっぱな鍼医になってくれよ」

「がんばります。ありがとうございました」

和一は、二人の漁師の大きな手で握られ、体中に力が湧いてくるのであった。

陽は西に傾きかけていた。江ノ島を前に波打ちぎわに立つと、三日間を歩き通したという実感よりは、明日から自分がなすべきことのほう

歌川広重画より（江之島）

が、はるかに大事なことであるかを自覚するのであった。

対岸の江ノ島へは、大潮の干潮時には歩いて渡れるが、今は潮が満ちているため舟で渡った。船頭が手をかしてくれたが、和一は舟底に杖をつき、舟が波で上がったところで乗り込んだ。すかさず船頭が声をかけた。

「相変わらず勘がいいね」

「お世話になります」

めざす『岩本屋』の表で番頭の吉弥《きちや》に呼び止められた。

「おや和一さま、どちらまでゆかれるのですか」

「えっ、岩本屋さんまで。あっ吉弥さん、うっかりしておりました。お宅で厄介になるつもりです」

「行き過ぎるところでしたよ。さあどうぞお入りください。ただいますすぎをお持ちします」

いつもの部屋に案内され、山瀬琢一が一緒でない訳と、明日から断食に入りたいことを告げた。

「この度は大事なお努めなのですね。私共もできるかぎりのお手伝いをさせていただきます」

「ありがとうございます。私も初めてのことで戸惑いもありますが、何とかなると思っています」

「いいえ大事なお体です。もしものことがあってはなりませんので、充分なご用意がいるかと思います」

「本当ですね。私が間違っていました」

「断食といえば、米を炒った糒《ほしいい》だけは今から用意させます。それに夜の岩屋は冷えますので、蓑《みの》もお持ちください」

「番頭さんありがとうございます。世話になります」

湯に浸かり、夕餉をすませた和一は、明日にそなえて自身に鍼を立てた。いつものようにすぐに眠りに入った。

出会い

寛永六（一六二九）年一〇月一六日朝、和一は雨の音に目覚めた。岩屋に籠もる修行がどれほど辛いものなのか、雨が予感しているようであった。身支度をしていると番頭の吉弥が声をかけてきた。

「和一さま、あいにくの雨降りですが、いかがされますか」

「番頭さんおはようございます。私はまいりますよ」

和一は、努めて明るくこたえた。

「ご決断されたのですね。昨晩申しておりましたものは用意してあります。蓑は雨具にも夜の冷え込みにも使えます」

「番頭さんありがとうございます。七日後には戻りますので、その節はよろしく願います」

「お帰りをお待ちします。足もとが滑りやすくなっておりますから、くれぐれも気をつけてください」

「ありがとうございます。ではいってまいります」

一歩外に出ると蓑笠に細かく打ちつづける雨は、秋の終わりを告げるかのようであった。はやる和一には寒くはなかった。むしろ休みなく降る雨の音は、自分を励ましてくれているようにさえ思えた。足もとを確かめながら、下之坊《しものぼう》・妙音《みょうおん》弁財天の前では、七日の修行が無事に終えられるよう祈った。

島の奥にある岩屋をめざして歩き始めたとき、後ろから声をかけられた。

「もしやあなたは、弁財天さまに参詣されるお姿を度々お見かけします、御法師さまではありませんか。わたくしは、ここ下之坊で妙音弁財天さまにお仕えする妙春《みょうしゅん》と申します」

「はい、私は師とともに年に二、三度参詣させていただいております」

「このような悪天候に、どちらへゆかれようとされるのですか」

「はい、私は江戸・麹町の山瀬琢一先生のもとで、鍼治《はりじ》を学んでおります和一と申します。この度、師より七日の時をいただき、こちらの岩屋をお借りして、鍼治について深く見つめ直したいのでございます」

「まあ、それはよいお心がけですこと。けれど、目がご不自由なごようす。この悪天候では、奥の岩屋は波をかぶって大そう危《あぶ》のうございます。お目にかかった以上、私はあなたをゆかせる訳にはまいりません」

「岩屋は、空海さまや日蓮さまも修行されたとお聞きしますが」

「その通りです。それゆえに厳しい行場なのです」

和一はこまった。ここまできて岩屋へたどり着けないというのは、いざこれからという自分の気もちが萎えそうであった。このとき妙春は妙案を思いついた。

「和一さまと申されましたね。奥の岩屋のようにりっぱな行場ではないのですが、この下之坊にも岩屋がございます。そこでよろしければご案内しましょうか」

「えっ、こちらにも岩屋があるのですか。ぜひお願いいたします。むしろ妙音弁財天さまのおそばで、お籠もりできることは幸せでございます」

和一にとって、これはまさしく弁財天のお助けそのものであった。

「では、先に妙音弁財天さまにご案内いたしますので、わたくしの肩におつかまりください。足もとがずいぶん悪くなりますよ」

妙春の柔らかな手が、和一の手をとり自分の肩にそっと置いた。ずいぶんほっそりした肩であった。改めて弁財天の前で、七日の間どうか無事に修行ができますようにと手を合わせた。

「和一さま、岩屋に向かいましょう。足もとがさらに悪くなりますから、お気をつけください」

和一は足裏に岩肌を感じながら妙春に従った。七日の間に、きっと何かが起こりそうな予感がするのであった。

「和一さま、岩屋につきましたよ。中には藁束《わらたば》も備えてあります。どうぞお使いください。では、ご修行が無事に終えられますようお祈りいたします」

妙春は、そういって岩屋の内側に和一の手を触れさせた。

「妙春さま、お世話になりました。おかげさまで修行が叶えられます。きっと妙音弁財天さまのご加護がいただけそうな気がいたします。ありがとうございました」

「夜は冷えますので、ご用心なされませ」

雨が降りしきる中を妙春は戻っていった。そのうしろ姿にそっと手を合わさずにはおれなかった。岩屋は静まりかえり、なにか神秘的なものを漂わせる空気を感じた。和一は、岩屋の入り口で濡れた蓑笠と草鞋を解き、中の広さを確かめにかかった。

間口は、両の手を広げたほど（約一・五メートル余り）。高さは、腕を伸ばして届くほど（約二メートル）。奥行きは、三間余り（約五・五メートル）ほどで、一番奥は少し広くなっていた。床は、ほぼ平らであったが、内壁の岩肌は荒々しさがそのままであった。奥の祭壇に油皿と灯心を探りあてたが、火はともさず手だけを合わせた。

妙春のいったとおり隅に藁束が積まれていた。座布団ほどの広さに並べ、足を組んで座し、心を静めるべく姿勢をとった。

雨音が聞こえている。波が岩にくだける音もかすかに聞こえている。和一は少しずつ別世界に分け入るような感覚にむかおうとした。

雨音と波の音を交互に聞き分けていた。どれほどの時が経ったのかわからないが、何も思い浮かんではこなかった。どのようなことから入ってゆけばよいのかもわからなかったのである。

和一は、盲目《もうもく》となった幼きころを思い出してみた。体中が熱く喉がかわき、苦しさに叫べども声すら出なかったこと。母上の叫ぶ声が遠くに聞こえていたこと。気を失ってどれほどの時が過ぎたのか、気づいたときはすでに目の前が真っ暗だったこと。明かりをつけてと叫んだが叶わず、やがて自分は見えなくなったのだとわかったこと。

見えないことの苦しさや悲しみを、どのようにすれば解決できるのか、わかるほどの年齢ではなかったこと。それゆえに周りの者をさほど困らせなかったこと。

母上は、何としても私の眼を治してやりたいと、あらゆる医者の門をたたいてまわったこと。

(そうだった。母上は、私を鍼医のところへも連れていったのだった。見えるようにはならなかったが、鍼治とはすでに縁があったではないか。これは大事なことを思い出した)

和一は鍼箱をとりだし、師の琢一から教わった爪切進鍼法《つめきりしんしんほう》で鍼立《はりた》てを試みることにした。足三里に左手拇指の爪を立て、右手で鍼を置き、爪をはずし左手の拇指と示指で鍼をつまむ。何度もなんども試みるが、鍼先が動いて定まらない。力をぬき場所を移し、くり返しくりかえし試みた。

苦しみ続けてどれほどの刻《とき》が過ぎたであろう。突然うまく鍼が立った。すると、まるで滑るように鍼が入っていった。

和一は嬉しくなり、再び試みたが、やはり痛くて鍼は立たなかった。どうしてなのか。同じことをしているのに痛いというのは、どこかが間違っているのだ。ならばそれはどこなのか。すでに和一の両の脚は腫れあがり熱さえおびてきた。自分の意志とは逆に肌は鍼の進入を拒んでいるようである。自分の技のなさを見せつけられた。もう前にも進めず後ろにも引けず、手を止めるより他に仕方なくなったのである。

和一は疲れはて、脚を引きずりながら岩屋の入り口まで進んだとき、足もとに触るものがあった。

今朝、妙春に声をかけられたおり、微かに白檀の香りがあった。今もあの香りが残っている。それに水筒はまだ熱く中は白湯であるらしい。なんと優しいお心遣いであろう。和一は、妙春が戻っていったほうに手を合わせた。

（妙春さま…）

和一は岩屋の外にでた。雨はやんでいるが滴がぽたぽたと垂れている。何刻なのかわからないが、冷え込みぐあいと辺りのようすから、夕刻にはなっているようである。朝から何も口にしていないことに気づくと、急に腹の虫がさわぎだした。岩屋に戻り、妙春が差し入れてくれた白湯を口にした。青竹の香りと、ほんのり甘い白湯が喉を下っていった。続いて、岩本屋の吉弥が用意してくれた糒を一口ほおばった。噛むほどに、米が持つ不思議なうま味に出会った。これまで口にしたことのない味であった。一口だけで充分であった。

和一は、気を取りなおし再び爪切進鍼法の鍼立てにのぞんだ。一息ついたおかげで、ずいぶん気が楽になっていた。

鍼立てがうまくゆかないのは、どのような時なのかとふり返ったとき、押し手の拇指または示指のどちらかに力が入りすぎているか、肌に対して指が前後左右にずれるように力が入っているのか、刺し手が鍼を押しすぎているのか…。

ただし力を抜きすぎて、押し手が浮いたのでは痛むもとである。では、どのようにすればよいのだろうか和一は考えた。

気持ちをゆったりと構え、押し手は力を入れすぎずに肌に置く、押し手の爪をはずし、鍼先近くをつまむとき、絶えず指の決められた場所でつままねばならない。そのためには、刺し手の中指を鍼に沿って立て、肌に置いた鍼先が動かぬよう支えれば、押し手はつまみやすくなるのではないだろうか。

つぎは、押し手で鍼を安定させ、刺し手で鍼柄《しんぺい》を左右に捻りながら僅かに鍼先を刺入させる。だが思うほど容易くはない。

和一は、くりかえし試みた。何度もくりかえすと、一連の動作が流れるようになった。すると、痛みも少なくはなってくる。

これが、誰でもが使える技にならないだろうかと思ったとき、師がいわれた言葉を思いだした。爪切進鍼法の技を試せといわれたのは、つまりその技を工夫せよともいわれたのである。

盲目の者が鍼治で生業《なりわい》を立てようとするなら、まず技術が優れていなくてはならない。そのためには習いやすい技術でなければならない。どのように工夫すればよいのだろう…。

初めから手順をたどってみた…。何度かたどるうちに、押し手の爪をはずして鍼をつまみ替える。この動作を工夫できないものだろうか…。ここさえ工夫できれば…。

「そうだっ！」

和一は声を出していた。爪に代わる平たいものと鍼とを押し手で挟んで肌に立て…。爪に代わるものだけをはずせば…。鍼をつまんだ状態で立てることができる。

「これだっ、これでよいはずだ」

本当に困ったときは案外とよい思いつきが浮かぶものである。爪の代わりをするものは…。鍼とおなじ長さがよい。幅はせいぜい三分（一センチ）ほどであろうか。そのようなものを、どうして手に入れようか。

和一は、思わず身のまわりを探ってみた。手に触るのは藁ばかりである。

その時、岩屋の入り口で足音がした。

「妙春さまですね」

和一は、よろけながら岩肌を伝った。

「申し訳ございません。大事なご修行のじゃまをしました」

「いえ、そんなことはありません。それより、温かな白湯を差し入れてくださったのも妙春さまですね」

「気がかりでならなかったもので……。出すぎたことをいたしました。昨夜は暗やみで何やら一心不乱のごようすでしたが」

「えっ、もう夜が明けているのですか。気づきませんでした。それより妙春さま、お助け願いたいことがあるのですが」

「私にできることでしょうか。お聞かせください」

「はい、私の人差し指ほどの長さで、爪ほどの厚さのものが入り用なのです。そのようなものがあるでしょうか」

「…木を削ればできるのですが、いますぐ入り用なのですね」

「できることなら、すぐにでも手にして試したいのです」

「…そうだわ。折り箱のふたを切ればよいのです」

「折り箱ですか?」

「そうです。いま持ってきてさしあげます。しばらくお待ちください」

妙春は、急いで戻っていった。和一は、胸の鼓動が体中にひびくのを感じた。もう間もなく思いついた鍼立てを試すことができる。盲目の者にも容易に鍼立てができそうなのだ。必ずうまくゆく。

和一には強い確信があった。

四半刻（約三十分）ほどで妙春が走るように戻ってきた。

「和一さま、これでいかがでしょう」

手渡されたのは、まさしく和一が思い描いたものだった。

「そうです。これです妙春さま。ありがとうございます。これを用いれば、痛みなく鍼立てができるのです」

「私には何のことやらわかりかねます。もし、お差しつかえなければお聞かせくださいませんか」

「あっ、そうでした。まだ何もお話ししておりませんでした。つい夢中だったもので申し訳ございません。

盲目の者が鍼治をするとき、まず痛みなく鍼立てができなくてはなりません。とくに私のように未熟者は、鍼立てを会得するには月日を要します。そこで師は、私に工夫せよと言われました。今その工夫の入り口が見つかったのです。作っていただいたこの木片で、その工夫がうまくゆきそうなのです。妙春さまのおかげです」

「まあ、へらのようなこの木片で、わたくしもお手伝いができるのですね」

「そうです。妙春さま、この木片はまさしく『篦《へら》』なのです」

「これも妙音弁財天さまのご加護なのでしょう。では、私は修行のおじゃまをしてはなりませんので戻ります。お茶を持ってまいりましたが、冷めたやもしれません。昨夜から眠っておられないごようす、どうぞ一息おつきください」

「何もかもお世話いただきありがとうございます」

「何をおっしゃるのですか。和一さまのお手伝いができて、わたくしは幸せなのです。夕方には白湯を、そっと置いておきます」

そういい残し妙春の足音は遠ざかっていった。和一は、妙春が弁財天なのではないかと思ってしまうほど、不思議な感覚になるのであった。

差し入れてもらったお茶をすすると、空腹にしみわたり心地よかった。糒を口に入れよく噛みしめると、香ばしさの中に甘み、苦み、渋味それぞれの味がはっきりわかった。

和一は、もしかしてこの感覚は、食を極端に少なくし常に空腹にすることによって、きわめて鋭敏になるのではと思った。だとすれば、指先の感覚も鋭敏になってはいないかと期待するのであった。

和一は、岩屋の外に出て小石を探った。妙春に作ってもらった箆の角を削りたかったのである。四半時も手探った。岩場には、あったとしても角の多い小石ばかりなのが常である。あきらめかけたとき、足うらにずるりと滑る感覚があった。手にすると空豆ほどの小さな石である。小石は角がとれ、以前から手になじんだ鑢《やすり》のようである。箆を削るために手渡されたかのようである。和一は勇んで岩屋に戻った。

懐から箆を一枚とりだし、念入りに触ってたしかめた。肌にあたるところは丸く削り、上の角も少々削ったほうが手になじむように思えた。

箆を左手にもち、右手の小石で箆の角をこすった。だが、ことは簡単ではなかった。箆とはいえ、こすって削るには根気がいる。左右の手をかえ、箆を小石にこすりつけてもみた。一刻（約二時間）もこすりつづけたであろうか、ようやく角がとれ手にもなじんできた。肌に立ててみるとなかなかよい感じである。

さっそく鍼と箆を合わせてみたが、まだ箆のほうが長い。ふたたびこすり続け、ようやく一分ほどの違いになった。もうこれは鍼治のための『箆』である。

和一は胸が高鳴った。きっとうまくゆくという自信と、本当にうまくゆくのだろうかという不安とが、はやく試みたいとせかせるのである。

大きく息を吐き、押し手で鍼と箆を合わせて肌に立て、軽く押しつけたあと、箆だけを刺し手で静かに抜いた。だが、鍼も押し手から抜け落ちてしまったのである。どこが間違っていたのだろう……。

和一は、衣で両手をぬぐって湿り気を取りふたたび試みたところ、見事に鍼だけが押し手の間に立っていた。刺し手で鍼柄を左右にそっと捻ってみた。

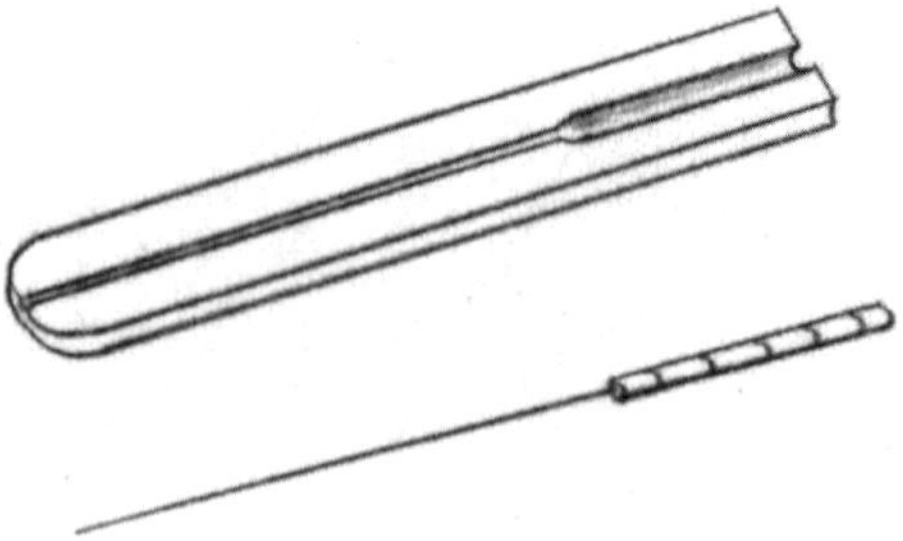

鍼とへら

「できた！ほんとうにできた！」

和一の目から涙があふれた。鍼立ての技ができたこともさることながら、これで盲目の者にも、鍼治が学びやすくなるであろうことが想像でき、嬉しかったのである。

和一、は一刻も早く江戸に戻り、師に報告せねばと思うのであるが、岩屋に籠もってまだ二日目がすぎようとしているだけである。もうしばらく留まって、この技を確かなものにしなければと思うのであった。

改めて篦を指先で確かめてみた。鍼をまっすぐ立てるには、篦のまん中に縦の溝をつければよいのだと気づき、さっそく試みることにした。

鍼箱の上に篦を二枚ならべ、その上にもう一枚の篦をまん中に重ね合わせ定規とし、鍼柄《しんぺい》の末端で下の篦に線を引き溝をつくった。

和一はさっそく鍼を合わせてみたが、鍼柄が合わさるところの溝を少々深くすると、よりよいものになると思えた。溝の上を鍼柄で強めにこすると、思い通りの篦にできあがった。

脚のどこにでも鍼立てが容易くできるではないか。思いのほか早く鍼立ての技ができたことに安堵したが、ほんとうの鍼治とは鍼をいかに操り病をいかに治すのか。このことのほうが大事なのであり、鍼医とはそれを全て会得してこそなれるのである。和一は、改めて鍼治の奥深さを思い、いつの日か必ず目的を遂げてみせると誓うのであった。

残りの篦も思い通りに使えるよう小石で削りつづけた。夜が更けたのであろうか、背後に冷気を感じるようになった。

和一は、小鳥のさえずりで目覚めた。いつの間にか眠っていたのである。藁の上に横たわり、体には蓑が掛けられていた。妙春がかけてくれたのであろうと思うと嬉しかった。岩屋の外に出て手足をのばしていると、足音とともに妙春が現れた。

「和一さま、おはようございます。ご気分はよろしいようですね。少しおじゃましてもよろしいでしょうか」

「妙春さま、おはようございます。昨晩は蓑を掛けていただいたのですね。ありがとうございます。しばらくなら大丈夫です。昨日いただきました篦がこのようになりました」

手のひらに五枚の篦を並べてみせた。妙春はその内の一枚をとりあげた。

「まあ、きれいに削られていますが、何を使われたのですか」

「この小石です」

「ではこの溝は」

「鍼柄の端でこすりました。おかげさまで、盲目の私たちが鍼治を学びやすくなると思います。妙春さまにお会いできたからこそ、こうして生まれたのです。ほんとうにありがとうございました。この岩屋でのことは、私の一生のうちで最も大事な出来事なのです。この箆は、鍼医をめざす私にとって宝物なのです」

「まあ、そんなに大切な物をつくるお手伝いができ、私にとっても忘れられない大事な出来事となるのですね」

「その通りです。そうだ妙春さま、その一枚をずっとお持ちいただけませんか」

「まあ、大切な出来事の証としていただいてよろしいのですね」

「そうです。私が妙音弁財天さまのもとで得ることができた技の証なのです」

「では、いつまでも大事にいたしましょう。和一さまは、もう江戸に戻られるのですね」

「いえ、もう一日ここで技を磨きたいと思います」

「では、お茶を置いてゆきましょう。どうぞ修行をお続けください」

「お心づかいありがとうございます」

妙春は戻っていった。和一は温かな茶と糒で飢えをしずめたあと、鍼立ての技を確かめにかかった。

今日は自分の腹にも鍼立てを試みることに決めていた。横のになり胸元をゆるめ、中管穴にゆっくり押しつけ篦を抜く。脚とはちがい緊張が増すのは、肌が柔らかく奥では拍動が打ち、呼吸により腹壁が大きく波打つためである。

刺鍼《ししん》の基本は、息を吐くとき鍼をすすめ、息を吸うときに鍼を抜くと師から教わったのであるが、そう思う通りにゆくものではなかった。

和一は、患者の気持ちも、おそらく今の自分と同じなのだろうと思った。鍼師にすべて任せたとはいえ、どのようにして鍼が体に入ってくるのか、気持を張りつめて待っている。それも痛くはないかと不安を抱きながらである。

鍼立てのあと、鍼柄を左右に軽く捻った。鍼をゆっくり刺入させてゆくと重くなったのは、筋のところまで鍼先が進んだのであろう。鍼を三分《さんぶ》ばかり進めたところ、いきなり大腸がぐるっと音を立てるように動いた。鍼の刺激が大腸を動かしたのである。いま少し進めると、胃がぎゅっと縮むような気配である。しばらく留めて抜くと腹が軽くなり気持ちよくなった。

眠気がきそうなので急いで座り、首に鍼を立て二分ばかり進めると、心地よいひびきが広がった。和一はおもしろくなってきた。指で按《あん》じて心地よい痛みのある穴を、探っては鍼を刺入していった。岩屋での最初の日、痛みと熱感で苦しんだことを思えば、天と地ほどの差があると思うのであった。

和一は、鍼立てから刺入に移る流れを会得しつつあるように感じた。

山瀬琢一から教わった、鍼の刺入は力で刺してはならない。刺し手の指が、呼吸に合わせて鍼が入ってゆくのを、ただ支えているだけ。それほど柔らかく静かに鍼を進める。これをくり返せば、必ず鍼医の入り口にたどり着けるという望みが、今、確かにみえるのである。

一方、自分の体に鍼を刺入させた感覚を、患者の体に刺入させたときにも、感じ取らねばならないという困難さを思うと、改めて鍼治のむずかしさを知るのであった。

江島・妙音弁財天

陽が落ちたのであろうか、急に冷気が岩屋のなかまで入ってきた。いよいよ今夜かぎりで岩屋を離れるときがきた。またたく間の三日であったが、和一にはずいぶんと長く留まったように思える。自分の思いが叶った喜びで気がゆるんだのか、睡魔には勝てなかった。蓑をかけて眠りに入ってしまったのである。

『これ和一、よくお聞きなさい。そなたは鍼医になるために修業しているのだ。盲目のそなたには険しい修業となるであろう。途中でくじけてはならぬぞ。己を捨てて励みなさい。さすれば願いは必ずや叶うであろう。ゆめゆめうたがうことなかれ』

和一は夢を見ていた。夢の中の弁財天は妙春であった。声も白檀の香りも妙春に違いなかった。何故だろうと思い巡らせていると急にゆり起された。和一は跳ね起きた。白檀の香りとともに妙春が自分を起こしていたのである。

「妙春さま、おはようございます。私はずいぶん眠っていたように思います。いまは何刻なのでしょうか」

「和一さま、おはようございます。さきほども来てみたのですが、気持ちよさそうに眠っておられました。もう四つ刻（午前一〇時頃）になろうとしておりますので、お起こしせねばと思いました」

「ありがとうございます。たった今、妙音弁財天さまから、お言葉を賜る夢を見ておりました」

「まあ妙音さまから。どのようなお言葉だったのですか、どうぞお聞かせください」

「はい、鍼医となるためには、盲目で厳しい修業ではあっても、途中でくじけてはならない。己を捨てて励めば願いは叶えられると、そういわれました」

「まあ、それはよかったこと。和一さまならきっとできますよ。ずいぶんと、お若く見えますもの、夢を叶える年月は充分にあるでしょう。お幾つになられるのですか」

「はい、今年で二〇歳になりました」

「えっ、そんなにお若いのですか。ずいぶん落ちついた物腰なのですもの、私よりは年上かとばかり思っておりましたわ。妙音さまのお言葉どおりお励みください」

「ありがとうございます。先ほど起こしていただいたおりは、ほんとうは妙春さまが弁財天さまではないかと思ったくらいおどきました。夢のなかで白檀の香りがしたのですから」

「ほほほ、それがほんとうなら、わたくしも嬉しいのですが。それで和一さまは、今日のうちに江戸に戻られるのですね」

「はい、予定よりは三日はやいのですが、一刻も早く山瀬先生にご報告がしたいのです。盲目の者が鍼治を学ぶために、この鍼立てが本当に役立つものとなるのか確かめたいのです。

この度は、妙春さまには大変お世話になりました。このことは一生忘れてはならないと思っております。ありがとうございました。お名残おしいのですが、これから江戸に戻ります。この場を片付けさせていただきます」

「お疲れさまでした。和一さまにとって、たいへんよい修行になりましたね。必ずやりっぱな鍼医になられますよう願っております。いつまでもこの岩屋でのことを忘れないでください。それでは藁束を私といっしょにお堂のそばまで運んでください」

和一は手早く身支度し、藁束を抱えて岩屋をあとにした。

「妙春さま、妙音弁財天さまにお礼を述べたいと思います。ご案内願いたいのですが」

「そうですね。喜んでご案内しましょう」

藁束を置いて二人は弁財天社にまわった。

「和一さま、妙音さまの前ですよ」

「ありがとうございます」

和一は、思い描いた修行ができたことに礼を述べ、盲目であっても世間の役に立てる鍼医として、さらに修業を重ねることを妙音弁財天に誓うのであった。

「妙春さま、この度のことを忘れないために、妙音弁財天さまの守り札をお受けしたいのですが、こちらで求めることができるでしょうか」

「ありますとも。和一さま、それでしたらぜひ私の守り袋をお持ちくださいませんか。妙音さまと私とでお守りしたいとぞんじます。ぜひお持ちください」

妙春は、和一の手に自らの守り袋をにぎらせ、両の手でやさしく包んだ。

「えっ、よろしいのですか。この守り袋を肌身はなさず、ここでの誓いを忘れずに精進してまいります」

和一は、妙春の手の温もりも忘れまいと思った。

「和一さま、ここでお別れいたします。これからも参詣のおりは、どうぞ声をおかけください。楽しみにしておりますからね」

「妙春さま、きっとお訪ねいたします。どうぞお達者で。ありがとうございました」

和一は、妙春の手をしっかり握りかえし、心から礼を述べて歩みだした。

和一にとって、妙春はすでに他人ではなかった。歳の近い姉かそれ以上の、まさに妙音弁才天の使者に思えるのであった。

下り坂の途中で懐の守り袋を握りしめると白檀の香りが鼻をかすめた。とっ、次の瞬間、小石か小枝に乗りあげたのであろう、和一は大きく滑り尻もちをついてしまった。痛さよりも恥ずかしさのほうが先だった。我に返ると、和一は左の手に枯れた小枝か笹の軸を握りしめていた。

「おまえさん、お目がご不自由のようだが大丈夫かい。うしろから見ているとずいぶん派手に滑ったよ。けがはないかい」

「ご心配いただきありがとうございます。恥ずかしいところをお目にかけてしまいました。すこし気が緩んでおりました」

「私は、この近くで饅頭屋をやっている『紀伊国屋』の栄三郎というものです。おまえさんはどちらまでゆかれるのですかな」

「私は、鍼治の修業をしておりますす和一と申します。妙音弁財天さまのもとで、お籠りをしての帰りで、岩本屋に戻るところです。いま饅頭屋さんといわれましたね。紀伊国屋さんにぜひお願いがあるのですが」

「おや、願いとは何でしょうね。岩本屋は途中だから送ってさしあげましょう」

「ありがとうございます。助かります」

「さあ着いたよ。私の店はここから五軒目だからね」

「お世話になりました。のちほどおうかがいします」

「ああ、待っていますよ」


「ただいま戻りました。和一です」

番頭の吉弥が走りよってきた。

「和一さま、よくご無事で。おやっ、でも三日ほどお早いのですが、どうかなされたのですか」

「いいえ、目的が果たせたので戻りました。一刻も早く先生に報告せねばと思っています。今宵の都合はいかがですか」

「はい、私どもは大丈夫ですよ。それでは、昼餉は腹に負担のないように粥をご用意いたしましょう。まずは湯にゆっくり浸かって疲れをお取りください」

「そうさせていただきます」

和一は、広い湯船を一人占めであった。手足を伸ばし、体のすみずみに気血をめぐらせた。すると急に腹の虫がさわぎだした。伸びたひげを剃り、すがすがしい気分で部屋にもどると、昼餉の膳がととのえられていた。

「和一さま、夕餉はご馳走を用意いたしますので、いまは粥でご辛抱ください」

仲居のおたねが給仕してくれた。

「おたねさん、いつも世話になります。昼餉のあとで小半刻（約一時間）ばかり横になりたいのです。そのあと紀伊国屋さんにまいりますので起してください」

「ようございます。起しにまいりますよ」

和一は粥を三杯腹におさめてすぐに横になってしまった。


小半刻しておたねが起しにきた。

「和一さま、起きてください。紀伊国屋さんにゆかれるのですね」

「ああ、おたねさんありがとう」

「お送りしましょうか」

「いいえ、先刻お聞きしています。それに饅頭をふかす匂いでわかるでしょう」

「そうですわね」

和一は、紀伊国屋の表で水を打つ小僧さんに来意をつげた。

「和一さまですね。主人からうかがっております。どうぞお入りください」

和一は、店の奥にある座敷に通された。そこへ店主の栄三郎があらわれた。

「和一さん、お待ちしていましたよ。私どもの饅頭を召しあがってください」

「ご主人、先程はお世話になりました。私の用は店先でこと足りたのですが、おもてなしいただき恐縮です」

「なにをいわれるのですか、これも縁ですよ。さあ饅頭も茶もさめないうちに召しあがってください」

「では、ちょうだいします…。これは上品な甘さですね。旨いです」

「そうです。甘みは砂糖を用いております。砂糖は輸入品で手に入りにくいものですから、上方で薬種問屋を商う親戚から回してもらっております。和一さんはお若いのによくわかりましたね」

「いえ、甘いものが好きなだけです。そうそう、お願いごとがありました」

和一は、懐から篦をとりだし栄三郎に手渡した。

「おや、これは折り箱のふたでこしらえたものですね。何に使うものですか」

「はい、それは私が鍼立てに用いるものです。それを用いれば、盲目の者にも鍼治が学びやすくなるのです」

「ほう、これがね。和一さんがこしらえたのですか」

「はい、先日より下之坊の岩屋にて籠もりながら考えついたものです」

「これが、和一さんたちのお役に立てるのですか。感心しました」

「そこで紀伊国屋さんには、折り箱のふたを譲っていただきたく、お願いにまいりました」

「そうだったのですか。ところで、これは薄くて割れやすいと思われます。ほんの少々厚いのがありますが、いかがですか」

「ぜひ見せてください。お願いします」

「これですよ。これは岩本屋さんなどにご滞在されるお客さまにお出しするときの、饅頭を乗せる台なのですよ」

「紀伊国屋さん、これをぜひ譲っていただきたいのですが」

「これは、さほど値のするものではないのですよ。なにしろ饅頭に付けるだけのものですから。どれくらい入り用ですか」

「できれば十枚ほど譲ってください」

「それくらいなら喜んでさしあげましょう。和一さんたちのお役に立てるのですから」

「いえ、それでは困ります。…では、こちらの饅頭を二折り求めさせてください。そのうち一折りは、下之坊の妙春さまにお届け願えないでしょうか。この度大変お世話になったのです」

「そうだったのですか。妙春さまには、いつもお引き立ていただいておりますよ」

「それでは、よろしくお伝えください」

和一は嬉しくてならなかった。また一歩前に進めたのだ。　岩本屋に戻って、吉弥に頼んだ。

「番頭さんお願いがあるのですが」

「和一さま、いかがされたのですか」

「じつは、今しがた紀伊国屋さんでいただいたのですが、この箆とおなじ幅に切っていただきたいのですが」

「では見せていただきます…。これは饅頭をのせる台ですね。よろしゅうございます。切ってまいりましょう。この箆もお預かりしてよろしいでしょうか」

「よろしく願います」

「では、のちほど部屋にお持ちしましょう」

和一は、部屋に戻ると急に疲れを感じ、間もなく横になり眠ってしまった。

「和一さま、夕餉の支度ができましたよ」

吉弥にゆり起こされた。

「番頭さん、おかげでよく眠りました。腹がぐうぐう鳴っています」

「よほどお疲れだったのですね。さあお待ちかねの夕餉ですよ。今宵は、和一さまが無事お戻りになられたことと、何かよいことがおありだったようで、そのお祝いをさせていただきます。そうそう、先ほどお預かりしたものを切ってまいりました。そのお話もお聞かせください」

「この篦ですが、私たちが鍼治をするとき、まずは痛みなく鍼立てをせねばなりません。そのとき、この篦に鍼を添わせて肌に立てます。左手で肌に押しつけながら、右手で篦を抜き去ります。鍼先は痛みなく、肌にわずかに刺さりながら立っているのです。次に鍼を操り療治するのです。

私は、鍼立てが上手にできなかったのですが、この篦を用いれば、鍼治は早く上達できると思います。これから盲目の者が学ぶときには、きっと役立つと思われます」

「この篦は、和一さまがお考えになって作られたのですね」

「そうですが、下之坊の妙春さまに手伝っていただき出来上がったのです。いえ、それだけではありません。番頭さんにも紀伊国屋さんにも手伝っていただいたのですよ」

「まさに、妙音弁財天さまのご利益ですね」

「私もそう思っております。今朝がた、妙音さまが夢枕にお立ちになられたのです」

「そうだったのですか。よいお話を聞かせていただきました」

「さあさあ、お待ちどおさま。ごゆっくり召しあがってください。お給仕いたします」

「おたねさん、よろしく願います。今宵は格別おいしそうですね」

「そうなのですよ。近ごろ始めたのですが、生魚を薄切りにして醤油に漬けておきます。熱い飯にのせて食べると旨いのですよ。どうぞ召しあがってみてください」

「ほんとだ。番頭さん、魚の旨さと歯ごたえに、胡麻の香りが入って飯が何杯も入りそうです」

「どうぞお代わりしてくださいね」

「魚は、まぐろと鰹にいか、それにこれは何ですか」

「それは、砂地におります鯒《こち》という白身の魚です。漬け置きしますと、これまでとはちがう旨い食べかたができました」

「それでは、ほかの魚も漬け置きできるのですね」

「いろいろ試みております。このつぎお泊まりの時には、きっと別の魚もお出しできることでしょう」

「楽しみですね。山瀬先生に、よいみやげ話しができます」

「どうぞよろしくお伝えください」

「醤油のこげる香りは栄螺《さざえ》ですか」

「そうです。この辺りの岩場に潜って捕るのです。海草を食べて大きくなったのですよ」

「海草だけとは不思議ですね。こんなに硬い殻を持っているのに」

「海草と海水には、よほど滋養があるのでしょうね」

「栄螺も噛めばかむほど旨味と甘みが出てきますね」

「和一さまは、何ごとも上手におっしゃいますね。私どもが、ご用意した甲斐があります」

「私は、目が見えないぶん、耳や鼻や舌で感じたことを、言葉にしているだけですよ。番頭さんもおたねさんも、一度目を閉じて食べものを口にしてみてください。またちがった味わいがあると思いますよ」

「和一さまのお話をうかがっておりますと、そうかもしれませんわね」

「季節が深まり、茸がたくさん採れました。味噌汁にたっぷり入れましたので、これも熱いうちに召しあがってください」

「季節は観て楽しむほかに、香りや味でも楽しめるので嬉しいですね」

「ほんとにそうですね」

「いつも、おたねさんに給仕してもらって、よけいにおいしいのです」

「まあ、お上手なこと」

「ああ、満腹です。ごちそうさまでした。しあわせ、しあわせ」

「お休み前に、もういちどお湯に浸かってください。ぐっすり眠れますよ」

「番頭さん、この度は、たいへん世話になりました。つぎに来るのが楽しみです」

「いつもの通りですと、梅の花が咲く頃でしょうか」

「道中で梅のよい香りがするのですよ。道すがら、もうそろそろ香りがする頃だね。などと話しながら来るのですよ」

「お待ちいたしております」

「明日は早く発ちたいと思いますので、茶とにぎり飯を用意ねがいます」

「承知いたしました。どうぞごゆっくりお休みください」

おたねが後片づけをして出ていった。長い一日であった。

和一は江島での出来事をふり返った。四日間が次からつぎへと浮かんで移っていった。三年の間、師のもとで学んだことの仕上げが、この四日間だったように思えた。鍼医をめざす一つの段階なのであり、この先も、このように一段ずつ上がることができればよいのだがと思いながら、鍼治にしても按摩にしても、手をつかって人の体の仕組みを動かすことのできる不思議さ、面白さに胸が高鳴るのであった。

それにしても、何よりも妙春との出会いこそが、ここに至った大事なことであり、自分が鍼医として世間に認められるか否かの分かれ道であったと思った。無意識のうちに、妙春からもらった守り袋を握りしめていた。和一は吸い込まれるように眠りについた。


寛永六（一六二九）年一〇月二〇日、小鳥のさえずりに目覚めた和一は、身支度をして岩本屋の土間におりた。

「和一さま、おはようございます。ちょうど夜が明けたところでございます。このぶんですと日和のようです。よい旅ができることでしょう。どうぞ江戸までのご無事をお祈りいたします」

「番頭さん、いろいろ世話になりました。近いうちに先生とうかがうことになると思います。その節はまたよろしく願います」

「私どもこそお待ちいたしております。足元にお気をつけて」

「ありがとうございました」

和一は、一日も早く江戸にたどり着きたかったが、旅慣れた道とはいえ、一人であり何事につけ自分で対処しなければならず、あらためて浮かれ気味の心を引き締めねばならなかった。

今日は保土ヶ谷宿の武蔵屋までである。ほぼ山道であり、尚のこと安全を心がけねばならない。

遊行寺をすぎた辺りから上り坂が始まる。頭上で鳶が、ぴぃひょろろと鳴いている。山際の街道は、ひんやりした空気と木々の香りが体を洗ってくれるようであった。

つまずく度に、平常心をなくしている自分を戒め、前方の風景を思い起こしつつ、歩き続けた。

いちばん心細いのは分かれ道を折れるときで、ここでよいのかと迷うときは、道行く人にたずねた。

原宿の一里塚で一休みし腹ごしらえをした。旅人が交わす言葉では、朝日に映える富士の姿がたいそう綺麗だそうである。和一には山の姿が想像できた。

品濃の一里塚でもう一度休んだ。保土ヶ谷まではあと一息である。山の日暮れは意外とはやく、武蔵屋にたどり着いたころはすっかり陽が落ちていた。

「世話になりたいのですが、部屋はありますか」

「和一さま、お帰りなさいませ。さあどうぞおあがりください」

忙しく立ち回るなかで、中居のお初が気づいて案内してくれた。

「江ノ島では、よいことがございましたか」

「はい、私の思いがひとつ叶いました。一刻も早く先生にお知らせしたいのです」

「それはよろしゅうございました。どうぞごゆっくりなさってください」

夕餉のあと和一は、岩本屋の吉弥が切ってくれた篦を、小石で削り始めたが、折り箱のふたよりは厚みがあり、思いどおりの形にするのに夢中になっていたため、いつの間にか夜が更けていた。一枚の篦に仕上げるまでは手をはなせなかった。やっとのことで仕上げて厠に立つと、あちこちの部屋からいびきが廊下にひびきわたっていた。自分もそうなのだろうと思うと、おかしさが込みあげてきた。


一〇月二一日は番頭の平太郎に起こされた。昨夜の篦作りのせいである。川崎宿までは、昨日より歩きやすいが気はゆるせない。

「またのお越しをお待ちしております。どうぞ足元にお気をつけて」

「番頭さん世話になりました。この次もよろしく願います」

近頃改修された今井川のせせらぎがさらさらと、いかにも朝の爽やかさを歌いあげていた。やがて街道は潮の香りを運んでくるようになった。神奈川宿が近いのだ。街道が平らになるにつれ、和一も少しずつ気が抜けるようになっていった。川崎宿まで休みなく歩き続けた。大和屋にたどり着いたのは、夕暮れにはまだ早かった。

「大和屋さん今宵の宿を世話になりたいのですが」

「これは和一さま、お帰りなさいませ。よろしゅうございますよ。すすぎをお持ちします」

部屋に案内されると、急に疲れを感じた。無事に歩き通さねばという思いの一方、明日はいよいよ師に報告できると思うだけで、緊張の糸が切れそうになるのである。

「和一さま、少しお疲れのようですね。今宵はゆっくりおやすみください。明日は私がお起こしにまいります」

「おみねさん、いつも世話になってありがとうございます。よろしく願います」

和一は、寝床に入る前にもういちど湯に浸かり、肩や脚を揉んでほぐしたが、それでも頭は冴えわたっていた。師の体にうまく鍼立てができるであろうかという心配もあるのだ。

鍼と管をとって、自分の腹に立てた。鍼のひびきに体もほぐれ眠気がさしてきた。

一〇月二二日、いよいよ麹町に戻る日である。番頭の幸助に礼をいい大和屋を後にした。早朝の冷えこみは日増しにきびしくなってきたが、今日も日和のようである。六郷の大橋は朝霧でぬれているようであった。品川宿外れの、お光の茶店にたどりついた頃は陽が頭のうえであった。

「世話になります」

「あっ、和一さんお帰りなさい。お元気そうね」

「はい、おかげさまで無事に戻れました。今日はにぎり飯をもっていますから茶をください。それに、いつもみやげにしている焼き餅を包んでください」

団子を平たくして串に刺し、しょう油をつけて焼いたものである。和一たちは、しょう油の焦げた旨さと、噛みごたえの旨さが気に入り、江島参詣の戻りには必ず求めた。

「おまちどおさま。たくさん歩いて来られたからお腹がすいたでしょう。和一さん何かいいお話を聞かせていただけますか」

「それそれ、江ノ島の宿で旨いものを出してもらったよ。しょう油に生姜と胡麻を少し加えた中へ生魚の切り身を漬けおき、あつい飯にのせて食べるのだよ」

「まあ、おしょう油漬けなんておいしそうね」

「ほんとうに旨いのだよ」

「今晩さっそくやってみるわ。魚はなんでもいいの」

「いろいろ試みているみたいだね」

「ありがとう、楽しみだわ」

「和一さん、先日は珍しいものをいただきありがとうございました。豆腐はやさしい味で年寄りにはこのうえないものでした。おみやげの焼き餅でございます。一本おまけしておきました」

「えっ、親爺さん。それはいけません」

「和一さん、今日はよいお話を聞かせていただけたし、わたしからも召しあがっていただきたいわ」

「そうですか。では今日は遠慮なくいただきます。焼きたてのほうが旨そうだな」

「そうよ、すぐに召しあがったほうがいいわよ」

「うん、やはりこのほうが旨い。だけど麹町にもって帰っても、みんなに喜ばれているのですよ」

「いつもありがとうございます」

「ああ旨かった。お代は五四文でよかったのですか」

「毎度ありがとうございます。焼き餅が一〇本と茶で五四文となります」

「和一さん、麹町に帰りつくまで気をつけてね」

「お光さんありがとう」

和一は、一歩ずつ麹町に近づいている実感をたしかめていた。一三日の朝、麹町を発ち十日目になる。あちらこちらで助けられ、もうすぐ師にうれしい報告ができるのである。鍼医になりたい。鍼医になって人の療治をしたい。自分は盲目であっても鍼医への道を目指し、後に続く者たちを指導したい。そのような思いで胸の中はいっぱいであった。足元には充分気をくばり、人の後について歩をすすめた。いつの間にか日本橋の上に立っていた。あとひと息である。

「先生、和一でございます。ただいま戻りました」

「おお、まさしく和一の声だ。よく無事に戻ったな。体のほうは大丈夫であったか」

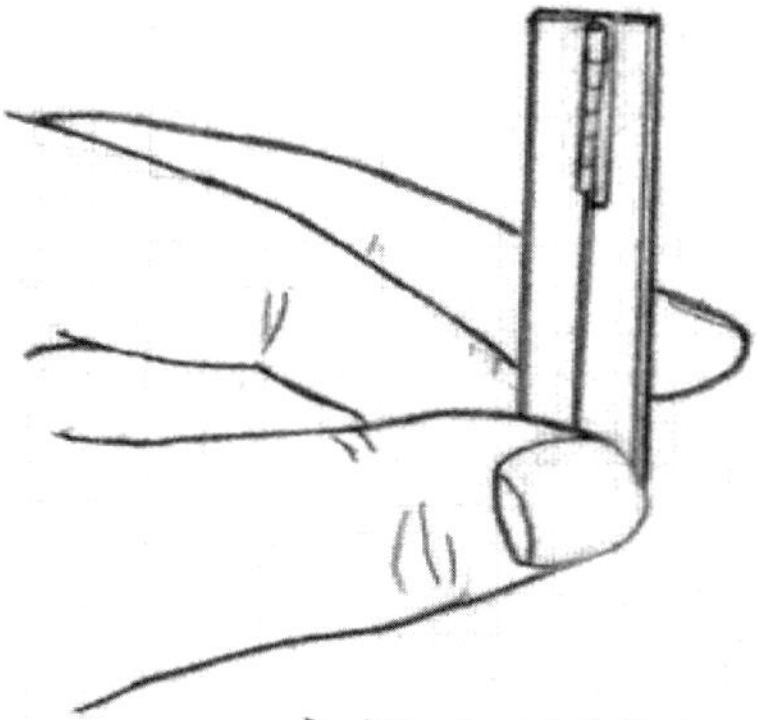

へらによる鍼立て

「はい、おかげさまで。先生っ、そんなことよりできたのです。出かけるとき、先生にお教えいただいた『爪切進鍼法』から、新しい鍼立ての技が生まれたのです」

「なに新しい技ができたのか」

「はい新しい鍼立てです」

「早くみせてみなさい」

「先生、私の脚に立ててみます」

和一が鍼立てするようすを、啄一はそっと手で触れながら見守った。

「では私の脚にも立ててみなさい」

「はい」

「…和一っ。これこそ正に新しい技だ！　そのまま鍼を進めなさい」

「はいっ」

「…和一よ、私の思った通りだ。そなたは鍼医の入り口に立てたぞ」

「えっ、先生本当ですか」

「本当だ。鍼の刺入も確かにできている。つぎは大勢の患者を診て学ぶのだ。患者の体が教えてくれるのを、しっかり学びとるのだよ」

「先生、ありがとうございます。しっかり学んでまいります」

「あらぁ、和一さんおかえり。無事でよかったよ、毎日みんなで今はどのあたりを歩いているだろう。今宵は、どんなご馳走をだされているのだろう。なんてさ」

おかねは、そういいながら和一を抱きしめた。和一は、嬉しさよりも恥ずかしさで照れてしまった。

「おかねさん、そんなに力を入れなくても…」

「何いってんの、どれだけ心配していたかわかるだろ」

「だからこうして急いで帰ってきたのですよ。あっそうだ。みやげに焼餅を買ってきました」

「それを早くおいいよ。品川のお光っちゃんとこのだね」

「はいそうです」

「夕餉のあとで積もる話しをするんだろうから、そのときいっしょに出そうね」

「お糸も呼んであげなさい」

「それがいいね」

「和一、夕餉の前に湯屋に行ってきなさい」

「はい先生、そうさせていただきます」

「亀の湯は大きな湯船に代わったから、落っこちるんじゃないよ」

「はい気をつけます」

一〇日ぶりの街は何もかわってはいなかったが、和一には、何故かなつかしさを感じるのであった。たった一〇日で、和一はずいぶん大人になったのかもしれない。

「よお、和一さんじゃないか。しばらく見なかったが、出かけてたのかい」

「はい、江島で修業してまいりました」

「道理で、先生いそがしそうだったぜ」

「源さん、膝のぐあいはどうですか」

「ありがとうよ、おかげで座れるようになったぜ」

「源さんは外仕事だし、寒さでも痛みだしますから気をつけてください」

「そのうちに診てもらいにゆくよ」

「お大事に」

亀の湯は、薪をくべる匂いと湯の匂いが入りまじり、これまでより湯屋とすぐにわかった。

江戸では、湯気で蒸す風呂が大半であったが亀の湯では、いち早く湯船にかえた。同時に、武家の家族からも要望があり、混浴から男女も別々となった。そのせいか女湯のほうは、ずいぶんと賑やかである。

「和一さんいらっしゃい。おといから湯船にかわったので気をつけてよ」

「おまつさん、旅先でなれてるから大丈夫です。湯代はいくらですか」

「それなんだよ、わるいね。湯がたくさん入り用だからね、一二文にさせてもらったよ」

「湯を沸かすのに、薪だって入り用だものね」

「それそれ、八文からいきなり一二文じゃ辛いって泣かれると、こっちも辛いんだけどさ」

「さっぱりして、きれいになるんだから、こちらもありがたいんですよ」

「そういってくれると助かるよ」

「おまつさん、がんばってください」

「ありがとう。ゆっくり浸かっておゆきよ」

亀の湯では、相当の出費だったことだろう。中に入ると、木の香りであふれていた。湯に浸かると、檜の香りが体に染みこむようであった。

「さあみんな夕餉だよ。お糸ちゃん運んでおくれ」

「はぁい、和一さんお帰りなさい。なんだか顔がひきしまって男らしくなったみたいね」

「えっ、お糸さん、からかわないでください」

「ほんとだよ。お糸ちゃんのいうとおり、大人っぽくなったよ」

「おかねさんまで、冗談はよしてください」

「和一よ、それはほめられているのだよ。私もそう思う。すなおに喜びなさい」

「皆さん、ありがとうございます…」

「あっははは」

「さあ、和一の帰宅を喜びあって、夕餉の宴にしよう」

「和一さんは毎晩ご馳走がでたろうけど、今夜は脂がのったもどり鰹だよ」

「あっそうだ。おかねさん、江ノ島では生魚を薄く切って、しょう油に生姜と胡麻を加えたものに漬け込んで、熱い飯にのせて出されました。旨かったよ」

「今夜は間に合わなかったけれど、このつぎはやってみるね」

「魚はなんでもいいのかい」

「まぐろと鰹にいかと鯒だったけれど、いろいろ試みるそうです」

「じゃあ、私もやってみるね」

「おかねさん、私からも是非たのみますよ」

「先生任せてください。というより魚留さんの仕入れしだいだけどさ」

「おかねさん、私にも教えてくださいね」

「じゃあ明日は二人で見にゆこうかね」

夕餉がすむと、和一が岩屋での出来事を語りはじめた。夜の更けるのもわすれて三人は引き込まれていった。

篭にたどりつく場面で山瀬琢一は、おもわず身をのりだした。

「うん、なるほどそういうことだったのか。さすがに和一の頭は柔らかい。よくぞ思いいたったことよ。窮すれば通ずとはまさしくこのことだな」

「はい先生、何とかしたいとの思いで必死でした。出かけるまえに、爪切進鍼法のことを、お聴きしていましたからできたのだと思います」

「それもそうだが、先人の技をさらに工夫して、後の者に伝えるのも私たちの務めだからね」

「はい、今後も心がけます」

「あたしは、妙春さんとのことを、もっと詳しく知りたいわね」

「おかねさん、妙春さんは妙音弁財天さまにお仕えする方ですよ」

そういいながら、和一は顔を赤らめていた。

「女の勘だけど、妙春さんは和一さんのことが気がかりで、放ってはおけなかったのよ」

おかねにいわれる度に、和一は自分の心の内を平静によそおうのに必死だった。守り袋のことはいわないことにきめた。

「和一がどれほど上手く鍼治ができるようになったか、明日からまた稽古相手になってあげなさい。今夜はもう遅いから、そろそろこのへんでお開きにしようではないか」

「そうよ和一さん、患者さんが大ぜい見えているから忙しくなるわよ」

「お糸さん明日からまたよろしく願います」

和一は、我が家に戻った安心感からか、吸い込まれるように眠りに入った。

翌朝は早く起きたつもりであったが、すでにおかねが働きはじめていた。

「和一さんおはよう。今日からいつもの暮らしが始まるよ」

「おかねさん、おはようございます。一生けんめいやります。よろしく願います」

「じゃあ、拭きそうじは任せたよ」

「はい」

おかねから教わり、和一はすっかり掃除が上手になった。手際も要領もよくなったのだ。朝餉がすんで、お糸がやってくると、患者もぼつぼつやってきた。

「おお、和一先生おかえりなさい。みんな待ってたんだよ」

「山瀬先生お一人でたいへんだったよ」

「皆さん、ご心配をおかけしました。今日からまたよろしく願います」

「こちらこそお世話になりますよ」

山瀬鍼治療所では、日が暮れても患者の笑い声が続くのであった。


寛永六(一六二九)年一〇月末、江戸は風が冷たく身にしみるようになった。江島で考案した和一の鍼立てを、患者にためす日々が続いた。和一には自信らしきものはあった。しかし、鍼治でほんとうの技が必要なのは、鍼を操り病を治すことなのである。鍼立て以上に心注がねばならないことは、和一にもよくわかっていた。

「若先生、腹がしくしく痛むんでさぁ。何か悪いものに当たったのかもしんねぇんだ」

「太助さん、通じはありますか」

「へぇ、三日前にあったきりで、屁もでねえんで困っちまうよ」

「では食は進みますか」

「それがよ、あんまり食いたくねえんだよ」

「太助さん、私の診立てでは、外仕事で疲れた体に寒の邪気が入りこんだのです」

「先生、かんのじゃきってぇのは何です」

「病をおこす元に寒さもあるということなのです。体が元気だと寒の邪気をはねかえすのです」

「なるほど、そういう訳だったんっすね」

「弱った臓腑に気がめぐるよう療治しておきますから、温かい粥などとって体を暖めるようにしてください」

「へぇ、おっかあにそういっときやす」

太助の体は、肌肉《きにく》が締まってはいても気血の巡りは悪く、潤いや弾力に欠け肌は冷たく腹が張っていた。

鍼治が終わるころ腹の中で腸が動き始めた。

「先生、てえへんだ屁がでそうなんでぇ、ちょっくら外へいってくらぁ」

「あっははは。太助さん、どうぞいいですよ」

太助はすっきりした顔で戻ってきた。

「先生、でっけぇ屁がでるとよぉ、治っちまったみてぇだ」

「太助さんそれはよかった。寒さはこれからが本物ですから、仕事を終えたならまず熱い白湯でも飲んで体の中から暖めてください」

「若先生、助かったぜ、ありがとうよ」

「太助さん、お大事に」

太助は小躍りしてかえっていった。

「先生、近ごろ患者さまからお代を頂く時、和一さんへの評判がずいぶんいいのよ」

「それはよいことだね。お糸やおかねさんが稽古の相手をしてくれたおかげなのだよ」

「それと先生のお教えがいいからだわ」

「あっはは。そこまでいくと、和一の筋がいいからかな。だが、これは和一には内緒だよ」

「そうね。もっともっと学んでもらわないとこまるわ」

「その通りだ」

琢一は、和一をあずかって以来、ほんとうに鍼医として育てることができるか心配であったが、近ごろの鍼治に対する前向きな姿勢にひと安心しているところであった。

和一が鍼治に懸命に取り組んでいる頃、泉町《いずみちょう》の安濃津藩・上屋敷より急な使いがあった。藩主・藤堂高虎が失明したというのである。

三代将軍・家光公は、曲がりくねった江戸城の廊下を、見えづらくなってきた高虎が歩きづらかろうと、真っ直ぐに付け替えさせたほど、徳川家から大事にされていたが、とうとう見えなくなってしまったのである。

そこで、盲目の和一から何かと話を聞かせてもらいたいとの要請である。和一は喜んで殿さまに聞いていただく旨を快諾した。

「和一と申します。本日は大殿さまにご拝謁《はいえつ》たまわりますこと、誠に嬉しくありがたくぞんじあげます。この度は、大殿さまにおかれましては、御目がご不自由になられたとお伺いいたしました。心よりお見舞い申しあげます」

「和一と申したな」

「はっ」

「大儀であった。楽にせよ。見えぬことは何かにつけ不便であるのう。近頃までは霞の中にいるようでな、まだ薄ぼんやりと見えておったが、もはや目のまえがまっ白になってしもうた。だがそちは、聞くところによれば江戸の町どころか、江島弁財天へもひとりで参詣してきたというではないか。そのようなことができる秘けつでもあるのか。あれば是非に聴かせてはくれまいか」

「大殿さまに申しあげます。私は七歳の時に麻疹の高熱で失明しましたが、それ以前は安濃津の町を走りまわっておりました。その頃見ていた物の形や色や、山河や家々や街道などは記憶にございます。今もそのような景色であろうと思いながら暮らしております。そうしますと、見えないはずのものが私には見えるのでございます」

「つまりは、見えずとも己で想像するのであるな」

幾歩で右に曲がり、幾歩で昇り段であると、その場々々を描くのでございます」

「さすれば、見えずとも常に頭脳の中では景色が現れると申すのだな」

「さようにございます。一度描かれた景色を記憶にとどめますれば、次の機会にもお役に立つと存じあげます」

「しかるに初めての場はどういたすのじゃ」

「はい、そのような時はそばにおられる方にお尋ねいたします。また、私は見えないところを、味や香りからも想像して楽しんでおります」

「おお、そうであったな。わしも口にするものは、よう味わっておるぞ」

「大殿さま、目以外をぞんぶんにお使いなされるなら、さぞかし常々のお暮らしが愉快かと存じあげます」

「そうか愉快か。和一よくぞ申した。周りの者どもはな、わしの目が不自由になるにつれ腫れものに触るがごときじゃ。本日からは己にできることは己でいたすとするぞ。久々に気が晴れた。礼を申すぞ」

「大殿さま、もったいのうございます。私ごときがお役に立てたといたしますれば、このうえなき幸せにぞんじます」

「大儀であった。今後も顔を見せてくれよ」

「はい。お伺い申しあげます」

和一は嬉しかった。多少なりとも大殿さまのお役に立てたこともさることながら、盲目の不自由さ不便さを、将軍・家光公をはじめ大勢の方々に知ってもらえたことであった。

こうした和一たち当事者の行動があってか、徳川時代は社会的弱者に理解ある人たちが少なかったのである。

ところが、残念なことに翌年の寛永七（一六三〇）年春、藤堂高虎は多くの人たちに惜しまれながら、桜吹雪のなか静かにこの世を去ったのである。七四歳の生涯であった。葬儀は高虎ゆかりの上野・寛永寺で盛大に執り行われた。和一も末席に招かれ冥福を祈ることとなったのである。

昨年、拝謁して以後の大殿さまが、見えない世界をどのようにすごされたのか、愉快にすごされたであろうか気がかりであった。大殿さまには、庭をお一人で歩き、鳥のさえずりを聴き、木々をくぐる風の香りを楽しんでいただけたであろうか。もはや言葉を交わすことのできない世界に旅立たれたことを無念に思うばかりであった。

高虎が没して以降、度々安濃津藩・中屋敷に呼ばれるようになった。大久保剛章《たけあき》をはじめ重臣たちは、鍼治よりも按摩をのぞんだ。心身の疲れを取って欲しかったのである。和一には、人の骨格や肉づきを学ぶ良い機会となった。それは、鍼治のために大事な勉学となったのである。

夏が過ぎた頃、琢一のもとにひとりの少年がやってきた。名を昇太《しょうた》といい、母親と二人暮らしで歳は一一歳だという。おかねの知り合いから頼まれたのだ。昇太は、掃除や使いはしり、琢一や和一の手を引いて、幼いながらよく動いた。山瀬家にとっておお助かりである。

「和一よ、昇太の手を引く具合はどうだな」

「はい先生、昇太は歩きながら周りをよく見ております。それに私の歩幅に合わせるようにしっかり歩いてくれます。幼いとはいえよく気がつきます」

「それは感心だな。家の事情ではたらくことになったのだが、大事に可愛がってやりなさい」

「はい、お任せください。私には妹が二人なので、昇太は年のはなれた弟のようです」

和一の往療には必ず昇太が付きそい、和一は昇太を頼りにしたのであった。

和一は、山瀬琢一のもとで鍼治の修業を続けるなか、日々の暮らしでは、盲目ゆえの不自由さや不便さを恨めしく思うことも無くはないが、周りの人々の手助けや親切な心づかいに感謝することのほうが度々あることを思い、江戸に出してくれた父母のもとに生れてきたことを喜ばずにはおれなかった。

だがそれは、自分だけのことなのであろうか。江島へ参詣する道すがら出会う盲女たちは、道端で芸を披露することが生業であると、当人たちは思い、日々幸せに暮らしているのであろうか。

この国には、いったいどれくらいの盲目の者が暮らしているのであろうか。中でも生業をもっている者がどれほどいるであろうか。思いはつきない。自分が山瀬琢一の門を叩いた鍼治が、琵琶、三弦、琴の音曲と同じく、盲目の生業として世間に認められるか否かは、未だ確実とはいい切れない。今後、盲目の多くの弟子たちが育ち、鍼治がひき継がれてゆくことにより成されるのであろう。

そのためには、山瀬琢一のもとでできうるかぎりの理論と技を学び、どのようにすれば自分の鍼治が確立できるものなのか、それが大事なことであり、全てそこから始まるのである。

和一は、盲目の者が職を得ることの困難さを改めて思うのであった。それゆえ、自分が鍼医として山瀬琢一と同じく、道を創ってゆかねばならぬ責務を課せられていることを自覚するのであった。

年が明け、寛永八（一六三一）年一月、山瀬琢一は、麹町名主《なぬし》・矢野与兵卫夫婦の媒酌で、見合い相手のお琴と祝言を挙げることとなった。梅の香漂う氏神の『平河天神（現平河《ひらかわ》天満宮）』の前で二人は将来を誓い、披露の宴は、治療所の間仕切りを取り払った広間において、近所の人たちや患者から厚い祝福を受け賑やかに始まった。

「先生、お琴さん本日はまことにおめでとうございます」

「おかねさん、おかげでこの日を迎えることができました」

「よかったね。お琴さんきれいだよ。末永くお幸せにね」

「おかねさん、ありがとうございます。これからよろしくお願いします」

「先生、お琴さん本日はおめでとうございます。鍼治に励みますのでこれからもよろしくお願い申します」

「和一よ、当治療所はそなたの活躍如何によって、どうなるかわからんよ」

「和一さん、私からもよろしくお願い申します」

「ちょっと待ってください。困ったなあ」

「和一さん、昇太さんがついてるわよ」

「お糸さん、からかわないでください」

「先生、お琴さんおめでとうございます。まあっ、お琴さんかわいいわよ。わたしも早くお嫁にいこうかな」

「あれっ、お糸さん相手が決まっているのですか」

「もおっ、和一さん冗談よ。お嫁にゆけたらいいなってこと」

「いやいや、お糸も年頃だからな、心当たりもあるのでしばらく待っておくれ」

「先生までからかうの」

「お糸ちゃん、先生は本当に気遣っておられるのよ」

「さあさあ、みんな今宵は楽しくすごそう」

た。

「皆さん、たくさん召しあがってくださいね」

日が暮れても、町の人々が入れかわり立ちかわり祝に駆けつけ、山瀬家は祭り騒ぎの一日であった。

この年は、春の訪れが遅かった。三月も半ばだというのに桃の花が咲きそろわず、女達は雛祭りの支度にやきもきしていた。

「和一さん、悪いけど往診のついでにさ、桃の花を求めてきてくれないかね。今年は、この辺りじゃめったにお目にかかれないんだよ」

「おかねさん、午後から藤堂さまの中屋敷までまいりますから、帰りに求めてきます」

「ありがとう。頼むわね」

戻り道、昇太と神田大明神の参道にて桃の切り枝を求め、一本を別にしてもらった。

「昇太、これはおっかさんに持っていくんだよ」

「兄ちゃん、いいの」

「おっかさんは女だから、雛祭りは幾つになっても嬉しいんだよ」

「へえっ、そうなのか」

「昇太には雛あられを買ってあげるから、おっかさんといっしょに食べるんだよ」

「うん、ありがとう」

桃の枝を抱えて戻った二人を、近所の人達が微笑ましく見守った。

「お帰り。おや沢山だね。そうか、お糸ちゃんやわたしんちのも買ってくれたんだね」

「和一、よく気がついたね。ありがとう」

「和一さん、今年は桃の花を諦めかけていていたところなのよ」

「お糸さん、この花は昇太が選んでくれたのですよ」

「そお、昇太ちゃんありがとう」

「おいらには雛あられだよ」

「そうか、雛あられも悪くないね」

雛祭も無事に済んだようである。だがこの年は、殆どといえるほど春らしい日がなかった。春の雨は、草木が目覚め万物に潤いを与えてくれる。しかしそれは、日照りがあってこそ成り立つものであり長雨では万物は育ちにくい。

人は自然の力の前にはなすすべもなく、雨空を恨めしく見つめて時の過ぎてゆくのを待つのであった。

雨の日は重苦しい気分になるものであるが、和一は雨音を聴いているのが好きであった。いろいろな物に当たる雨音を聴き比べるのである。そこには調子も旋律もあり、雨音を背景に自分の世界に浸ることができた。

「和一、雨降りにすまぬが名主の矢部宅へ往診してくれないか。与兵ヱさんの古傷が痛み出したようなのだ。今日は昇太を休ませたので、おかねさんに送ってもらうからね」

「わかりました。いってまいります」

「あたしは、あんたを送ったら買い物を済ませて、ころあいを見て迎えに来るよ」

「おかねさん、戻りは自分一人で大丈夫です」

「何いってんだよ。雨の日に街道を横切るのは危ないんだからね」

「では、半刻くらい後に迎えに来てください」

「あいよ。名主さんとこは近いから助かるね」

名主の矢部与兵ヱは、長雨のせいか脚の痛みがぶり返した。若い頃、藪の竹を切り出す作業が元で傷めたという。昔この辺りは藪村といい、一面に竹が生い茂っていたそうである。

「若先生、やっとご療治していただける機会が巡ってきましたな。私も若気のいたりで、当時は競って力比べをやったものです。青竹は結構な重さなんですよ」

「そうだったのですか。で、どの辺りが痛みますか」

「いつも右太股の後ろが痛むのです」

「腰は痛みませんか」

「腰は重い感じがしますが、痛くはないですな」

「では、鍼治をしますのであお向けになってください」

和一は、腹診をし中管、関元、符穴に刺鍼し、与兵卫を伏せさせ右脚を観察した。痛む箇所を圧すると、中に棒の入るがごときに強張ったものに触れた。

「先生そこです。押さえられると痛みが和らぐように思います」

和一は師の教え通り、強張りに添い押圧した後、太股の後付け根の中央より膝裏にかけて刺鍼していった。太股外の風市《ふうし》、膝の便穴《へんけつ》、足三里を加え、更に灸点を印して家人に据えさせた。

「和一先生、体が温こうなりました。ありがとうございます」

「与兵工さん、後は毎日灸をすえて数日ようすを見てください。それでもなお痛みが残るようだったら使いをよこしてください。鍼治にまいりますので」

「ありがとうございます」

「それと、この天候ですから、くれぐれも体を冷やさないようにしてください」

「はい、気をつけるようにいたします。それにしても『山王祭《さんのうさい》』までに、お天道様が顔を見せてくださるか心細くなりますよ」

「山王祭は確か六月一五日ですね。ひと月半も先ですから、お天道様はきっと私達の願いを聞き入れくださいますよ。もう少し待ちましょう。では、お大事に」

外は春雨が梅雨になったかと思われるほど、傘に当たる雨粒が大きな音に聞こえた。おかねの迎えのおかげで早く戻れた。

「先生、ただいま戻りました。教わった通りに療治しますと、ずいぶんと楽になったようです。与兵ヱさんは、山王祭の天候を気にされていました」

「そうか、ご苦労さまだったね。療治の後は必ず振り返っておくのだよ。何がよかったのか、何処が悪かったのか確かめて学ぶのだよ」

「はい、わかりました」

和一が思ったとおり、春の長雨がそのまま梅雨入りとなってしまった。田圃や畑の作物の苗が生育せず、人は仕事にあぶれて収入はなく、このままでは人々の暮らしはいったいどうなるのか、幕府は保有する『お救い米』を配り、物価の高騰を規制し、暴動を警戒するなど頭痛の種はつきなかった。

だが、お天道様は人々を裏切りはしなかった。六月五日未明の雷鳴を最後に、わすれかけていた黄金色に輝く朝日が静かに顔を見せたのである。老若男女を問わず江戸の人々は、こぞって表に出てお天道様に手を合わせ歓声をあげた。

「先生、お天道様の暖かさって気持ちよいですね」

「ありがたいね。光と熱は万物の命の源だそうな」

「もしお天道様がなければ、私達は生きてはゆけないのですか」

「そのようだね。世の中が夜ばかりで、寒くて食べるものがなくては生きてゆくことはできないよ」

「それでは感謝して、全ての命を大事にしなければなりませんね」

「その通りだよ」


六月一五日未明、徳川将軍家の産土神《うぶすながみ》を祭る日吉山王権現《ひよしさんのうごんげん》の山王祭は、一六〇もの氏子町《うじこちょう》から出た山車《だし》と趣向をこらした練り物が列を成し、山下御門に勢揃いした。行列は権現さままで練り歩いた後、三基の御輿と合流して半蔵門より江戸城内に入り、吹上にて将軍にご覧いただく。常盤御門を出た行列は各氏子町を巡り、茅場町《かやばちょう》の御旅所で神に供え物をした後に本社へと戻っていった。

山王祭の行列が氏子町を巡るとき、名主を先頭にした我が町の山車が近づくと、家々の前に設けられた桟敷から一際高く歓声があがる。人々は酒宴を開きながら豪華な行列を観て楽しんだのである。

この山王祭は、三代将軍・家光公の上覧後より天下祭となった。江戸の繁盛振りを諸大名に示して、将軍家の威光をも示す絶好の機会であったのだ。

麹町の人々は、半蔵門前に見物席を設けることが許された。

「和一先生、先日は雨の中を往診していただきありがとうございました。おかげさまですっかりよくなりました。日和が戻って、今日の山王祭が無事に執り行われたので、もう思い残すことはありません」

「与兵卫さん、来年も、またその先も山王祭はありますよ。お役目どうぞお続けください。お体のほうはご療治いたしますから」

「和一先生、ありがとうございます。嬉しいことをいってくれますね。よろしく願いますよ」

「どうぞお任せください」

九月一五日の『神田祭』と合わせた二大天下祭は、誰もが祭の熱気に加わることができ、江戸中を一気に活気づけてくれるのであった。

和一も、日々の暮らしの中に祭があることは、めりはりがついて暮らしに勢いがつくように思えた。祭りによって人は栄え、人によって祭りが大きくなるのであった。

第三章

京へ

寛永九（一六三二）年、江戸は珍しく風のない暖かな正月を迎えた。

山瀬琢一の家では階下の奥座敷に皆がそろい、床の間を背に琢一の横には昨年一一月に生まれた茜《あかね》を抱いた妻のお琴が座った。

「新年おめでとう。よい正月が迎えられました。これも日頃のみんなの働きのおかげです。今年もよろしく頼みますよ」

「先生、奥さま、おめでとうございます。茜ちゃんがお生まれになって、いっそう晴れやかなお正月でございますね」

「おめでとうございます。おかねさん、いつもお世話になってありがとう。茜もおかげさまで、ちょっと重くなりましたよ。あなたがいてくれて大助かりです」

「茜ちゃんの笑顔がとっても可愛いんだもの、つい手がでちゃうわ」

「今年もよろしくお願いしますね」

「こちらこそよろしくお願いいたします」

「先生、奥さま、おめでとうございます。私は今年で二三歳になりました。鍼の道に入って七年になります。一層精進してまいります」

「おめでとう。和一も二三になるのか、ちょうどよい機会だ。前々から考えていたのだが、後ほどゆっくり話したいことがある」

「はい、わかりました。何のことだか少し怖いですね」

「なあに、そなたの将来のことだよ」

「あぁよかった」

「和一さんは案外弱気なところもあるのね」

「お糸さん、からかわないでくださいよ」

挨拶と祝の宴がすむと座敷には琢一と和一が残った。

「そなたがここに来た頃は、元気のよい青年であった。昨日のことのようにはっきりと覚えているよ。それが嬉しいことに、今では立派に私の代診がつとまっている」

「ありがとうございます。すべて先生のおかげです」

「そこでだ。和一よ、ここいらで旅に出ないか」

「えっ、旅にですか?」

「そうだよ。旅というのは、私の元を離れて、もっと広くもっと深く、鍼治《はりじ》について学んでみないかという意味なのだよ」

「先生のもとを離れて…ですか」

「和一よく聞きなさい。そなたが江島・弁財天に籠もり、新しい鍼立《はりた》ての技を見つけたとき、私はとても嬉しかった。そなたの鍼医《はりい》への道がやっと見えてきたと思った。ただし、盲目であるからと甘えてはならない。盲目であるがゆえに、他人より励まねばならないことはよくわかったであろう。そなたの夢である真の鍼医になるためには、ここにいるよりは京で私が学んだように、入江流の技と御園流という別の技をも学んで欲しいのだ。そなたならできると私は見たのだが、このことについて和一はどう思うかね」

琢一には、和一の考案した鍼立ての技が、入江流と御園流を越えた新たな技になってゆくような予感がするのである。だが、そのことを口にはしなかった。和一が自ら苦心して、そのことを見つけて欲しかったのである。

「先生、私にできるのでしょうか。やっと鍼治の一端がつかめたように思ったのですが、何だかまた霧の中に迷い込むような不安が湧くのですが…」

「私の見立てに狂いはない。そなたは、私より一回りも二回りも大きくなる器だと見たのだ。今よりは何倍もの苦労があるだろう。だが、そこを乗り越えたなら、そなたの本当の夢が叶うだろう。挑むからにはそこまで求めて欲しい。今がその時なのだよ。若いからこそ苦労に耐えられるのだよ」

「先生は私のことを、かいかぶっておられませんでしょうか」

「和一そうではない。そなたが今後も私のそばで鍼治に励むとしよう、私の持っているものを全てそなたに伝えたとしよう、ある意味ではそれでもよいのだ。だが私には、そなたを私より優れた鍼医に育てる役目がある。そのためには、もっと広い鍼治の世界に送り出すことが、そなたの師として私に与えられた嬉しい仕事なのだよ」

琢一は、どういえば和一が納得するか悩んだ。

「和一よ、世の中には大勢の人々が暮らしているな。その一人ひとりには、それぞれの暮らしがある。たとえ親子、兄弟が同じ屋根の下に暮らしていても、一人ひとりは別々の思いがあり、その思いのために生きてゆくだろう。和一には、そなたの思いがあり、私の後をついて歩くのでは、和一の本当の生きかたとはいえまい。

そなたと私は共に盲目であり、同じく鍼医の道を究めようとしている。ならば、和一自身の鍼医の道を究めるべきではないかな」

「先生、私は今の今まで、師の後をついてゆけばよいものと考えていました。先生がこれほどまでに、私の先々のことまで思ってくださっていたのに、まったく気づかずにすごしてまいりました」

「そなたを歳のはなれた弟のように思ってきたのだが、私は昨年お琴との間に娘を授かった。さてどのように育てようかと思いめぐらせたとき、和一のことが浮かんだのだ。私は、そなたを少し甘やかしていたなと思ったのだ。私の持っている鍼治について、全て伝えたわけではないが、それは時を経れば叶うことだ。だが今の和一には、もっと大事なことがあると思ったのだ。ぜひ京に上って、広い鍼治の道を学んで欲しい。それに和一には、そろそろ京の当道座職屋敷において、座頭の官位を得てもらいたいとも思っておったのだよ」

「先生、ありがとうございます。自信はないのですが、やらねばならないことはわかりました。精いっぱいやってみます」

和一は、先の見えない不安と、別れる心細さと、やらねばならない思いとが入り混ざる辛さを感じるのであった。

「和一よ、今ひとついっておくことがある。これからもそなたのゆく手には、容易い道と、困難な道に分かれるときが訪れるであろう。より大きな望みを叶えたいと思うなら、そのおりは困難な道をえらびなさい。今日の私は、そなたに突き放すようなことばかりいっておるが、これもその分かれ道だと思って欲しい」

「先生のおっしゃる意味がよくわかります。何からなにまで…。ありがとうございます…」

和一は、やっとそれだけがいえた。

「何も今日、明日という話しではないのだ。少しずつ準備をしてゆけばいいのだよ」

「はい、そういたします」

「私の鍼治をできるかぎり学んで欲しいと思うので、これまで以上に覚えてもらうよ」

「はい、私もそのようにお教えいただきたく思います」

次の日から和一は、いつもに倍して夜更けても昼間の復習をするのであった。日頃の鍼治に加え、自ら考えついた鍼立てに続く鍼の操作に、いっそうの磨きをかけるのであった。

松の内がとれた一月一〇日、和一は昇太の道案内で、下谷《したや》・窪町《くぼちょう》の安濃津藩・中屋敷に新年の挨拶に出向いた。寛永七（一六三〇）年、藤堂高虎が没した後、長男の高次《たかつぐ》が藩主となって早くも二年となる。留守居役の大久保剛章《たけあき》を訪ね、もし安濃津に向かう一行があるならば、ぜひ同行させていただきたいむねを頼んだ。

幸いにもすぐに話しはあった。三ヶ月後に安濃津へ向かう一行があることを知らされ、同時に同行の許しもえられたのだ。

和一は、いったん安濃津に戻り、この度も嘉平に頼んで京に向かおうと考えていた。安濃津藩の一行は、幕府より下された新たな石垣普請を国もとに伝えるのが目的であった。和一は鍼師として、国もとの若殿さまの療治を求められて同行することとなった。

和一にとって七年ぶりの帰郷である。父上、母上はお元気だろうかと、一日たりとも思わない日はなかった。余りにも遠く離れているので、無事を祈るほかないのである。妹たちはさぞや大きくなったであろうなと、会えるのが楽しみであり待ちどおしい。

これまでは、国もとに向かう藩士に文を託することもあったが、山瀬家の人たちは家族同様とはいえ代筆してもらうことは、和一には気恥ずかしさが先にたち、本音はなかなか出せなかったのであった。

四月になって、和一は慌ただしく旅じたくと、自分が受けもった患者の引きつぎと別れの挨拶をせねばならなかった。多くの患者は、和一が師のように立派な鍼医となって戻ってきてほしいと願うばかりであった。

寛永九（一六三二）年四月一〇日、安濃津へ向かう朝がきた。

「和一よ、くれぐれも体を大事にし、鍼治を究めるのだよ」

「先生、もし鍼医となれたそのおりには、江戸に戻って来てもよいでしょうか」

「もちろんだよ。江戸はそなたにとって大事な所であろう」

「先生、いたらぬ私をご指導いただき感謝申しあげます。ありがとうございました」

「いや、私のほうこそ教えたいことがまだあるのだが」

「先生には、盲目の者が生きるための真の道までも説いていただきました」

「いずれにしても、これからが本当の修業だと思いなさい。和一ならできるはずだ」

「先生、沢山のことをお教えいただきありがとうございました…」

「和一さん、京の冬は寒さがきびしいと聞きます。くれぐれも用心してね」

「奥さま、ご心配いただきありがとうございます。心いたします」

「和一さん、あたしゃ寂しいよ。あんたは息子みたいなものだもの…」

そういっておかねは、和一を強く抱きしめた。

「おかねさん、そんなに泣かないでよ」

「そうよ。おかねさん、和一さんはきっと立派な鍼医になって帰ってくるわ」

「そうだよ。そうだよ」

「お糸さん、昇太、私もそのようであればと思っているよ」

「きっとよ」

「お兄ちゃん、やくそくだよ」

「これこれ、和一を困らせてはだめではないか」

「皆さん、長い間お世話になりました。このご恩は決して忘れません。京にまいりましても可愛がられるようにいたします」

「そなたの成功を祈っておるぞ」

「和一さん、おかねさんとお糸さんと、わたしで心を込めてこしらえたおむすびよ。お武家さま方のぶんもあるのよ」

「先生、奥さま、ありがとうございました」

「和一さん、頑張るんだよ」

「おかねさん、ありがとう」

「和一さん、一日も早く鍼医になってね」

「お糸さん、ありがとう」

「名残が尽きないな。それでは昇太、中屋敷まで送っておくれ」

「はいっ、お送りしてまいります」

山瀬家の人たちは、いつまでも手をふって見送ってくれた。和一の七年間の江戸暮らしはあっという間であったが、鍼治にたいする心構えは、七年前とはくらべるまでもなく大きく膨らんでいた。

和一を加えた一行は、榎本清祐《きよすけ》を筆頭に近藤英之進《えいのしん》、山本小平太の若い藩士と、下男の茂吉《もきち》の五人である。

和一は、山本小平太の肩をかりて歩くことになった。山瀬琢一との旅とはちがって、この一行はおそろしく早足であった。和一の年齢ではみんなについてゆくのはさほど困難ではなかったが、おどろきと戸惑いはかくせなかった。

「和一どの、ちと速いですかな」

「いえ、大丈夫です。ただこれまでの歩きかたとは違いますので少々おどろきました」

「そうなのだよ。武士の世では、お互いが切磋琢磨して出世をのぞんでおるのでな、常に緊迫感がぬけないのだよ。それが歩くときにまで出るのであろう」

「わかります。でも、いつもそうでは疲れますね」

「それが武士としての勤《つと》めであり、心構えなのだよ」

和一は、改めて国を守り治めてゆくことが、武士の組織にとっていかにたいへんなことであり、父上の苦労を今になって知ったのであった。

初日は日本橋から八里九町（三二・四キロ）、保土ヶ谷宿で泊まることとなった。和一にとって、いつもの倍の距離を歩いたことになる。しかし、さほど疲れはでなかった。周囲に気をつけて歩くのではなく、ついていくことで楽をさせてもらった。

皆で夕餉を囲んでいるとき、和一はたずねた。

「皆さま足腰がお疲れでしょう。お連れいただいたお礼にといえるほどではありませんが、のちほどご療治をさせていただきます」

「おぉ和一どの、それはおおいに助かるのう。わしはこの中で一番の年上になるのでな、そろそろ長旅は体にこたえるようになったのだ。足腰が悲鳴をあげておる、ひとつ頼むとしようか」

「榎本さま、今日のうちに疲れをとりのぞいておきますと、明日の道中はずいぶんと楽でございますよ」

「それはありがたい」

「そんなに楽になるのなら、私も願いたいものだ」

「近藤さま、ぜひ療治をお受けください。その効き目が明日おわかりいただけると思います」

結局この夜は、茂吉も含め全員の療治をすることとなった。

翌朝は、全員元気に宿を発ち、大磯の宿まで八里一八町（約三三・四キロ）を歩くことができた。

三日目は、箱根の湯本まで八里八町（約三二・三キロ）を歩き通し、温泉に浸かり足腰をのばした。

四日目から六日目までは、原、由井《ゆい》、丸子の宿へと、二一里九町（八三・一キロ）を歩いた。若いとはいえ、さすがの和一にも旅の疲れを覚えるようになった。ほかの四人も当然疲れはあるが、和一の療治によって連日快よい朝をむかえている。

七日目は、駿河・金谷の宿までは六里三八町（約二七・二キロ）あり、途中大井の渡しは水量が膝より下であったが流れは急であり。滑って流されてはならず、川越え人足に手を引かれて無事に渡ることができた。

この後、見附、舞坂、吉田、岡崎、鳴海、桑名、そして一四日目の夕刻には無事に安濃津にたどり着いた。なつかしい我が家の匂いである。文で前もって知らせてはあった。

「父上、母上ただいま戻りました。お久しぶりでございます。お変わりございませんでしたか」

「おおっ、和一よく戻ったな。ずいぶん立派になったものだ。見違えたぞ」

「よく顔をお見せ…」

母は我が子の成長ぶりに涙し、つよく抱きしめずにはおれなかった。和一も応えて母を抱きしめた。幼い頃の母の匂いであったが、自分が成長したぶん、心なしか母はほっそりしていた。ふと江島《えのしま》・弁財天の妙春《みょうしゅん》を重ね合わせ思い出した。

「母上、食事はしっかりとっておられますか。少しお痩せのようですよ」

「気遣いありがとう。親というのは、子どもたちがそれぞれ独り立ちするような歳になっても、気苦労が絶えないものなのですよ」

「ご心配をおかけします。のちほどご療治をしてさしあげます」

「ありがとう。お願いしましょう」

この日は杉山家一同で賑やかに夕餉の膳をかこんだ。

妹のお梶《かじ》とお彩《さい》はさぞやきれいになったのであろう。言葉づかいがすっかり年頃の娘になっていた。嘉平も声を聞けば相かわらず元気そうである。夕餉のあとは家族五人で水入らずの語り合いが、夜の更けるのも忘れて続けられた。

和一は、江戸での暮らしぶりのこと、安濃津藩・江戸屋敷のこと、江島でのこと、新たな鍼立《はりた》ての技を持って京へ学びにゆくことなどをくわしく話した。

　父からは、妹のお梶が養子を迎える話しが進んでいることを聞かされた。和一は気になっていたことであり、藩に仕える若侍であると聞き尚のこと、杉山家を継ぎ盛りたててもらいたいと願うばかりであった。

　翌日は、若殿さまと近所の人たちの鍼治で忙しく、夜は幼友だちと話しに花を咲かせるのであった。

　安藤清太郎《せいたろう》は、昨年の春に祝言をあげた。まだ生まれて三ヶ月の乳飲み子を抱かせてくれた。案外と軽く思えた。まだ乳の匂いがするものの、『命』をしっかり感じさせてくれた。

「和一、よく戻ったな。嫡男の清之助だよ」

「清太郎おめでとう。赤ん坊はたくさんの夢と望とをもつ命のかたまりなのだね。たくましく育ててくれよ」

「ああ、もちろんだよ。和一はすっかり鍼医になったね。さぞや父上、母上もご安心されたであろう」

「まだ鍼医ではないのだ。やっと鍼が刺せるというくらいなのだよ。本当の鍼治ができるよう、明日から京へ学びにゆくのだよ」

「そうか鍼医の道とは思ったよりたいへんなのだね」

「その通り、ひょっとすれば終わりのない修業かもしれないね」

「私も、京屋敷詰めになれば会えるね」

「会えるけれど、妻子を置いてはさみしいよ」

「あっそうか、それはこまるね」

「そうだよ。京から私が戻ったほうがいいよ」

「そうしてもらえばありがたい。あっははは」

明日からの、きびしく長く続くであろう修業がまっていることを思い、和一は今日のおだやかな時をゆっくりと味わった。


寛永九（一六三二）年四月末、早朝はまだ冷え込みが残る日が続いていた。和一は、この度も嘉平と二人で京の藤堂屋敷を目指すこととなった。

「父上、母上、京の入江良明《いりえりょうめい》先生の元で鍼治の技を学んでまいります。この度は、どれほどの年月を要するのか私にはわかりませんが、鍼医として世間のお役に立てるようになるまで学ばねばならないと思います。時には戻ってきたいと思います」

「和一よ、男子一生の企てのためには、腹に据えかねる時もあろうがじっと耐えねばならぬ。涙に暮れることもあろうが耐えねばならぬ。また、京は江戸とはちがい歴史のある土地柄だ。古くからの習わしがあると聞いておる。常にそのことを頭に置いておかねばならぬぞ」

「そなたは、目が不自由なぶんだけ常に人さまにお世話になるのです。でも、そのことでは決して卑屈になることはないのですよ。そのかわり常に可愛がられるように自身を磨くのですよ」

「父上、母上、ありがとうございます。お言葉肝に銘じてまいります。お二人ともどうぞお健やかに…」

「嘉平、この度もよろしく頼むぞ」

「はい、お任せください。先だっての江戸でなれております」


和一と嘉平の二人は、亀山から東海道に入り、鈴鹿峠を越えて京・三条大橋には五月三日にたどりついた。

和一は、京の街を歩きながら、辺りの音や匂いで江戸との違いをはっきりと感じるのであった。江戸は騒がしさの中にも、日々成長する活気が町の隅々まであふれていた。一方、京はすでに出来上がった町並みの落ちつきと、それでいて計算された確かさを感ずるのである。鍼治の技を極めるには、格好の場であるように思えた。

当時の京は、江戸に幕府が置かれても、日本文化の中心はなおも色濃く残っており、伝統に裏打ち

歌川広重画より（京・三条大橋）

された商工業の街であり、芸術が華と開く街であった。代々の天皇は京に住まいし、公家文化は独特のものとして、生活の中に受け継がれていた。

京の藤堂屋敷は、南北の堀川通りと東西の蛸薬師《たこやくし》通りの東南角にあった。ここも江戸屋敷と同様に、たいそう大きな屋敷である。裏門をくぐり用件をつげると、京屋敷留守居役・村瀬彦左衛門に取り次いでもらうことができた。

「そなたが杉山重政どののご子息かな」

「はい、杉山和一と申します。京にて入江良明先生の元で、鍼医としての技を学びたいと江戸よりまいりました。この度は下宿先までお世話いただけると伺います。まことにありがとうございます。ここに控えますのは、供の嘉平でございます」

「杉山家の嘉平にございます。よろしくお願い申しあげます」

「おお、そうかそうか鍼医となｖ。私も入江先生の療治を受けておるのだ。だが今は、良明先生から豊明《ほうめい》先生に代わっておられるぞ。良明先生は隠居され、ここより北の鷹峯《たかがみね》にお住まいだ。それはそれとして頼もしい限りだ。しっかり学んで名医となってくれよ。嘉平と申したな。不なれな土地なのだから、和一を頼むぞ」

「ははっ」

「ありがとうございます。さっそく、明日には入江先生宅にご挨拶に伺います」

「それがよい。それで下宿先の件だが、当藩に出入りしておる呉服屋がある。菱屋長兵衛というのだ。そこがよいであろうということになった。先方には話しを通してあるので今宵から下宿できるそうだ」

「お手数をおかけいたしまして申し訳ございません。ただいまから伺うことにいたします」

「うん、そうされよ」

「ありがとうございました。本日はこれにてご無礼いたします」

「達者でな。時々は顔をだしてくれよ。安濃津の父母のもとへは、いつでも言づけはできるのだからな」

「何からなにまでお気遣いいただき、まことにありがとうございます」

藤堂屋敷を辞した二人は、菱屋長兵衛宅をすぐに見つけることができた。小川通り綾小路は、藤堂屋敷のある蛸薬師通りを東へ二筋、そこから北へしばらく歩いたところにあり、間口六間の大店《おおだな》は目につきやすく、和一には先ほど教わった野村吉右衛門宅から大鼓《おおつづみ》の音が聞こえたので、その北隣だとわかったのである。表で店の若い者が打ち水をしていた。

「お頼み申します。ご主人の菱屋長兵衛さまにお取りつぎいただきたいのですが」

「おこしやす。お約束いただいておりますやろか」

「はい、藤堂屋敷を通じて下宿をお願いしておりました、杉山和一と供の嘉平と申します」

「承りました。どうぞ掛けておまちやす。ただいま大番頭を呼んでまいります」

すぐに大柄の左兵衛が顔をだした。

「これは和一さん、お待ちしておりました。主《あるじ》の長兵衛から伺うております。長旅でお疲れどすやろ。どうぞおあがりを」

そういって二人を客間に案内した。たがいに改めて挨拶を交わしたあと、左兵衛から意外な言葉がでた。

「和一さんは鍼医の勉学のために京へこられたとか。入江先生には私もお世話になってるんですよ。ちょうどよかった、明日が療治の日なんで、ご一緒しましょう」

「それはありがとうございます。私は、先代の入江良明先生から教えを受けられた、江戸の山瀬琢一先生から鍼治を教わっておりましたが、もっと広く学ぶようにと申しわたされ、決心して京にまいりました」

「えっ、じつは山瀬先生にもお世話になってましたんですよ」

「ほんとうですか。これは奇遇ですね。いま山瀬先生は、江戸・麹町で大評判です」

「それはよかった。そうやろうと思います。当時からずいぶん真面目で勉学熱心な方どしたからな。お目がご不自由やけど、何んにでも興味をお持ちで、療治以外のこともよくご存じでしたな」

「ほんとにそうなのです。私がおたずねしたことは、ほとんど答えていただきました。とくに鍼治の診立ては、驚くくらいぴたりと当たるのです」

「それだけ一生けんめいに学ばれた結果なんどすやろ。和一さんも名医といわれるようになってください よ」

「はい、鍼治の技を究めるために学んでまいります」

「さすがは山瀬先生のお弟子さんや。頼もしいかぎりどすな。ところであなたのお部屋ですが、母屋に空いたところがありますよって、どうぞ好きにお使いくださいと、主が申しております」

「ありがとうございます。お世話になります」

「それと和一さん、下宿代はご無用と伝えるようにいわれてますので」

「えっ、それは困ります。いくら何でも困ります」

「いえいえ、若い方が勉学なさって鍼医になられるのを、主がお手伝いできることが喜びなんどす。どうぞご心配なさらんと、京の親やと思うてくださいと申してました。嘉平さんは、しばらく留まって、和一さんが京の街に慣れるよう案内してあげてくださいとのことどす」

「お心づかいいただきありがとうございます。それでは、お言葉に甘えさせていただきます」

「私までお世話になるのですね。申し訳ございません」

「何をいわはるんどすか。若い方が一人前になるためなんですよ」

「ありがとうございます」

「いま手代に部屋を案内させますんで、ちょっとおまち願います」

すぐに手代の伊助が部屋を案内してくれた。内庭に面した静かな八畳の間で、さいわい店の表を通らずに通用口から出入りすることができた。

和一は、大事なときには、いつもだれかに助けてもらっていることに感謝し、己がいかに恵まれているかを、改めてありがたく思うのであった。

次の日、和一たちは左兵衛に案内され、室町通りの二条を東に入った入江豊明鍼治療所《はりちりょうしょ》に向かった。門構えのりっぱな屋敷であった。

ひと通りの挨拶が交わされたのち、入江豊明は和一に問うた。

「ところで和一よ、山瀬琢一先生からは書状が届いておるが、そなた自身のことばで、はるばる京まで来て鍼治を学ぼうとする、その心意気を聞かせてもらおうかな」

「はい、私は山瀬琢一先生の元で学んでおりましたが、三年たっても技術があがらず、師から江島・弁財天に籠もって願かけをして、『爪切進鍼法《つめきりしんしんほう》』に取り組んでみるようにいい渡されました。そこで、爪切進鍼法を試みておりましたところ、このような『篦《へら》』を使っての鍼立てを思いつきました。師はそのまま新たな方法をつづけるようにいわれました。更に三年たったころ、師から京において更に広い鍼治の世界を学ぶようにと送りだされました。私は不安でいっぱいですが、決心をしてやってまいりました」

「ちょっと篦を見せてごらん　」

豊明は、篦を手に取りしげしげと眺めたあと、使い方を聞き感心したように言葉をつないだ。

「和一、これはそなたが作ったのだが使えそうだよ。山瀬先生が申されたとおり、ひょっとして大変なことになるやもしれないよ」

「山瀬先生も何故そのようにおっしゃるのか、私にはわかりかねますが」

「和一、今の入江流は明《みん》から学んだものだ。しかし、この篦を使えば我国流の鍼治が生まれるやもしれんのだよ。ただし、それは和一の鍼治への取りくみ方しだいだと私も思うがね」

「先生、私は己の技の未熟さを何とかしたいと思ったのと、あとに続く盲目の者が、少しでも鍼治の技を習いやすくと思ってのことなのですが」

「和一それだよ。何事につけ技を磨くには工夫が大切だと思うよ。人それぞれの立場があり、その立場に合わせて道具を作り出したり、改良したり、手順を変えたりしてこそ、よい仕事よい品物が出来上がるのだと思うがね」

「先生ありがとうございます。何だか自信めいたものが湧いてまいりました」

「和一、もう一つ加えておこう。この篦をさらに工夫する余地はないのかも考えてごらん」

「先生、わかりました。常に工夫なのですね。やってみます」

「ただし入江流の鍼治の技と理論はきびしく教えるよ。覚悟しておきなさい」

「はいっ、よろしくお願い申しあげます」

こうして杉山和一は、京に於いて入江流の鍼治を学ぶこととなったのである。明から取り入れられた鍼治の理論は、山瀬琢一から少しずつ教わったとはいえ、たかが数年間のことであり、豊明から学ぶものが、どれほどの量になるのか想像すらできなかった。陰陽五行の宇宙観や自然観にもとづいた理論、さらには、養生法を説いた古典は面白く引き込まれるが、その内容すべてを記憶するのは、はなはだ困難を極めるのであった。

我が国に於ける視覚障がい者の文字である点字が普及するのは、その後二五〇年以上も後のことなのである。

和一は、京に来たことによって、己の鍼治を究めることと同時に、盲目の者が職を持ち、世間にもまれながらも力強く生きてゆくにはどうすればよいか、真剣に考えねばと心引き締めるのであった。

入江豊明の教えは他の弟子に比べ、和一に対して特にきびしかった。文字を介さないぶん、いかに理解させるか豊明自身が悩んだのである。

教えるほうが真剣であるだけに、和一に理解させたい一心で、時には声を荒げることもあったが、いっぽう、手をとって喜び合うことも度々あった。

季節を問わず昼夜にわたって、鍼治の理論と実技がくりかえされた。

和一は、毎日くりかえされる鍼治の修業は辛くはなかった。むしろ自分の体の内側からは、何かが少しずつ大きくなってくるのを感ずるのであった。


京の暮らしは、またたく間に半年が過ぎ、秋の陽射しが心地よくなってきたある日、嘉平は安濃津に戻ることとなった。

「和一さまも京の町にすっかりお慣れになって、私もこれで安心して安濃津に戻れます。何事かございますれば飛んでまいります。京は冬の冷え込みがきびしいそうでございます。どうか充分にお気をつけくださ い」

「ありがとう嘉平。考えてみれば私は生まれてからずっと世話になっているね。嘉平こそ、そろそろ無理のきかない歳になっているのだから、くれぐれも体を大事にしてよ。まだまだ助けてもらわねばならないんだからね」

「和一さまはすっかり大人になられました。目がご不自由でも立派に仕事をされ、どこに出られても私がご自慢できる若さまです」

「嘉平、いきなり何をいいだすんだよ、恥ずかしいじゃないか。それに、仕事はまだ一人前とはいえないよ。先生のもとで修業をかさねて、なにもかも認めていただいて初めて一人前だよ。まだまだ先はながいよ」

「そうでした、京に来てまだ半年しか経っていなかったのですね。けれど、言葉や仕草はすっかり大人ですよ」

「あっははは、ありがとう。なんだか変な心持ちだよ。安濃津に戻ったら元気でやっていると、皆に伝えておくれ。とくに母上には、ここでの暮らしぶりをくわしく話してご安心いただいておくれよ」

「承知いたしました。奥さまは、近ごろめっぽう涙もろくなられましたからね」

「頼んだよ。それとみんなに、なにか京みやげを買っていってよ」

「何がよろしいですかね。味噌せんべいとか栗蒸しとか…」

「嘉平にまかせるよ」

「お嬢さまがたには、かんざしがよろしいですね」

「たくさんは荷物になるのだからね」

「はい、嘉平におまかせください」

一〇月二〇日、嘉平は安濃津に戻っていった。秋の風情が人の心をしんみりさせることを、和一も知るようになっていた。


寛永一〇（一六三三）年、和一は、京ではじめての正月を心静かに迎えた。江戸に比べておごそかというか、これが雅というのだろうか、所かわればしきたりが異なるものである。

菱屋では、しきたりに沿って主人の長兵衛が、自ら動きまわって正月の祝の宴を進めた。長兵衛は誰よりも早く起き、若水を汲んで湯を沸かし、祝の雑煮をこしらえるのである。公家や武家でも同様なのであろうかと、和一は知りたかった。

菱屋の全員が揃ったところで長兵衛が軽く咳払いをした。

「おめでとうさん。こうしてまた新しい年を迎えることができました。日ごろ、皆がこの店《たな》のために気張ってくれるおかげどす。今年もよろしゅう頼みましたで」

挨拶の内容は、山瀬琢一とほぼ同じであることに、和一にとって心和むものがあった。次に大番頭の左兵衛から順に使用人が祝いの挨拶をのべた。

和一は皆のさいごに、日ごろ世話になっていることに感謝する礼の言葉をのべることとなった。

「新年おめでとうございます。常々ご主人様をはじめ、皆さま方にお世話になっておりますことに、心より感謝申しあげます。盲目の私がこのように京で鍼治を学ぶことができますことは、このうえない喜びです。一日も早く鍼医として、大勢の方々のために、お役に立てるよう励んでまいります。本年もどうぞよろしくお頼み申します」

「和一さん、京の暮らしには馴れはったようどすな。これからは鍼医の修業と同じように、一人の大人として世間のことを学んでいってほしいと思てますのや。心の広い大人になって欲しいんですわ」

「ありがとうございます。私には、ひとつのことにのみ打ち込んでしまうところがあります。できるかぎり、世間のことを学んでまいります。色々お教えいただきますようお願い申します」

「みんなも和一さんのこと、よろしゅう頼みましたで」

「皆さん、どうぞよろしくお願い申します」

「和一さん頑張ってりっぱな鍼医になってや」

「和一さん、わしらがついてますよってにな」

「みなさん、ありがとうございます」

和一は、感謝と嬉しさで顔があつくなるのをかんじるのであった。

杉山和一が歩いた京の町

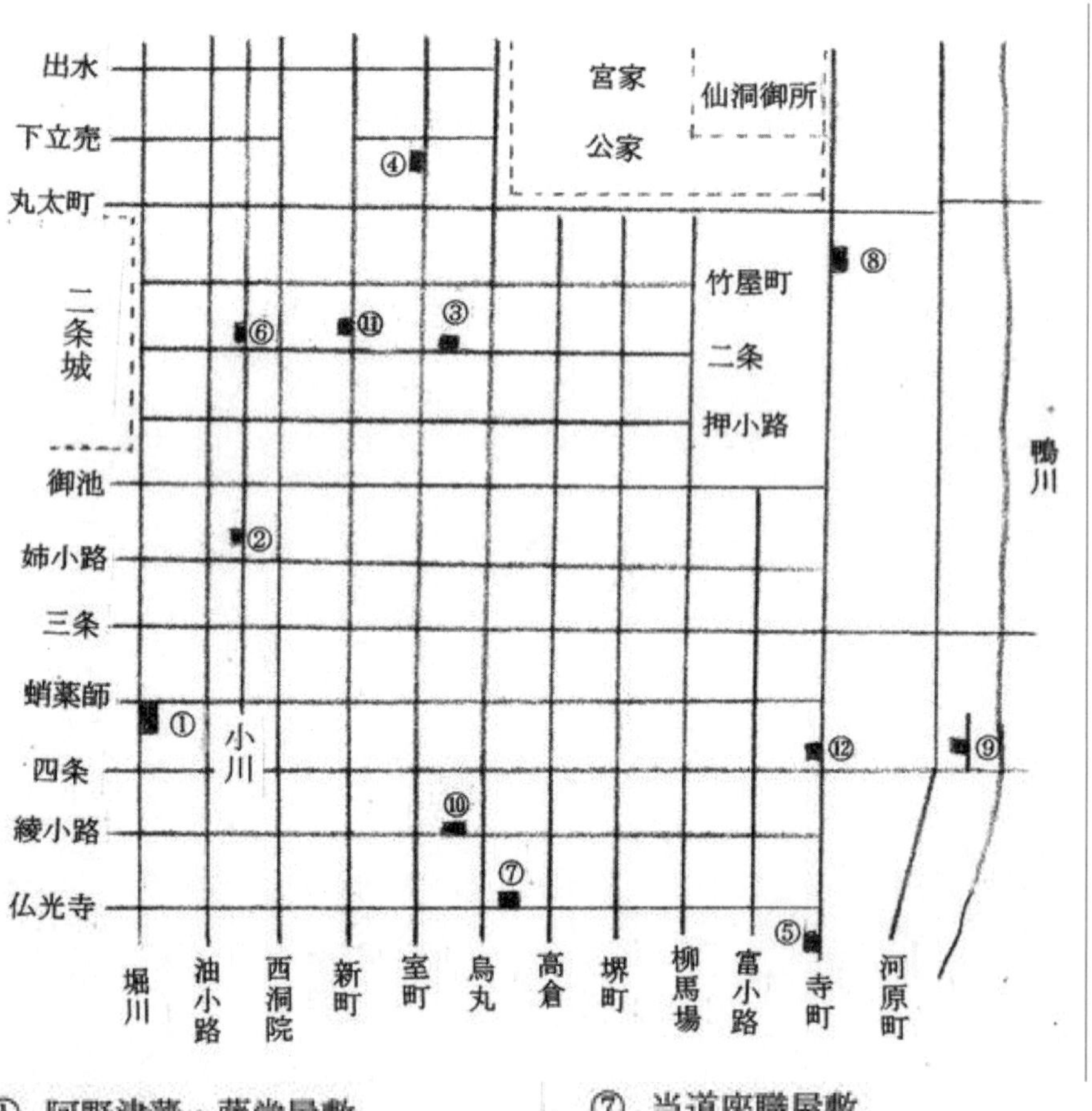

① 阿野津藩・藤堂屋敷
② 油屋・菱屋長兵衛宅
③ 鍼医・入江豊明宅
④ 呉服屋・三文字屋徳右衛門宅
⑤ 銅細工泉屋理右衛門宅
⑥ 医師・南保玄達宅
⑦ 当道座職屋敷
⑧ 鍼医・御園意斎宅
⑨ 櫛職人甚兵ヱ宅
⑩ 箏曲家・八橋城談稽古場
⑪ 菓子屋・亀屋伊織宅
⑫ 金銀針師・奈良彌左衛門宅

春を迎えたころ、和一は少しずつ患者を任されるようになった。桜見物にと人々がでかける暖かな昼下がり、若い者に付きそわれて、ご隠居が鍼治を受けにやってきた。

「和一、三文字屋の徳三郎さんといわれるお方だ。診てさしあげなさい」

「えっ、呉服商の三文字屋さんですか」

「そうだよ。お知り合いなのかね」

「はい、江島への一人旅のおり、保土ヶ谷宿から峠道をお助けいただいたのが、三文字屋徳右衛門さんのご一行だったのです」

「ご縁だね。この方は徳右衛門さんのお父上だよ。話をよく聞いてさしあげなさい。頼みましたよ」

和一は思いがけない出会いに嬉しくなった。

「承知しました。三文字屋徳三郎さんどうぞお入りください」

「先生、よろしゅうお頼み申します」

「和一と申します。過日、東海道は保土ヶ谷にて、徳右衛門さまにお世話になったことがあるのですよ」

「ほうほう、ずっとまえに徳右衛門がいうてた、若い鍼医さんとはあんたはんのことかいな。お目がご不自由やと聞いてたんやが」

「はい、盲目ではありますが、こうして入江豊明先生の元で勉学させていただいております。まだ鍼医ではありませんが、一生けんめいに学んでまいります」

「そうやで、山瀬先生みたいな鍼医になってや」

「はい、江戸では山瀬先生のもとでも学んでおりました」

「それは頼もしいかぎりやな。偉い先生方に習うて幸せなことやで」

「はい、私も幸せ者だと思っております。それで、今日はどのような具合でしょうか」

「おお、そうやった。年を取ると話しがしとうてな。ついつい、よけいなことをいうてしまいます。こないだからな、立ち座りのおりに膝が痛むんじゃよ。前にも大先生に診てもろうたことがありましたんでな、早いほうがええと思うて、こうしてやってきましたんや」

「では、拝見します…。徳三郎さん、脚の筋《すじ》が少しやせて硬くなっているので、立ち座りが辛くなってきたのだと思われます。近ごろよく歩いておられますか」

「そういわれたら段々少のうなってきましたな。徳右衛門に家業を任せて二〇年になりますかいな。湯治に出かけるんも駕籠《かご》やからな」

「それでしたら、毎朝ご近所を歩いていただきたいですね」

「用もないのにか」

「お体を丈夫にするというためにです」

「ほう、体を使うて丈夫にするんやな」

「その通りです。とくに脚は使わなければ筋がやせるのですよ」

「ええことを聞かせてもろた。おおきに、さっそく明日から歩きますぞ」

「そうしてください。それでは、今日は足腰の疲れを取って体全体を丈夫にする鍼治をしておきましょう」

「頼みます。ところで先生は変わった鍼治をなさるんやな」

「はい、このような篦を使えば、盲目の私にも鍼立てが容易にできるのです」

「ふむなるほど、痛みがわかりませんな。ちょっと篦を見せてんか」

「どうぞ、これです」

「これは菓子をのせる薄い台でこしらえたもんやな。先生が作ったんかいな。なかなか上手にできてるやないか。そうや先生、寺町の五条で銅吹所《どうふきしょ》と銅細工を商うてる泉屋の蘇我理右衛門《そがりえもん》に会うてみなはれ、何か足しになるように思いますのや」

「ありがとうございます。泉屋の理右衛門さまですね。お会いしてまいります」

「そうしなはれ。先生、えろう軽なりました。おおきに」

「それはよかった。徳三郎さん、二、三日してもう一度診せてください」

「そうしましょう。世話になりましたな」

「お大事に」

蘇我理右衛門は、住友工業の業祖《ぎょうそ》である住友政友《まさとも》の妹婿で、銅鉱石から銀を取りのぞき、純度の高い祖銅を製錬する技術を南蛮人から学び、天正八（一五九〇）年、十九歳で銅吹所と銅細工の泉屋を興した。家業は実子友以《とももち》によって大坂に進出し、大企業へと発展してゆく。当時銅は最大の輸出品であった。

「ご免ください。私は、鍼医の入江豊明先生のもとで学んでおります和一と申します。三文字屋の徳三郎さまからお聞きしてまいりました。ご主人の理右衛門さまにお取りつぎを願います」

「あいにくどすな。主の理右衛門はでかけてますのや。わしは、泉屋で細工をやらせてもろうてます弥助《やすけ》どす。代わりにうかがいましょか」

「よろしく願います。じつは私が鍼立てのとき、このような篦を用いております。泉屋さんでは銅細工をされるとお聞きしましたので、同じものを銅で作っていただくことができないものかと伺いにまいりました」

「篦を見せてもらいます…。和一さんどしたな。今からでも用意できますすけど、何枚ほどいりますのやろ」

「えっ、すぐ作っていただけるなら助かります。それでは五枚作ってください」

「ではそこにっ…あっ、目のご不自由なあんさんに、すまんことをいうて申しわけおまへん。こっちにかけて待ってもらいます」

弥助は和一の手をとって案内した。板敷きの上がり口に座布団が敷かれていた。和一は金物に囲まれ、とくべつの匂いとひんやりした雰囲気の中で、職人の仕事の音を聴いていた。銅の板を叩き切る槌の音、鑢《やすり》でこする音を聞いているだけで箆が出来上がっていくのがわかった。四半刻ほどして、弥助がまぶしく輝く五枚の箆を和一の手にのせた。

「できましたで」

「おおっ、これが銅の箆なのですね」

五枚の箆はぴたりと合わさり、寸分の狂いもなかった。和一は、思わず鼻先に箆をもってゆくと金属の匂いがした。これが銅の匂いなのであろう。

和一は、妙春《みょうしゅん》に箆を手渡した時のことを思いだした。長い刻《とき》をかけてこすり続けた手垢にまみれた箆は、どんな匂いがしていたのだろうかと思うと、おかしさが込みあげてきた。自分の手で作った箆には愛着は残るものの、弥助の手でできあがったばかりの箆を手にすると、やはり次の段階に進まねばならないと思うのであった。

「弥助さん世話になりました。おかげでこの箆だと煮沸ができます。お代は如何ほどでしょうか」

「そうやな、五枚で五〇文（約一二五〇円）もろとこかいな」

「またうかがうこともあるかと思います。その節はよろしく願います」

「いつでもいうてや、あんさんの役に立てて嬉しいことどすわ」

「ありがとうございました」

和一は、一刻も早く銅の篦で鍼立てを試みたかった。

「先生、先日三文字屋のご隠居さんに紹介していただき、銅細工の泉屋さんで作っていただいた篦です」

「どうれ、見せてごらん」

入江豊明は、銅の篦を裏返してはしげしげと眺めたのち、その篦で机の端をかるく叩いた。

「うん、これなら大丈夫だ。りっぱな篦が出来上がったね。和一、鍼治に精がでるな」

「はい先生、自分で作った篦は残りわずかだったのです。これからは、くり返し使えますから、それに煮沸もできますから安心です」

「ただし銅は案外と柔らかいので大事に扱うにこしたことはないよ」

「はい、徳三郎さんにも礼をいわないとなりませんね」

「近ごろ、ご隠居は毎日のように、この辺りを歩きまわっておられる。見かけたら和一が喜んでいたとお伝えしよう」

「お願いいたします」

和一の鍼立てと鍼治は、痛くないとの評判で徐々に指名する患者も現れた。

明より伝わった鍼治の理論は、聴くにはたいそう面白く、その場では理解もできるのであるが、それを鍼治に活かすのは容易ではなかった。とくに病が慢性化して体の奥に入りこんだ症状を、わずかずつ表に引きだすように努めるのであるが、理論通りにゆくものではなかった。

そこで和一は、これまでよりも僅かに細い鍼を試みることにした。先日訪れた泉屋から北へ、寺町通り四条角の奈良弥左衛門に金と銀の鍼を作ってくれるよう頼んだ。

鍼立てはさらに痛みが少なくなり、鍼から伝わってくる患者の体の反応は、僅かに鈍くなったが、そのぶんだけ自分の気持ちを集中させることにつながった。鍼の操作もさらに容易になった。患者からの信頼も高まっていったことはいうまでもなかった。

寛永一六（一六三九）年、和一が体験したことのない大そう寒い冬であった。京では珍しく、膝がすっかり埋まるほどの雪が町の隅々まで降り積もり、いつまでも解けず人々は日々の暮らしにも困った。外出はふだんの倍もの刻を要し、足元が濡れてしまうと体がいっそう冷え、体調を崩す人が増えていった。人々は見上げて白い雪を恨んだ。

そんなおり、和一は珍しく風邪をひいてしまった。さらに悪いことには、こじらせて病床に臥してしまったのである。咳と高熱のために食欲が無く、みるみる痩せていった。

「和一よ、ここのところ忙しすぎたからな。旨いものを食べてゆっくり養生しなさい。私も診てあげよう」

「先生、ありがとうございます。気が緩んでいたのだと思います。申し訳ありません」

「なあに和一の若さならすぐに治るよ」

周りの人々の思いに反して和一の咳は一日中続き、さらに微熱までもが引かなくなったのである。これまでの和一の乏しい知識では、なぜ治らないのかわからなかった。

日を経るごとに頬がこけ眼までもが落ちくぼみ、誰が見ても尋常とは思えず、ふた月がすぎた。発熱が続くなかで和一は夢を見ていた。妙音弁財天が現れ、和一を叱るのであった。

『そなたは何をしている。過日の頼もしき志は何処へいってしまったのだ。そのようなありさまでは鍼医の道はとうてい叶うまい』

「妙音さま、私の気の緩みから、このような失態を招いてしまいました。何としても病を治して、鍼医として世間の役に立ちとうございます」

『ならば、病床に臥しておって刻が流れるに任せるのみで、そなた自身は何もできないと思っておるのか』

「いいえ、一刻も早く病に打ち勝ちたいと願っております」

『そうではない。病に臥しておっても、思いをめぐらせることはできよう』

「あっ」

『よいな。そなた自らがやらねばならぬことなのだ』

優しく和一を諭して妙音弁財天は消えた。それは、和一の生きようとする力そのものが、妙音弁財天を呼んだのであろうか。

新町通り姉小路《あねやこうじ》を上がった医師・南保玄達《なんぼげんたつ》の診立てで、当時の人々にはおそろしい病であった『労咳《ろうがい》』とされた。入江豊明は藤堂屋敷の村瀬彦左衛門、呉服商の菱屋長兵衛、さらに心配して見舞いに顔を見せた三文字屋徳三郎と相談し、和一をどこか静かな場所で静養させることにした。ついては身の周りの世話する者をつけることとなり、安濃津の杉山家にも知らせねばということとなった。

そのような時、それはまさに奇跡というものが起こったのである。

江島・妙音弁財天に仕える妙春《みょうしゅん》が、下之坊僧侶・恭順院《きょうじゅんいん》の供で近江の竹生島・弁財天へやって来たが、和一が京で鍼医として修業していることは、山瀬琢一から聞かされていただけに、どのような暮らしをしているのか、どうしても一目だけでも会いたいと思う心が二人を再び結びつけたのである。まさしく妙音弁財天の引き合わせであった。

入江鍼治療所を訪ねた妙春は、目の前に起こっている現実を聞かされ、今こそ自分の全てを和一に尽くさねばと、その場で決心させる熱いものが込み上げてくるのであった。

「わたくしは、江島・妙音弁財天さまにお仕えいたしております妙春と申します。今から九年も前のことでございます。杉山和一さまにお会いいたし、生きてゆくお力をいただきました。それほど和一さまの生きてゆかれるお姿に心打たれました。それ以来わたくしの心の内には、いつの時も和一さまがおられ、絶えず励ましてくださるのです。妙音さまのお引き合わせだと思ってまいりました。

ただいまお聞きいたしまして、この時こそ和一さまをお支えし、お守りしなければ、妙音さまにお仕えしてまいりました今までが何だったのでしょう。

どうぞわたくしに、杉山和一さまのお世話を仰せつけ願います。お聞き届けいただけなければ、わたくしの生きてまいります道がございませぬ。どうかお願い申します。一刻もはやくお会いいたしたくぞんじます。どうかこの願いをお聞き入れくださいませ」

和一から二人の出会いを聞かされていた入江豊明は、妙春のただならぬ必死の気迫に押され、独断で願いを受け入れることにした。

「妙春どの、あなたのお心持はよくわかりました。きっと和一にも通じることでしょう。病床に臥してからは常に妙音さまの守り袋を握りしめておりますよ」

妙春はそれを聞かされ、和一の病は必ず治ると確信した。

「妙春どの、和一を私の父が隠居しております鷹峯という、ここより少しばかり山裾に入った所で静養させようと話し合ったところなのです」

「それは誠にありがとうぞんじます。皆さまのお心遣いで、和一さまの病は必ずや癒えることとぞんじます」

「妙春どのには、長き日々看病を願わねばなりませんが、よろしいのですか」

「はい、京に滞在中の恭順院さまに、お許しをいただいてまいります」

「そう願いましょう」

菱屋長兵衛宅で病床に伏している和一を、ひと目見た妙春は思わず絶句し涙が溢れた。九年前に出会った若々しく気力にあふれた和一はそこにいなかった。目の前にいるのは、抱きしめたいほど弱々しく、いまにも折れそうなくらいにやつれ果てた和一であった。

和一は、以前どこかで覚えのある香りに我に返った。

「和一さま、妙春でございます。わたくしが看病させていただくことになりました。いち日も早く元のお体になられますようお祈りいたします」

江島・弁財天に仕える妙春

和一は耳を疑った。これは夢なのか。まさか、なぜここに妙春がいるのだろう。手を伸ばすと温かな妙春の手に包まれた。きっと妙音弁財天さまのお引き合わせなのだと思った。

「ほんとうに妙春さまですね」

「妙春でございます。恭順院さまのお供で近江の弁財天にまいりましたが、せめてひと目だけでも和一さまにお会いしたく、お訪ねして事情をお聞かせいただきました。妙音さまのお導きだとぞんじます。どうぞご安心してご静養なさってください」

和一は、元の体に戻りたいと願う気持ちと同時に、自分の内に小さな力が芽生えたのを感じ妙春の手を握りかえした。

その日のうちに、入江豊明らにより和一は鷹峯に移された。事情を知った入江良明は和一と妙春を快く迎え入れてくれた。

「父上、どうか和一をよろしく願います。三日に一度は私も診にまいります。山瀬琢一どのの弟子なのです」

「いつぞや申しておった和一だな。おおっ、あの琢一の弟子とな。なつかしいのう。でっ、琢一はどうしておるのだ」

「はい、江戸では随分とご活躍とのことです。おそらく、和一が自分より大きな器を持つと見て修業にだしたのでしょう」

「そうであったか。大事な弟子をあずかったのだな。ぜひとも治ってもらわねばならぬのう」

「はい、しばらくの間おあずかり願います。若いので回復は早いと思われますが」

「よしよし任せておきなさい。妙春さんもついておられることだからな」

入江豊明は、さっそく安濃津の杉山家と、京の尼寺に滞在中の恭順院に宛て詳しく文を書き、恭順院へは妙春が持参し、ゆるしを得ることができた。

翌日から和一は、ほんの少しではあるが、食べ物を口にすることができた。心なしか肌に赤みがさしたようにも見える。京の町なかでは聞けなかった小川の瀬音や、いく種もの小鳥たちのさえずりは、命の昂《たかぶ》って来るのを後押ししてくれているようであり、良明の屋敷に流れ込む春の風さえも輝きをはなっていた。

二〇日後、安濃津から母の幸と嘉平が、藤堂屋敷の藩士に案内されてやってきた。和一の姿に、母は思わず叫びそうになる口を手で押さえ、和一に覚られまいとした。八年も会わずにいると大人びて見えるものだが、今の和一はまるで老人のようにも見えたのである。

「和一、具合はどうですか。もっと早く来たいと思ったのですが、都合がつかず今になってしまいました」

「母上、ご心配をおかけして申し訳ございません。おかげさまで皆さまにお助けいただき、とくに妙春さまには、ここで充分なお世話をしていただいております」

「妙春さま、母親の幸にございます。入江豊明さまよりの文にてぞんじあげておりますが、この度は、和一のために大変なご厄介をおかけし、お世話をいただきますこと、まことにありがとうぞんじます。過日は江島に於いても、お世話いただいたそうで、重ねて厚く御礼申します」

「幸さま、どうぞお手をおあげくださいませ。わたくしのほうこそ、和一さまに多くのことをお教えいただいております。妙音弁財天さまのお導きによるものだと感謝いたしております」

「さあさあ、ご挨拶はそれくらいにされて、和一さま嘉平にございます。お久しゅうございます。安濃津の皆さま方もたいそうご心配なされておられます。労咳には鰯の干物や干しえび、干しひじき、しらすの半干し、胡麻などがよいそうで、何でも病の巣を包み込んでしまう物を含んでいるそうでございます。皆で手分けして集めてまいりました。お天道様にもお当たりなさいと、お父上さまからのご伝言でございます。どうぞ、元どおりのお体に回復され、鍼治の道を進まれますよう皆でお祈りいたしております」

「嘉平いつもありがとう。おかげでわずかずつ良くなってゆくような気がするんだよ」

「それはようございました」

母と嘉平は、良明の屋敷に滞在し、和一を励まし看病してくれた。

「和一、妙春さまにわがままをいって困らせてはなりませぬぞ」

「母上、ご心配は無用にございます。おとなしくしております」

母は何年ぶりかで食事を用意してくれた。安濃津から運んでくれた品々もなつかしく味わった。

食べる楽しみが戻ってきたようである。

「母上、食事が待ちどおしく思えます」

「そなたは、幼き頃より食べることが一番の楽しみだったものね。いつでもおいしそうに食べてくれましたね」

「ほんとうにおいしいのですよ。私はこの度の病で寝込むまでは、食べ物がおいしくなかったことなどないのです。」

「病が癒えたなら、充分に気をくばるのですよ。風邪は万病のもといいますからね」

「はい、このような大事にいたるとは、思いもおよびませんでした。今後は心してまいります」

「人さまのお体を診るには、和一自身が丈夫でなければならないのですよ」

「母上の仰せの通りです。病が癒えたなら、鍼治のみならず多くの病についても学びたいと思います」

「ぜひそうなさい」

幸と嘉平は、快方に向かう和一の姿に安堵し、ひと月後に安濃津へ戻っていった。和一は、母の細い体を思うと、一日も早くもとの体に戻らねばとちかうのであった。

和一の、病から回復したい。もとの体に戻って鍼治を究めたい。という想いが日ごとに強くなり、心なしか病の底から抜けだしたかにも見えるのであった。夏の盛りをすぎたころであった。

「和一よ、脈がずいぶんとしっかりしてきたぞ。これからは少しばかり外を歩くようにしなさい。長く伏せておると脚腰の筋が痩せてしまっておるであろう。体を動かしつつ回復させるのがよいのだ。妙春どのの、手をかしてやってはくれまいか」

「承知いたしました。近ごろは、どのようなものをお出ししても、ずいぶんおいしそうにお召しあがりになられます。きっと病が消える日がくると思っております」

「そうなのだ。この病はしっかりと食して体力をつけねば癒えないのだよ」

「先生、一日も早く治ってご恩返しをしなければならないと思っています」

「和一よ、ここで慌ててはならぬぞ。この労咳という病は根治させねば、そなたは鍼治どころか命すら長らえることは叶わないのだよ。一番の救いは妙春どのが、そなたの生きようとする力を引き出してくれていることなのだ。それを忘れてはならぬぞ」

「そのようにおそろしい病とはぞんじませんでした。妙春さまのいいつけをしっかり守って養生いたします」

「まあ、そのような…」

「いや、その通りなのです。妙春どのが来てくださったからこそ、和一は回復に向かっているのです。いいつけを守らねば叱ってください」

「和一さまが、一日もお早く回復されますよう、お手伝いさせていただきます。どうかお気をしっかりお持ちになって、もとのお体になってください」

「妙春さま、お世話になります。どうかよろしくお頼み申します」

和一は、妙春につき添われ少しずつ遠くまで歩いて足腰の力を確かめた。自分でも回復の兆しがわかるようになった。その一方で、いつごろ鍼治に戻れるのか気になり始めるのであった。

和一の心を察するかのように、鍼治に訪れた豊明が口を切った。

「和一よ、私から見ても近頃はずいぶん良くなったな。よいか、今後はそなた自身の体に、自ら鍼治をするのだ。脈を診て治り具合を確かめるのだ。今日まで周りの人たちの力を借りてきた。周りの皆がどれほどそなたのことを案じたかわからぬはずはなかろう。皆の気持ちに報いるためにも、そなたが自らの力で病を克服せねばならないのだ。わかるな」

「はい先生、自分でも鍼治を始めたいと思うようになりました。先生にご療治していただけたおかげです。ありがとうございました」

「和一よ、人の命の灯というものは、そうたやすく消えはしないのだよ。そなたの生きようとする力に、我々は少しずつ手をかしたにすぎないのだ。

そこでだ、鍼治が始められるようになったとき、患者の体には鍼をどれほどの深さに刺せばよいのか、改めて考えてみなさい。それが鍼治を究める道にもつながるのであり、険しい道であることもわかるであろう」

「先生よくわかりました。ますます鍼治を早く始めたくなりました。まずは自分の体からですね」

「そのとおりだ。和一そなたはまだ患者ではないか」

「はい。養生いたします」

次の日から和一は、朝のうちに妙春と散歩をすませ、午後は自分の鍼治にあてた。豊明から教わったように、自分の手首の脈を診ながら鍼治をくりかえすと、脈がこころなしか弾くように強く感じられたので嬉しくなった。

寛永一八（一六四一）年春、和一の病は何度かの波を乗りこえながらもようやく癒えた。二年余りという時の流れは、和一の、全ての物に対する捉え方、接し方を変えていた。それは、自分の命を再び手にすることができた喜びと、自分以外の全ての人々に感謝する心が、新たに和一の体に加わったからであった。

当時、労咳のような病は長患いの後、命を落とすことは珍しくはなく、平癒してもとの暮らしをすることは容易ではなかった。それは、何といっても妙春の献身的な看病のおかげであり、まさに和一にとって命の恩人なのである。

妙春は、和一の回復を心のそこから願って看病したのである。和一は、ずっと後になって聞かされたのであるが、妙春は和一のために一日も欠かすことなく、夜が明ける前に水垢離《みずごり》をとって神仏に祈り続けた。妙春の心の内には、和一を抜きには考えられなかったのである。それほど大切な存在なのであった。

一方、和一にとって妙春は母の幸に似た存在であった。いつも優しい心づかいといい、穏やかな物腰といい、ほっそりした体のどこから献身的な力が湧いてくるのか、むしろこちらが支えてやらねばと思うほどであった。

このような二人の絆は、江島・妙音弁財天によって結ばれていたのであり、和一にとって妙春がまさに弁財天であった。自分が妙春からどれほど慕われているか、想いを寄せられているかなどと思い至るほど、まだまだ心にゆとりなどなかったのである。

やがて無常にも二人の間を分かつ時がおとずれた。和一の病が癒えたことにより、妙春は江島へと戻らねばならないのである。全ては和一の鍼治を究めるためだと、自分の気持ちを打ちあけぬまま妙春は旅支度を始めた。

「和一さま、私は妙音さまの元へ戻ります。病は癒えても油断されてはなりませぬ。無茶をなされては、再び病が戻ってくるやもしれないのです。和一さまは思い込まれたなら、ご自分のことは大事になされませぬ。鍼治を究める長い道ならなおのこと、丈夫なお体があればこそのお話しでしょう」

「妙春さまの仰せのとおりです。私はこの度のことで、自分の体を丈夫に保ってこそ人の病を治せるのだと、あらためて思い知らされました。妙春さまには何と御礼を申してよいやら言葉が浮かびません。もし、おゆるしいただけるなら、今この場で、妙春さまを抱きしめたいのです。ただ抱きしめたいのです。それが今の私の精いっぱいの気持ちなのです」

「まあっ、どういたしましょう。よろしゅうございます。わたくしも和一さまをつよく抱きしめてさしげましょう。幸さまのように」

妙春はいい終えてから、自分が動悸していることを、和一に気づかれはしまいかと心配でならなかった。幸のようにとはいったものの、本心は、自分の心にいつわりなく和一に抱きしめられたいし、和一を更につよく抱きしめたいと想うのである。

和一は、初め妙春をそっと抱き寄せ、つぎに強く抱きしめた。白檀の香りが自分の体に染み入るように思えた。細い体は母の幸よりはしっかりしていた。感謝の気持ちを込めて包み込んだ。妙春の体が、かすかに震えているように思えたので腕を緩めた。すると、妙春が力を込めて抱きしめてきた。

妙春は泣いていた。この次は、いつ会えるかわからない悲しい別れであり、和一には、必ず鍼医として世に出てほしいとの思いに、涙が溢れて止まらないのであった。

和一は、なぜか不思議な感覚にとらわれていた。妙春は、妙音弁財天のような、母のような存在のはずであったが、いま自分が抱きしめている妙春は妙春であり、生身の体をもった妙春がここにいるのである。和一が頼りとしているのは、いま自分が抱きしめている妙春であり、支えてやりたいと思っていたのは、たった今、強く抱きしめている妙春なのである。妙春のほんとうの姿を、今はっきり認識できたのである。

「妙春さま、以前にもお誓いいたしましたが、後に続く盲目の者のために、鍼医として世間のお役に立てるように、ここにあらためてお誓いします」

和一にしても妙春にしても、相手がどう想ってくれているのか、ぼんやりと想像するも互いを想う気持ちすら確かめられないまま、『鍼治を究めるため』という言葉に置きかえるのが精一杯だったのである。

「和一さま、世間は広いようで狭いと申します。案外とお逢いできる日が訪れるやもしれませぬ。わたしはそう願っています」

「私は京で学んだ後は江戸に戻りたいと思っています。その時がきたならば、必ず妙春さまにお逢いしにまいります」

「私はお待ちします。いつまでもお待ちしております」

和一は、もう一度抱きしめたかったが、妙春はたがいの体を離し、身を裂かれる思いをこらえながら、三文字屋徳右衛門の一行と共に江島へ戻っていった。

残った和一は、妙春を恋しく想う日々から、平常の暮らしに戻るには幾日をも要した。それは、初めて味わう心の動揺であった。このままでは終われないという思いが、逆に立ち直るきっかけとなった。

自分は今何をせねばならないのか、何から始めねばならないのか、冷静に考えることができたのである。妙春のことは、心の奥にそっと仕舞うことができたのである。

寛永一八（一六四一）年は、年の瀬からまたしても大雪となったが、おかげで母が縫ってくれた綿入れの半纏《はんてん》と、妙春が揃えてくれた足袋が和一を温かく包んでくれた。

「和一よ、随分としっかりしてきたな、もう大丈夫だ。ところで鍼治の勘は戻ったかな」

「はい先生、以前にはわからなかったのですが、鍼を操る際に何かが感じとれるように思うのです」

「和一それだよ。鍼を通じて患者の容態を知りたいと、そなたが望むからこそ感じとれるものなのだ。自から望まねば、いつまでも知ることはできないのだよ。以後そのことを忘れてはならぬぞ」

「はい、わかりました」

「山瀬琢一先生は、それがお出来になられたから、江戸にて名をあげておられるのだよ」

和一は、盲目の琢一が鍼治の技を高めて、後に続く自分たちのために、道を切り開いてくれることに改めて感謝するのであった。

寛永一九（一六四二）年四月、和一は仏光寺隣の当道座《とうどうざ》・職屋敷に向かった。烏丸小路《からすまこうじ》を南に、仏光寺通りを東へ歩くのである。道行く人にたずねてすぐにたどり着くことができた。門構えに威風が感じとれる。

「お頼み申します。私は、二条通り室町を東に入った入江豊明先生のもとで、鍼治を学んでおります和一と申します。住まいは、小川通り中立売の菱屋長兵衛方に居候《いそうろう》しております。この度は当道座の官位を上げていただきたくお願いにまいりました。どうかよろしくお願い申しあげます」

「それはご苦労さんですな。私達がこの当道座・職屋敷を取りまとめております。座の多くは平曲や三弦を生業とする者たちの集まりですが、近頃は按摩《あんま》を職として学ぼうとする者がぼつぼつ訪ねてきましてね。鍼師は、あなただけかもしれませんな」

「私は江戸・麹町の盲目の鍼医・山瀬琢一先生のもとで学んでおりました」

「そうでしたか。山瀬琢一どのも、この職屋敷に顔を見せられたのでしょうな」

「そのように申されておられました」

「では、評議いたします間しばらくお待ち願います」

和一は、待っている間、当道座という組織について説明を受けた。

「和一どのも鍼医として検校を目指してくださいよ」

「ありがとうございます。励んでまいります」

「さて、和一どのの場合、打掛《うちかけ》はすでに安濃津において得ておられるので、江戸と京での修業を合わせ、その技量を認めることにします。よって衆分《しゅうぶん》（一度の座頭）から順に、検校を目指されるのがよろしかろうと思います」

「ありがとうございます。そのようにいたしたいとぞんじます。よろしくお願い申します」

「それでは、告文状《こうぶんじょう》（免状）を渡しますから、官金として一一両と四分を申し受けます」

「持参してまいりました。どうぞお納め願います」

「一一両四分確かに申し受けました。告文状を大切にしてください」

「ありがとうございます。このあとはどのようにすればよいのでしょうか」

「この度は一度の座頭ですから、次は二度、三度と昇進していただき、そのつぎが四度の座頭で在《ざい》名《みょう》ということになります」

「昇進するのは大変なのでしょうか」

「そうですね。本来は執行部一〇名の検校が、本人の技量を確かめた後に認めるのです。和一どのの場合は、我々が鍼治の知識を十分に持ち合わせておらず、この度は、お二人の師から推薦状をいただいておるので、昇進を許可したというわけです」

「ありがとうございます」

「今後、昇進する度に相当の官金が入り用となります。よい仕事ができてこそ金銀は貯められるのですからな」

「そうお聞きしております。よい仕事ができるよう励みます」

「そうです、あとに続く盲目の者のためにも、和一どのに励んでもらわねばなりませんぞ」

「励んでまいります。ありがとうございました。では、本日はこれでご無礼いたします」

「時々は顔を出してくださいよ」

「はい、そういたします」

当道座の制度により座頭、勾当《こうとう》そして晴れて検校にのぼり詰めるには、七百両（約七千万円）もの官金が必要であった。ただし、検校になれるのは、ほんの一握りの者でしかなかった。大半の者は座頭に至るのが精一杯であった。ましてや盲目の者が鍼や按摩を生業として暮らすなどとは、殆どの者には考え至らなかった時代なのである。

暮らしのためだけでなく、社会的地位を確立するためにも、必ず鍼や按摩を盲目の者の職にしなければと、和一は強く思うのであった。

鍼管の誕生

寛永一九(一六四二)年秋、和一が京に来て早くも一一年が過ぎ、三三歳となった。考案した細い鍼《はり》と箆《へら》を用いての柔らかな刺激の鍼治《はりじ》が評判となり、和一の名が京の人々にしだいに知られるようになっていったのである。

「和一、話しがあるのでそこに座りなさい」

入江豊明《ほうめい》から突然いわれて和一は戸惑った。何か不都合をしてしまったのかと、心細くなったのが顔にでたのであろうか。

「何も心配することはないぞ。今日は、そなたに前々から学んでもらいたいと思っておったことを話しておきたいのだ」

「先生どんなことを学ぶのですか。むずかしくはないのでしょうか」

「この京には御園《みその》流という鍼治の派があることは知っておるな。御園流は、二寸の金や銀の鍼を小さな小槌をもって、軽く叩きながら浅く刺すというものだが、そなたの鍼治に必ずや益することがあろうと私は思っておるのだ。御園流は代々意斎《いさい》と名乗っておられるが、四代目に掛け合って、そなたのことを頼んでみようと思うがどうかな」

「先生の仰せの通りにいたします。御園流の鍼治がどのようなものか、ぜひとも学びたく思います」

和一は、叩いて鍼立てを行うところに心動かされたのであった。

「さあ和一、今日は御園意斎どの宅へ出かけるぞ。そなたのことを話すと、さっそく聞き入れてくださったのだ」

二人は、丸太町通り寺町の角を南に、下御霊社《しもみたましゃ》の隣にある鍼治療所を併せた御園意斎屋敷を訪ねたのである。

「先生、なぜか胸が高鳴ります」

「案ずることはない。そなたに学ぼうとする意があれば、意斎どのに必ずや通ずることだろう」

「はい、打鍼法《だしんほう》がどのようなものかぜひとも知りとうございます」

「それでよいのだ。求める心が強ければつよいほど、相手の心を打つということを覚えておきなさい」

「はいっ」

二人は御園屋敷の門をくぐり、意斎と対面した。

「意斎どの、この度は願いをお聞き入れくださりありがとうぞんじます。これに控えますは、先日お願い申した弟子の和一です。未熟ではありますが、盲目ながら鍼治への探究心が強く、独自の鍼立てを行います。後ほど見てやってください」

「入江どの待っておりましたぞ。和一と申されたな。そなたの師は何か企てがあるようじゃな。打ち鍼がそなたの鍼治に役立つなら、私も鼻が高いというものだ」

「和一と申します。この度は意斎先生直伝にて、お教え賜りますことは、このうえなき幸せ者にございます。どうかよろしくお願い申しあげます」

「さっそく始めることにいたそう。では和一、ここに仰臥しなさい」

意斎は和一の胸元をゆるめ、温かな手で腹診から始めた。

「そなたは若いので臓腑もうまくはたらいておるようだ。ただし、秘結するのではないかな」

「はい先生、三日も出ないことがあります」

「よいかな、臍《さい》の右外側四横指《よんおうし》、ここに秘結のための打ち鍼をするよ」

「お願いいたします」

和一は、気がつくと拳の中に汗していた。

「もっと楽にしなさい。そなたの余分な力が抜ければ、私の仕事はずっとし易くなるのだがね」

「あっ、申し訳ございません」

意斎は鍼を持つ左手をずいと押しつけた。それは強すぎず軽すぎず、むしろ、悪いところをしっかりとつかまれたようで安心できた。鍼先はすでに肌に触れていた。

「よいかな、小槌で叩くとはこんな風なのだ。痛ければ遠慮なくいいなさい」

押し手がしっかり固定されているため、微かな小槌のひびきはあるものの、鍼が入ってくる様はわからなかった。

「和一よ、打ち鍼のことで何かわかったかな」

「はい先生、小槌で軽く叩くことが、鍼のひびきになるのですね」

「その通りだよ。ただし、叩く加減が大事なのだ。一人ひとり、その日その日で叩き方は違うのだと思ったほうがよいだろう」

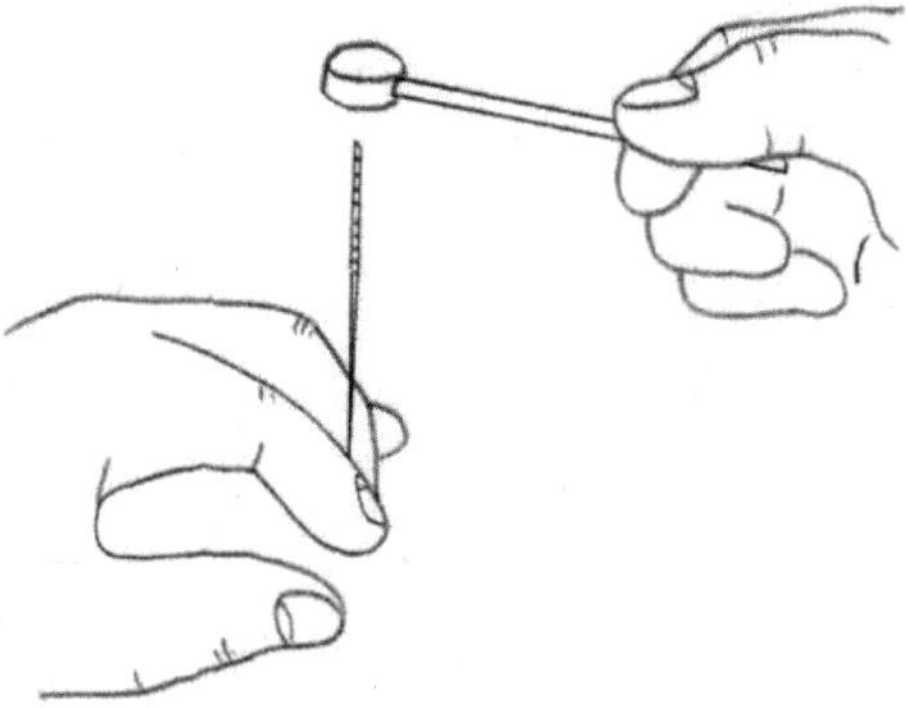

打鍼法

御園流も腹診をして、腹部から刺鍼を始めるのであった。五臓六腑の状態を手で診て療治しながら、その変化を直に確かめるのである。

「先生、腹が絞られるようになってまいりました」

「それでよいのだよ。便の留まった大腸腑自らが、排出しようと動きだしたのだからね。深さは筋《すじ》の表《おもて》にとどく三分（約一センチ）までだよ」

「先生わかりました。筋の表が大事なのですね」

「そなたの鍼治でも試みるとよいだろう」

「先生、ありがとうございました。さっそく試みることにいたします」

「では、和一の鍼治を拝見いたそうかな。初めてのことは胸が高鳴るものだな」

「お恥ずかしいかぎりです。では先生の足三里に鍼立てをっ」

「いや、腹のほうが私の学びになるので、そうしていただこう。よいかな」

意斎は仰臥し、自ら胸元を弛めた。

「はいっ、それでは中管穴《ちゅうかんけつ》をとらせていただきます」

「…うむっ、これはそなたが編み出したのだな。よくぞ考えた。たいしたものだ」

「ありがとうございます」

「だが、まだまだ改良の余地があるようだ。入江どの、これはひょっとすると大変なことになりそうですな」

「私もそう思っております。ただし、和一しだいだと申し渡してありますが」

「和一よ、そなたは盲目ではあるが、鍼治を究めるために、この世に生れ出たのかもしれぬな。そのつもりで取り組みなさい」

「意斎先生、ありがとうございます。生涯かけて究めてまいります」

「意斎どの、お手数をかけました。和一が何かを考え出したおりは必ず報告にまいります」

「入江どの、頼もしい若者で楽しみですな。和一よ、鍼治の道は奥が深いのだから、多くを学んで自分の流儀を興してみなさい」

「意斎先生、おかげさまで大そう学ばせていただきました。鍼治を続けてゆけることが益々楽しくなってまいりました。いただきましたお言葉を忘れずに励んでまいります」

「そう思える時が一番身につく時なのだよ。大事にしなさい」

「ありがとうございます」

「では、これにてご無礼いたします。和一まいるぞ」

「はいっ」

和一は、御園意斎に認められ励ましを受けたが、自分の鍼治の進歩を迫られているようで、何やら追いこまれた気持ちであった。

「先生、今日はありがとうございました。自分がやらねばならないことは、まだ見えてはおりませんが気持ちだけは高ぶっております」

「和一よ、慌てることはない。よく考え確かめて一歩ずつ進むのだ。自分が期待されていることを強く意識してはならない。盲目の者のためとはいうが、和一自身が成功するならば、すなわちそれは後に続く者たちのためになるではないか」

「先生のお言葉で気が楽になりました。これからは自分の足もとをしっかり固めてまいります」

次の日から患者の療治をしながらも、御園流の打ち鍼の技を、何とかとり入れることはできないものかと思いめぐらすのであった。

御園流の鍼立ては、入江流と同じように左手でそっと置き、次に小槌で軽く叩いて浅く刺入する。それにたいして和一は、鍼と管を一緒に押しつけて鍼立てをする。次に鍼の操作は左右に捻り、上下に抜き差しして刺激する。和一が、もし叩くとすればどこで始めればよいのか。

御園流は、肌肉《きにく》と筋の表を主に刺激する。和一は、肌肉の浅いところから筋の中まで幅広く刺激する。

もし、御園流をとり入れるとなれば…。

（もしや、鍼立てのとき叩けば痛み無く刺入できるだろうか…）

和一は、すぐに試みた。左手で鍼と管を固定する。右手は拇指・中指・薬指で鍼と管の上部を軽く挟み、空いた示指で上から軽く叩く。

残してあった木の管をわずかに短くし、鍼柄《しんぺい》が長くなったぶんを叩けば、確かに痛み無く刺入できた。だが鍼が曲がろうとし、どこかしっくりこないのである…。

そのとき不意に、江島・弁財天において、修行の帰り道のことであった。滑って転んだおり、小枝か笹の軸を手にしていたことを思いだした。

（そうだ！篦の代わりに細い筒を用いればよいのだ）

和一は、豊明の許しをえて泉屋へと急いだ。一刻も早く筒を手に入れたく、途中どこを曲がったのかも覚えがない。金物特有の匂いで泉屋とわかった。弥助が店の奥から声をかけてきた。

「おお、あんさんは確か和一さんやったな、えらい急《せ》いてはるけど、どないしはったんや。今日はどんな用どすやろ」

「弥助さん、いつぞやはお世話になりずいぶん助かりました。今日は鍼が通る細い筒を作っていただきたいのです」

「ちょっと待ってや。主の理右衛門がいてますよって呼んできます」

「よろしく願います」

「泉屋の理右衛門でございます。三文字屋の徳三郎さんから、あんたはんの噂はお聞きしてます。お目がご不自由やのに、よう気張ってはるそうですな」

「いえ、ただ必死なだけで、まだまだ心に余裕がないのです」

「それそれ、若いうちは必死にならなあきまへん。それが大事なんですがな。おおそうや、お客さんのご用を先にお聞きせんとあきまへんな」

「先日は弥助さんに篦を作っていただいたのですが、今日は、この鍼が通る筒を作っていただきたいのです。長さは鍼より僅かに短いものなのです」

「鍼を見せてもらえますかいな」

「どうぞ、これなのです」

「うむ、筒というより管《くだ》ですな。とりあえず試しに作りますんで、しばらくおまち願えますやろか。弥助頼みましたで」

「へえ、承知しました」

「そんなに早く作っていただけるのですか」

「ええ、できますとも。おまちいただく間、和一さんの仕事のお話しを聞かせてもらいまひょうかな」

和一は、篦を思いついた経緯と、つぎに管を思いついた経緯を話した。

「和一さん、あんたはんは偉いなあ。よう頑張ってはる。その調子で前に進みなはれ、きっと求めてはるものに、たどり着けますやろ」

「泉屋さん、ありがとうございます。おかげさまで、どこへいっても皆さんに助けていただきました」

「それは天の神さんが、あんたはんに役目を与えはって、見守ってくれてはるんや。あんたはんは、それに応えて自分の勤めを果たしてはるから、世間の人は、あんたはんみたいに頑張る人を助けたいんやで」

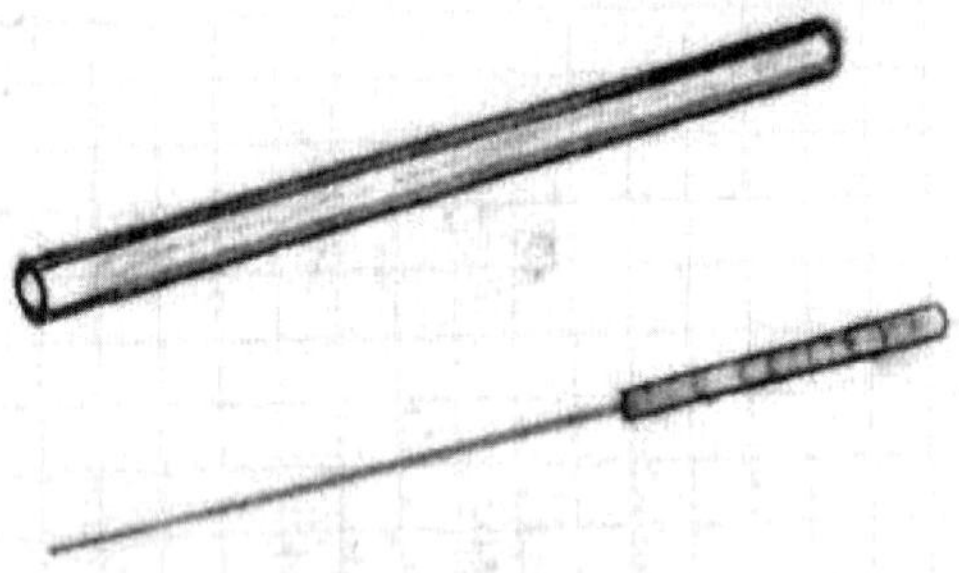

鍼と鍼管

「泉屋さん、私はほんとうに幸せ者です」

「そうや、幸せに感謝しなはれ。つぎに謙虚な心で尽くしなはれ。それがええ」

「親方、できました」

「弥助ごくろうさん。さあ和一さん、これはあんたはんの宝物になるはずや。手にとってよう確かめてもらいまひょう。手直しせんならんのやったら、いうてもらいまひょうかな」

「はい、ありがとうございます」

和一は管を二本手渡された。太いほうが重さと手になじむ具合がよい。

「泉屋さん、こちらのほうが使いやすそうです。ただ、肌に立てるとき、上下の切り口は角がないほうが柔らかくあたりますので、削っていただけますか」

「弥助、急いで手直ししてあげなはれ」

「へえ、承知しました」

「泉屋さん、管はどのようにして作るのですか」

「よう聞いてくれましたな。まず使う目的ごとに太さのちがう針金を用意しますんや。その針金に銅の板を巻きつけるんですわ。縦にできた継ぎ目は半田づけして綴じるんです」

「では、銅の板はどのように作るのですか」

「銅と銀を含んだ石を掘り出してそれを溶かしますのや。溶かす段階で鉛を混ぜると、銀と鉛が混ざり合うて銅だけ別に取り出せますんや。銅の塊を再び溶かして板にするんですわ」

「大がかりな仕掛がいるのでしょうね」

「そうどす。銅の使われかたが急にふえてきましてな、京では手狭になってしまいましたんや。息子が浪速で手広く始めたんです」

「それは頼もしいかぎりで今後が楽しみなことですね」

「さあ、おしゃべりしている間にできたようですな」

「おおっ、これはまさしく私の宝物です。泉屋さん弥助さんお手数かけました。ありがとうございます」

「和一さん、始めに申したとおり、これは試し物です。しばらくお使いいただいて、手直しがあったらいうてください。今日のところはそのままお持ちいただきましょか」

「えっ、では私からの注文は、その次ということなのですか」

「その通りです。お手間をとらせて申し訳ございませんでしたな。私は、おかげであんたはんの仕事の内容をくわしゅう聞かせてもろうて大いに参考になりました。おおきに」

「泉屋さん、それではこの管はお借りしてまいります。鍼治に用いるのがとても楽しみです」

「和一さん、吉報をお待ちしてますよってにな」

「泉屋さん、弥助さん、ありがとうございました」

和一は夢を見ているようであった。帰りの道すがら、出来立ての管を用いて自分の腹に立て、右手の示指で軽く叩くところを想像した。叩き具合を変えながら、痛くない鍼立てを探っている自分を想像しながら歩いていた。

「先生、ただいま戻りました」

「おお和一、どうであった。そなたが思うものができたのかな」

「はい先生、このとおり管が出来上がりました。鍼を入れ肌に立てると鍼柄がわずかに出ます。その鍼柄を刺し手の示指でかるく叩いて刺入します」

「よくわかった。今ここでやってみなさい」

和一は、その場で自分の足三里に試みた。初めてのことなのに、帰り道に想像した通りずっと以前からやっているような感覚であった。

「先生、この鍼立てから刺入後の鍼の操作まで、私が探し求めていたもののような気がいたします」

「和一、よくやったぞ。私の足にもやってもらおうか」

「では先生の足三里に鍼立てをいたします」

「…気に入ったぞ。和一、これは必ずや新たな流儀になるはずだ。よいか。たった今から、そなたが新たな流派を興すのだ。もう後には引けないのだよ」

「先生、何をおっしゃるのですか。私はまだっ」

「和一、よく聞くのだ。山瀬先生も、御園どのも、そしてこの私も、この日の来るのをまっておったのだ。必ず来ると信じてな。よいかな、忘れてはならないのは、理論に裏打ちされた技術が大事なのだ。痛くない鍼立ては入り口なのだ。今後そなたが、どれだけ理論を自分のものとし、鍼治の技を究められるかによって、真の『杉山流』が世間に認められるのだ。たった今、ここで腹を決めなさい」

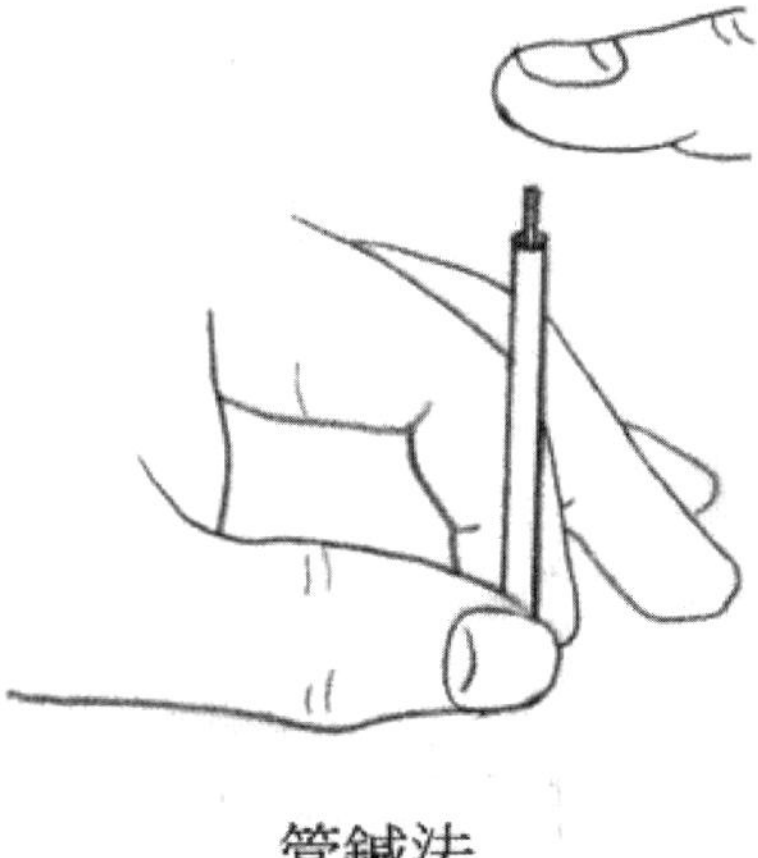
管鍼法

「先生、ありがとうございます…」
和一は涙が止まらなかった。これまで自分が歩んできた道すがらに出会った大勢の人たちの声が聞こえてきそうであった。とくに父母と、師の山瀬琢一と妙春には、一刻も早く逢って報告したいと思った。

「和一よ、いずれそなたは私のもとを離れて独り立ちするであろう。それまでは私の弟子であり、修業の途中なのだ。鍼医として世に出るまで、どれくらいの年月を要するかわからぬが、それまで私のところでしっかり学んで欲しい」

「先生、私はそのつもりでおります。どうぞお教えいただきますようお願いいたします」

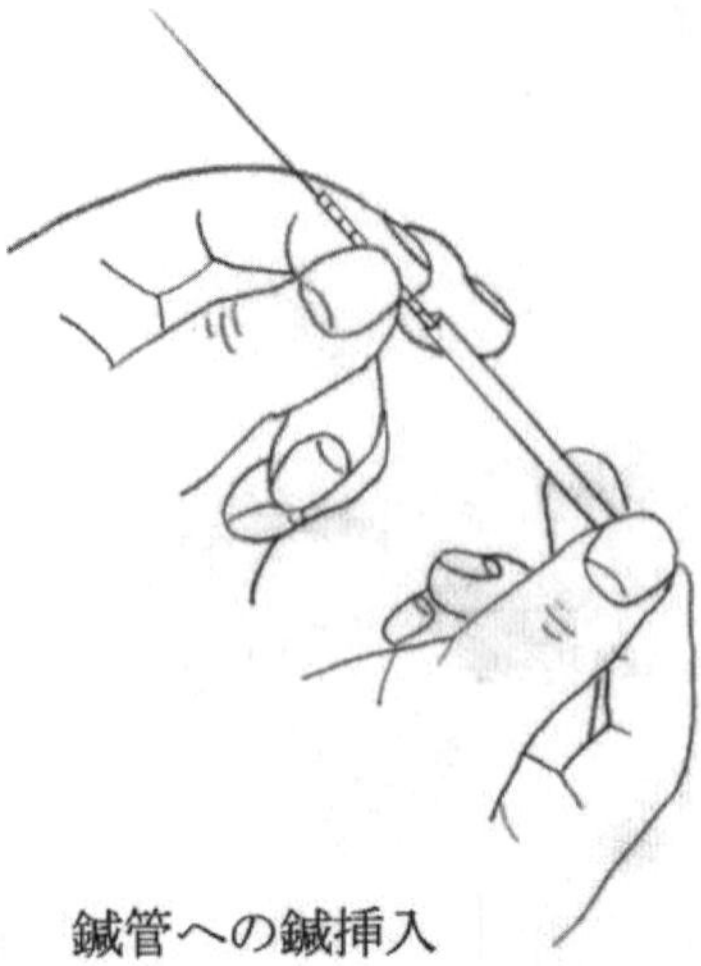

鍼管への鍼挿入

その夜、和一は管で自分の腹に鍼立てを何度も試みた。右手の拇指、示指、中指で管の一端をつまみ、左手で鍼柄をつまみ、もう一端から管に滑り込ませる。右の指先で滑ってきた鍼柄を僅かにつまみ出す。つまんだまま穴《つぼ》に管を立てる。左手は管を支えて押し手の形をとる。右手の示指で鍼柄の頭をかるく叩く。鍼が刺入したのを確かめて管をゆっくり抜きとり、右手薬指、小指で管を握る。あとは入江流にて鍼を操つる。

初め思い描いた通りにはゆかず、わずかに痛みが走ることもあった。押し手が弛んでいるか、叩く方向や強さが原因のようである。くり返すうちに、ようやく納得できるようになった。　和一が思い描いた通りの鍼立てであり、鍼の操作へと移る流れがうまく進む。入江豊明と御園意斎がいうように、杉山流として世に問う価値があると思えるのであった。

翌朝、入江豊明は上機嫌であった。

「和一よ、ほんとうによくやった。先が楽しみになってきたぞ。そなたの努力が報われるのは先のことであろうが、一人ひとりの患者を大事にしなさい。常に学ぶという姿勢を忘れるでないぞ。では意斎どのに報告にまいろうか」

「はいっ、お願いいたします」

二人は御園意斎の屋敷をたずね、和一は管にたどり着いた経緯を話した。

「おお、そうであったか。和一よくやったな。ところでこの管だが、鍼のための管だから『鍼管《しんかん》』、鍼管を用いた鍼治を『管鍼法《かんしんほう》』というのはいかがであろう」

「意斎どの、まさにその呼び名がふさわしいと思われます。和一に異はなかろう」

「はい、両先生の仰せの通りだとぞんじます。意斎先生、名付けていただきありがとうございます」

「和一よ、この管鍼法は入江流と私の御園流と、そなたの努力によってこの世に生まれでたのだが、生まれたからには、そなたの手で育てねばならぬ。我らも支える用意はあるぞ。入江どのもおなじお心だと思うが」

「そうだとも。和一よ、今後は鍼治を究めるためにも、広く周りを見る余裕を持ち、大きな心で杉山流を育てなさい」

「御園先生、入江先生、ありがとうございます。私は後に続く盲目の鍼師のためにも、鍼治の技を磨かねばと思ってまいりました。そのためには、もっと大きく構えて取り組まねばならぬこと。『杉山流』を興すには、大きな責任がともなうことをお教えいただきました。これまで以上に心引き締めて、鍼の道を究めてゆかねばならぬとぞんじます。未熟者ではありますが、どうぞご指導たまわりますようお願い申しあげます」

和一は、泉屋にも出向いて経過と、正式に鍼管による鍼治を行うことを告げ、一〇本の鍼管を注文した。理右衛門も弥助も大層喜んで、後々支援することを約束してくれた。

このようにして寛永十九(一六四二)年一一月、ここに『杉山流管鍼法』が誕生したのである。和一、数え年三三歳、鍼治の道に入って一七年目のことであった。

和一は、とくに鍼の理論習得に力を入れ、それを日々の鍼治で確かめるように努めた。入江豊明も理論を教えるだけで実践は和一に任せることにした。

豊明が想像したとおり、管鍼法は珍しさもあって、日に日に京の町中に、その評判が広まっていったのはいうまでもなかった。

豊明は、江戸の山瀬琢一と安濃津の杉山家宛に、ここに至る和一の働きぶり、勉学ぶりを、詳しく文にして知らせてくれた。それぞれから返書が届いたのは、年も明けてからであったが、どの文も和一の涙を誘うものであった。

琢一は自分のことのように喜んでくれた。おかねは相変わらずの働き者であること。お糸は嫁にゆき可愛い女の子が生まれ、昇太《しょうた》がお糸の代わりをしていること。おかねは相変わらずの働き者であること。お琴は十二歳になった茜と、二人目のお華《はな》の子育てに追われていることが書かれていた。

安濃津の父からは、妹のお梶《かじ》が婿取りをしたこと、お彩《さい》が嫁にいったこと、嘉平は年をとっても頼りがいがあること。母は自分の用事が少なくなり寂しがっていること。幼なじみの清太郎は、三人の子持ちになったことなどが書かれていた。

「それはそうと和一よ、妙春どののことをどう思っているのだ」

「えっ」

両の耳が瞬時に熱くなり、豊明に気づかれるのが恥ずかしかった。和一は、どのように答えればよいものか困惑していると、豊明のほうから助け船をだしてくれた。

「和一よ、あれほどそなたの嫁にふさわしい方はおられないぞ。たがいにその気持ちがあるのなら、そなたのほうから話を切り出しなさい。こういうことは妙春どのからは言い出しにくいのだよ」

「先生、私はまだ修業の身ですから…」

「何をいっているのだ。そなたは杉山流を興そうとしているではないか。二人して力を合わせて杉山流を盛りたてるのだ。そなたはどこに出しても恥ずかしくない鍼師だ。御園意斎どのも認めてくださったではないか」

「…」

「よしっ、私にすべて任せなさい」

「先生、お心づかいまことにありがとうございます。私は、もともと不器用なので、まず鍼治の修業を済ませたくぞんじます。妙春さまのことは愛おしく想っておりますし、妙春さまも、きっと同じように想っていてくださると信じております。もし縁があれば、いつかは結ばれると想っております」

「そうか、男子一生の大事は、先ず職を身につけ独立することかもしれぬな。和一、よくわかったぞ。一家を構えるというのは、そなたにはまだ大儀かもしれぬな。だがその時期は、そんなに遠くはないと心の用意をしておきなさい」

「先生、ありがとうございます」

和一が、心の奥に仕舞っておいた妙春への想いが頭をもたげた。しかも、鍼治を究めるのと同じく、妙春を幸せにしなければ申し訳ないという思いであった。

「和一、すまないが往診を頼まれてはくれないか。五〇年あまり黄楊《つげ》の櫛を挽《ひ》いてきた甚兵ヱ《じんべえ》さんが寝込んだというのだよ」

「承知しました。たしか四条通り河原町を東へ入ったあたりでしたね。いってきます」

「よろしく頼んだよ。どうも酒と煙草がたたったようだ」

「わかりました」

近くまでゆき菓子屋で訪ねると、店の若い者が直ぐだからと案内してくれた。

「おじゃまします。入江から甚兵ヱさんの鍼治にまいりました」

「和一先生おおきに。よろしゅうお頼み申します。なんせ、私のいうことなんか聞かへんのですから。きっと神さんの罰が当たったんやわ」

「お玉さん、そんな風にいったら甚兵ヱさんがかわいそうです。きっと訳があったのですよ」

「なんせ帰ってくると、毎日々々、ぶつぶつ愚痴ばっかりいうてましたわ」

「食べ物は」

「飲み出したら食べませんのや。困りますわ」

「では、甚兵ヱさんの体を診させていただきます」

「おねがい申します。こっちへどうぞ」

奥の間の甚兵ヱは、左側の手脚が萎え、身動きがままならず唸っていた。中風のようである。

「あんた、和一先生が診にきてくれはりましたえ」

「甚兵ヱさん、いかがですか」

「先生えらいことになりましたわ。左の手も脚も力が入りまへんのや」

「不便ですね。けれど気長に療養すれば、自分で動けるようにもなるのですよ。私も一日おきに療治にきますから、甚兵ヱさんもがんばって手脚を動かすよう努めてください」

「先生どうか頼みます」

「それと灸点を下ろしますから、お玉さんにすえてもらってください。少々熱いくらいは辛抱してください」

「灸は馴れてますけど、ほんまに治りますんやろか」

「治りたいと思うのです」

「あんた、そうやで辛抱せなあかんわ」

和一は、腹部の中管《ちゅうかん》や官車《かんしゃ》。背部の大推《だいすい》（大椎《だいつい》）や肺・心・三焦《さんしょう》の兪《ゆ》。手の曲池《きょくち》や中柳《ちゅうりゅう》。脚の風市《ふうし》や三里などへと、順に脈を診ながら鍼を操作していった。

「先生、体がちょっとだるいけど温《ぬく》うなってきましたわ」

「甚兵ヱさん、それでよいのです。次は軽く揉みほぐしておきますよ」

手と脚を揉みながら節々を屈伸させていった。

「今の内に動かさねば、手も脚も固まってしまうのですよ」

「先生、自分で動くのは、どないにするんですやろ」

「初めは動かないものなのです。先ず、右の手や脚と共に左側も一緒に動かそうという気持ちが大事なのです。毎日くり返せば、僅かに力が入るようになるのです。さらにくり返せば、弱々しくとも動きだすのです。そこまで辛抱してください」

「動けるようになるんは、どれくらい先ですやろ」

「半年ほどを目安にしていますが、甚兵ヱさんのがんばりでは、もっと早まるでしょう」

「先生、気ばって動かしますわ」

「では今日はここまでにします。明日、艾《もぐさ》を持ってきますから、お玉さんに大推という穴にすえてもらいます。甚兵ヱさんの体が元通り治って欲しいと、願いながらすえてください」

「わかりました。そうします」

「では、甚兵ヱさん明日もまいります。お大事に」

「先生おおきに、よろしゅうお頼み申します」

和一には、甚兵ヱがどれくらい動けるようになるか、予測できるほど経験はなかったが、治って仕事に戻って欲しいと願うのであった。

「先生ただいま戻りました」

「ご苦労さん。甚兵ヱさんの具合はどうだったね」

「先生やはり左側の中風でした。思ったより気はしっかりしておられましたが、動けるようになるのはずいぶん先のことだと思われます」

「そうか、では甚兵ヱさんの療治は、和一とお玉さんに任せたよ」

「はい、何としても治ってもらいます」

つぎの日、甚兵ヱの具合がどうなったか、気にしながら往診に向かった。

「甚兵ヱさん具合はどうです」

「先生、まだ少々熱があるみたいやけど、気合いが入ってるんですやろ。腹も減ります」

「脈も上々です。では今日も腹から始めます」

昨日より慎重に、中管穴の鍼立てから入った。鼓動が強く鍼にひびいてくる。ゆっくり鍼を操り、昨日とほぼ同じ穴に刺鍼し気を補った。鍼治を終えると、和一のほうが緊張から開放されるのであった。

「お玉さん、頸と背の境の、この大推に灸をすえてください」

「いくつすえますすんやろ」

「決まりでは五一壮《そう》なのですが、今日は二一壮にしましょう」

「先生、艾の大きさはどれくらいですやろ」

「米粒くらいにしてください」

「あんた、すえまっせ」

「ああ、頼んます…。先生、案外熱うないわ。やれやれや」

「甚兵ヱさん、耐えられない熱さのときはいってください。お玉さん、その時は燃えていても、指先で押さえてください。たちまち火は消えますから」

この日も甚兵ヱの鍼治は無事に終えた。だが和一には、まだ手応えをつかむことはできなかったのである。一日おきに鍼治を続け、試行錯誤をくり返しながら、ひと月がすぎたころ、ようやく甚兵ヱの手脚は弱々しいが、力が入るようになったのである。

「甚兵ヱさん、今後は自分で左の手脚も使って寝返りや起き上がりをしてください。それができるようになれば、立ち上がり歩くこともできるのですよ」

「先生、おかげさんで助けてもらいました。おおきに」

「いえ甚兵ヱさん、まだまだこれからです。気を緩めないでくださいよ」

「そうやがな、あんた若いもんに教えるんやろ」

「鋸《のこぎり》の挽き方ですか」

「そうなんや、わしは小僧のときから親方に『心で挽くな、手で挽くな、闇夜に霜の降るごとく』

そういうて教えられたもんや。毎日々々いわれたけど、ようわからなんだ。近ごろになってようやっとわかったんや。若いもんには、ええ仕事して欲しいと思うてる。ことばやのうて体で覚えてもらわなあかん。そう思うて教えるけど、これがうまいこといかんのや」

「あんた、それでやけ酒やったんか」

「そういうことやな」

「どんな仕事も究めるのは大変ですね。そのうち、若い職人さんもわかるときがきますよ」

「先生おおきに。わしもそれを待ちますわ」

「甚兵ヱさんそうしましょう。では今日はここまでにします」

「先生いつもおおきに。おかげさんで主人も早いことようなってきて、私も助かってます。いちばん喜んでるんは主人やと思います。ほんまにおおきに」

「お玉さんが灸をすえてくれたことも、甚兵ヱさんがよくなってきた証なのですよ」

「先生ええこというてくれはるわ、おおきに」

「では、お大事に」

和一は、甚兵ヱが仕事場に戻れて、鋸は挽けずとも若い者を教えることはできそうであると、ようやく確信できたのである。豊明にそのことを報告した。

「和一よ、甚兵ヱさんも言葉に尽くせぬほど喜んでいるだろう。ご苦労さん。ところで、先ほどの鋸を挽く歌のことだが、よく似たものを知っているのだ」

「先生、ぜひお聞かせください」

「それはな、元和二年にすでに写本として世に出ておった、森戸承心《もりとじょうしん》という鍼師の流儀書の中にある。

『はりさすに　こころでさすな　てでひくな　ひくもひかぬも　ゆびにまかせよ』

という歌なのだ。よく味わって鍼治に臨んでみなさい」

「はい、『鍼刺すに　心で刺すな　手で引くな　引くも引かぬも　指に任せよ』ですね。私には、なぜか強く心引かれる歌です」

「ゆっくり噛みしめてみなさい」

「ありがとうございます。そういたします」

和一は、道歌の真の意味が知りたかった。

鍼師であれ櫛職人であれ、それぞれ技を究めて、その技を実践するときの、己の心のあり方を説いた歌であろうことはわかった。

だが鍼治において、『心で刺すな』とはいかなることなのか。治って欲しいゆえ心を込めて刺すのではないのか。ならば己の感情をいっさい込めてはならぬこととなる。

『手で引くな　引くも引かぬも　指に任せよ』とは、たとえわずかであろうとも、手に力を入れて鍼を操ってはならぬ。指が自然に鍼を操るのであると。

鍼治とは、鍼という道具で患者の体に働きかけるものではなく、あくまでも患者の体が望む通りに鍼という道具で手助けする。

ならば、患者の体が望んでいるものがわからねば、鍼治などできようはずが無いということになる。

甚兵ヱは、自分の思い通りの櫛目を挽くために、感情の一切を無にして、鋸の刃先と黄楊の木肌の触れ具合を、指に感じ取っていたのだ。まるで音さえ無いかのように。

和一は、ここに来て、これまでの自分のやってきたことが空しく思えた。ものごとの奥義とは、たやすく手にできようはずが無いのである。奥義を求める心を失うことなく、日々の積み重ねこそが大事であると、小さな自分を慰めるのがやっとであった。

「先生、歌の意味が私なりにわかりました」

和一は、苦しい胸の内と共に話した。

「和一、よく理解したな。それでよいと思うが、今の和一を評価するのは患者であり、周りの人たちであろう。そなたが落ちこんでは困るではないか。

人は日々成長すると考えれば、成長する早さは人により、季節や年齢により異なるのではないかな。途中で立ち止まったからとて、どれほどのことがあろうか。

さらに、どれほどの者が奥義を究められようぞ。ある者は若くして究め、ある者は死を前にして究めるのかもしれぬ。だが、多くの者は奥義を究めようとして、半ばで力尽きあきらめざるを得ないのだ。それが人の世というものではないのかな」

「先生、よくわかりました」

「和一よ、この度のように鍼治に悩んだことが、そなたの生きざまの節目となるのだ。これを機に、鍼をもってして病を治してやろうなどと意気込んではならぬぞ。患者の体が発する声を心静かに聞くのだ。甚兵衛さんのようにな」

「はい、よい勉学をさせていただきました」

甚兵衛は、その後仕事場に立ち、元通りのように鋸は挽けずとも、若い職人に扱いを教えていたのである。

慶安二（一六四九）年五月、和一は当道座・職屋敷を訪ね、官位の座頭から勾当《こうとう》への昇進を願い出た。

「杉山和一どの、京でのそなたの評判はたいしたものだと、前々から噂しておったのですぞ。盲目であっても鍼医として、世間の役に立てることを示してくださったことに、感銘しております。今後更なるご活躍を期待しておりますぞ」

「おそれいります。鍼治でやってゆけると、ようやく目途が立ちましたので、昇進のお願いにうかがったしだいです」

「当座においては、異議を唱える者はないでしょうが、念のために評議いたしますので、しばしお待ち願います」

「どうぞよろしくお願い申します」

高田総検校を筆頭に一〇老の検校により評議され、満座の異議なく和一の勾当《こうとう》への昇進が認められたのである。

「お待たせ申しましたな。みなさん異議なく勾当への昇進を認めることとなりました。一層精進されて検校になられるようにとの伝言です。よい手本を示してくださいよ」

「ありがとうございました。検校を目指してまいります」

和一は、自分の目的が一つずつ叶えられることに感謝した。妙春と共に江戸にて開業できる日が、また一歩近づいたのである。


慶安三（一六五〇）年秋のこと、新町通り二条を北へ入る、亀屋伊織宅への往診依頼があった。和一は菓子が好物である。京は古くから茶と共に菓子の文化が発展してきた町であり、前々から菓子については、詳しく話を聞きたいものと思っていたところである。

亀屋伊織の菓子「木ノ葉」

亀屋は、爽やかな緑色で、すこし柔らかな煎餅にみそ餡をのせて、二つにたたんだ『木ノ葉』という菓子を、三代将軍・家光公へ献上したところ、たいそう気に入られて『伊織』の名を賜った。以来、屋号に加えて用いるようになったのである。

京の町には、このような曰《いわ》くを持つ菓子屋が多い。互いに腕を競って公家や武家あるいは寺社へ献上する品を目指したのであろう。

患者は当代の妻芳野《よしの》であった。当主の山田和三郎が出迎えた。

「杉山先生、ありがとうございます。こちらでございます」

芳野は、五日前から頭痛が激しく嘔吐するという。歳は四〇半ばになる。長年にわたり、店と奥向きとを切盛りしてきた疲れが溜まりきったのであろうか、肩と首に手を当てておどろいた。まるで板というより石のように硬いのだ。ただならぬ状態である。

「先生お世話になります。よろしゅうおたの申します」

「お店《たな》さん、ここまで我慢してはいけません。治るものもなおらなくなりますよ。人には治ろうとする力が備わっているものなのですよ。この度は我慢し続けて、治ろうとする力を押さえつけたのですね」

「先生、前にはなかったのに、つい愚痴がこぼれてしまうんどす。お客さんには気づかれんようにと思うと、身内にきつう当たってしまうんどす」

「お店さん、月のものはどうなっていますか」

「そういうたら、去年辺りからおへんわ」

「この度のような症状が出始めて、体が変わる年頃なのですよ。本当は、疲れが残らぬよう加減なされればよいのですが、そうもまいらないようですね。せいぜい、月に一度は療治を受けるようになさってください」

「先生、これからはそうさせてもらいます。気持ちようて眠とうなってきましたわ」

「それはよかった。凝りがほぐれるにつれ、気血の廻《めぐ》りがよくなるからなのです」

芳野の体は、脚腰や腕の疲れに加え、気苦労や不眠などからくる凝りではあるが、そのまま手当てせずにおくと、本当の病になりかねないのである。

「先生、凝りがほぐれ切れなんだら、続いてご療治をお頼み申してもよろしいんやろか」

「そうです。余りにも凝り固まっていますから、一度ではほぐれないこともあります。そのようなときは、一日開けて二度目の療治を受けていただくと、生き返ったような気分になれると思います」

「まあ、それやったら明後日も、おたのみ申します」

「うかがいましょう。ところで、お店さんは朝が早いのですか」

「いいえ近ごろは、かまどに火入れるんは和太郎《わたろう》にまかせましたんや。もう二十歳になりますのに、そろそろ責任を持たせなあかんのです」

「後を継がれるのですね」

「そのつもりなんどすけど、本人はいたってのん気に構えてますのや」

「後を継がれるとなると、覚えることも多いのでしょうね。どなたがお教えなさるのですか」

「うちの店に、古うからいてる職人さんが手本なんどすけど、それが、なかなかうまいこといかへんのどす。わたしが、和太郎をよう奉公に出さなんだのがあかんかったんどす」

「しかし、修業に終わりという区切りがないと思うのですが。私などは一生修業せねばならないと思っております。和太郎さんには何か目指すものがあるのですか」

「そら先生とはものが違いますがな。本人は、菓子作りをしたいというてますが、主人がなかなか許さへんのどす。下積みをちゃんとせなあかんいうて…」

「そうですよね。何の仕事も基礎が肝心だといいますね。あっ、お店さん話し込んでしまいました。明後日またうかがいますので、その時菓子作りのお話しの続きを聞かせてください」

「先生、お世話をおかけしました。よろしゅうお頼み申します」

二日後、芳野の具合を気遣いながら亀屋伊織を訪ねた。

「先生、お待ち申してました。具合がよいというてます。今日もよろしゅう願います」

「承知しました。お店さんも気苦労がおありのごようす。時には話を聞いてさしあげてください。ずいぶん疲れておられますよ」

「ありがとうございます。私も気にはなってましたんやが、熱心に働くもんで、ついまかせてしまいました。今後は気を配るようにいたします」

「そうしてあげてください。お店さんも喜ばれることでしょう」

部屋に通されると、芳野の声は先日よりも若々しく聞こえた。

「まあ先生、おおきに。おかげさんで生き返ったようどす。こんなに弾んだ気分になるんは何年ぶりどすやろと、さいでんもいうてましたんや。もっと早うお世話になったらよかったと思うてます」

「お店さんに元気が出て私も気が楽になりました。では、今日も同じように療治しましょう」

「おたの申します」

芳野の体はずいぶんとほぐれてはいたが、首筋と背中をていねいに療治した。

「お店さん、これでしばらくは大丈夫でしょう。この次ぎは、少しばかり早めに療治を受けてくだされば、日々健やかに暮らせることうけ合いますよ」

「まあ、先生おおきに、お世話になりました。必ずそうさせてもらいます。まだまだこの世に名残がおますよってに」

「そうですよ。亀屋伊織さんのご繁栄のためにも、和太郎さんの代になるまでには、まだまだ先は長いですよ」

「そうどすねん。それがありますねん。そうそう一昨日、菓子作りのことをいうてはりましたな。そのことやったら主人の和三郎にたずねてください。あの人のほうが菓子づくりに打ち込んではりますよってに」

「そうさせていただきます。では、本日はこれまでにいたします。お大事に」

「先生ほんまにおおきに、これからもよろしゅうおたの申します」

和一は、芳野が亀屋伊織を盛りたててゆける体に戻ったことを確信した。

「先生お世話になりましたな。おかげで家内の顔色もようなりました。今後もどうぞよろしゅうお願い申します。これは私共で出しております木ノ葉です。どうぞ召しあがっていって下さい」

「いただきます。これが家光公におほめいただいたという木ノ葉ですか」

「そうなんどす。家内の話しでは、先生は菓子作りに興味がおありとか」

「はい、菓子がどのように作られ、自分の口にとどいて、どのような香りや味がするのかを知ることが楽しみなのです」

「私共の菓子は御茶席に出されても、茶の苦い味をじゃませんよう目立たんように作りますが、先生にその香りや味が楽しみやというていただけ、益々腕によりをかけて作らなあかんとの思いですわ」

「菓子作りも永年の苦労があるのでしょうね」

「そうどす。菓子屋も、上菓子から駄菓子まで色々ありますけど、職人は火床《ひどこ》三年、餡焚《あんた》き一〇年といいます。それに、その店の特長を出さなあかんので、形、味、香り、歯ざわりや割れる音までも吟味して作りますのや。人に教わっても同じもんはちょっとやそっとではできませんな」

「大変なご苦労なのですね」

「和太郎には後を任せたいんですけど、菓子作りの素養があるのかないのか、いまだにわからへんのです」

「和太郎さんには、あと継のことを話されたのでしょう」

「ええ、話したことはありますけど、夕暮れ店を閉めたらすぐに遊びに飛び出してしまいますんや。教えて欲しいというて来たら、何ぼでも教えますすんやけどな」

「店を閉めた後、新しい品を作る手伝いを頼んではどうですか」

「新しい品。おお、それよろしいな。いうてくるまでとばっかり思うておりました」

「新しい品を、お二人で考えるというのはいかがです」

「おお、それはもっとよろしいな。先生は大したもんや、隅におけませんな」

「いえ、私もゆくゆくは弟子を育てたいと思っておりますので」

「そらそうですわな。先生もその技を一代で終わらせるわけにはまいりまへんがな」

「そうなのです。話しは違いますが、京は手仕事の職人さんが多い町ですが、修業のさいの言い回しが他にもあるのでしょうね」

「職人ごとにありますな。料理人は、包丁一〇年、塩加減一〇年、蒸し一〇年といいますな。大工は、鉋《かんな》の調子三年、墨付け一〇年といいますわな」

「どの仕事も一人前になるには、それ相応の修業があるのですね」

「そうやと思います。名人にはなれんでも、一人前の仕事ができるようになることが、何というても大事なことですわな」

「和三郎さん、おかげさまで菓子がどのようにして私の口にとどくのかがよくわかりました。それに、いつの日か弟子を育てるときのための教えも聴かせていただきました。鍼治の他に多くのことを学ぶことができて、京に来た甲斐がありました」

「そないにいうてもろたら、菓子屋冥利に尽きますわ。ほかの職人も同じようにいうと思います」

「では、今日はこれでご無礼します。いろいろお聞かせいただきありがとうございました」

「こっちこそ、お世話さんになりましたな。これからもよろしゅう願います」

和一は、京の職人たちが先人の技を受け継ぎ、それらに自らの工夫を加え、さらにそれを後世に伝えてゆこうと、日々の暮らしの中で励む姿に心うたれるのであった。

第四章

再び江戸へ

　慶安四（一六五一）年八月、父重政《しげまさ》が病に倒れたという。和一は心の臓が止まるかと思うほどおどろいた。入江豊明に願い出て取る物もとらず安濃津に向かった。時代もこの頃になると、人を宿場から宿場へ送り届けてくれる仕組みができ、和一もそれに頼ることにした。久しぶりの安濃津は、以前と変わっているように思えた。町の大掛かりな整備が行われたのであろう。

「和一ただいま戻りました」

「おお、和一さま、さぁお父上がお待ちですよ」

「嘉平、お父上のご様子はどうなの」

「はい、石舟斎先生は、この暑さで心の臓が弱ったのだろうと…。さぁこちらです」

「おお、和一、戻ってくれたのですね」

「母上、おそくなり申し訳ありません。今、嘉平から聞きました。いつから具合がお悪いのですか」

「もう十日になります。なにも召しあがらないので、尚のこと体が弱るのだと、石舟斎先生はおっしゃいます」

「…脈を診るとやはり心の臓が弱っているのでしょう。拍動が乱れています。母上、鍼治《はりじ》を試みてみたいのですが」

「そうしてください」

和一は、父の胸元を弛め手を置いた。いかにも苦しげな呼吸が伝わってくる。腹の肌肉《きにく》も力無く舟底のごとく落ち込んでいる。中管穴《ちゅうかんけつ》の拍動は硬く手に伝わってくる。父の必死に生きようとする、もがきのようにも感ずる。和一は、拍動と会話を交わすかのように、しばらく手を当て続け、中管穴に鍼立《はりた》てを試みたが鍼《はり》の進入を拒んでいる。父の体は、すでに別のものによって支配されているかのようである。

和一は、鍼の弾入のみにして、鍼管《しんかん》を静かに引き抜き、鍼を中管穴にあてがい、そのままとどめた。拍動が鍼先に伝わる。まさに父の断末魔の物言いにさえ思える。

（父上いかがすれば、このお苦しみを取りのぞいてさしあげられるのですか。どうぞお教えください）

和一は必死に祈った。今一度、父の声を聞かせて欲しかった。自分では随分ながく鍼を留めていたように思った。続いて、天井《てんせい》へと鍼立てを移していった。

「兄上、父上の口元が微かに動いたように思います」

「お梶、本当か。母上、父上の手を握っていてください」

「ええ、握りましたよ」

「母上、指先が微かでも動いたなら教えてください」

「わかりましたよ」

「兄上、瞼が動いたように見えました」

和一は、父の口元に耳を近づけた。苦しい息づかいのなか、何かを言わんとしているかに思えるが聞き取れはしない。

人は、臨終が近づいたとき、目が見えず言葉を発することができずとも、最後のさいごまで聞こえているという。もしかして父は、和一が帰ってきたことがわかっておられるのかもしれない。そう思うと、なおのこと口惜しいのである。父の耳もとで呼びかけた。

「父上、和一でございます。おわかりですか…。父上の子として生まれたことを嬉しく思います…」

和一は、鍼治をやめて父の脈を診つづけた。拍動の乱れと共に弱ってきたのもわかった。片方の手で父の手をつよく握りしめた。黄泉《よみ》の世界へ連れてゆかれるのに対し、抗《あらが》えば引き戻せそうな気もするのである。だが、いよいよ脈は弱った。消え入りそうである。脈を診続けていたつもりだが止まっていた…。父の命は尽きたのである。何と儚《はかな》いものか…。

「兄上、父上は…」

「母上、お覚悟なさってください。無念ですが時がきたようです」

和一は、冷静にふる舞う自分を意外に思った。父が苦しむことなく静かに逝ったからであろうか。

取り乱してはならぬといい聞かせている自分がそこにいた。母とお梶《かじ》は眠っているかのような父に取りすがって泣いた。

やがてお彩《さい》も家族揃って駆けつけた。だれもが重政の死を無念に思い、涙に暮れ続けるのであった。

「兄上この場はお任せください。母上もご看病でさぞやお疲れのことと思われます。ご一緒に別室にてお休みいただき、お慰めしてあげてください。その間に、つぎの手筈を嘉平たちと始めてまいりますので」

「重之《しげゆき》どの、ありがとう。では、そうさせていただこうかな」

「母上、準備が整いましたならお呼びいたします」

「では重之どの、よろしくお願いしますよ」

二人は別室にて控えた。

「母上、さぞやお疲れのことでしょう。横になってください。少しご療治しましょう」

「ありがとう。お願いしますよ」

和一は、母の体をさすりながら、余りにも痩せて小さくなっていることにおどろいた。父上の看病だけでなく、自分も常々心配をさせているのだろうと思うと申し訳なかった。

「母上、長らくのご無沙汰をお詫び申しあげます」

「何を申すのですか。そなたは、京にてけんめいに鍼治を学んでいるではありませんか。その後、肺のほうはいかがです」

「はい、おかげさまで病抜けしたかのようです。食べ物にも気を配っておりますし、自ら鍼治をもいたします」

「それはよかったこと。お父上も、そなたのことを気遣っていました。剣術のけいこなどで大声を出して汗をかくとよいのだがと」

「母上、私は毎日よく歩いて汗をかいておりますよ。ただ大きな声を出してはいませんね。ひとつ鴨の河原で謡《うた》ってみますか」

「それもよいかもしれませんね。お父上も謡《うたい》はお上手でしたよ」

「私は一度もお聴きする機会がありませんでした」

「そなたが京に向かって以降のことですもの…」

幸《さち》は、夫を偲んで涙が込みあげてくるのであった。

父重政が逝ったことは、和一にとっては親子の絆が途絶えたのではない。今も父の声が、逞《たくま》しい腕が、我が子を想う心が、感覚として薄ぼんやりとではあるが残っているのである。

ながく連れ添った夫を亡くした、母上の心情を想うと、尚更心が痛むのであった。

「母上、兄上、準備が調いましたので座敷のほうにお戻りください」

「重之どのありがとう。世話になりますね」

「母上、何をいわれるのですか。これは私の務めですよ」

「母上、よい婿殿が来てくれて、父上もさぞや嬉しく思われたでしょうね」

「そうですよ。あの人は何事につけ婿どのを呼びつけなさるのですよ」

「母上、恥ずかしいではないですか。さあ参りましょう」

座敷に入ると、すでに香が焚かれ重政の亡骸《なきがら》は清められようとしていた。

和一は、温《ぬる》い湯で絞られた晒しで、父の顔を拭って清めた。何十年振りかで父の顔を確かめた。痩せ細った骨ばかりの顔は痛々しいが、壮健だった頃には肌肉が張り、艶があったであろうことを想いながら永久《とわ》の別れをした。父重政の亡骸は白装束につつまれ布団に寝かされた。僧侶が到着し、枕経が始まった。

和一は、どうしても最後に父の体に触れておきたく頬を撫で唇に軽く触れた。まだ体には微かに温もりがあり、眠って居られるのではないかと思いたいほどであった。

幸にとって次々と決め事が続き、夫との永遠の別離に浸る間もなく日々が過ぎていった。そのことが返って、幸の体を弱らせずに済んだのかもしれない。

「母上、連日のお勤めでお疲れになられたでしょう。ご療治しましょう。横になってください」

「ありがとう。皆のおかげで無事にお勤めができました。あの人もきっと喜んでおられるでしょう」

「ところで母上、お幾つになられるのですか」

「そなたを生んだのが一九歳でした。あれから四二年にもなるのだね。月日の経つのは早いね。ところで和一、そなたの嫁取りはどうなっているのですか」

「えっ私ですか。思ってはおるのですが…」

「どなたか、想いを寄せる方があるのですね」

「ええ、おられるのですが未だ想いを伝えてはおりませんので…」

「何をしているのですか。そなたは四二にもなるのですよ。わたくしとて、先は長くはないのですから早く安心させてくださいね」

「母上、ご心配をおかけます。じつは、私のことをよくわかってくださる方がおられます」

「当ててみましょうか。妙春《みょうしゅん》さまですね」

「えっ、なぜおわかりになるのですか」

「そなたの顔に描いてありますもの。ほほほ」

和一は、顔から火が出るほど恥ずかしかった。

「いずれ江戸に出ようと思っております。そのおりは、妙春さまにお話しして共に暮らそうと」

「そのように、妙春さまにお伝えしてはいないのですね」

「はい、江戸に出るつもりだとはお話ししましたが」

「それで何とおっしゃったのです」

「お待ちすると…」

「何年お待たせしているのです」

「…一二年になります」

「まあっ、二人とも何と気の長いこと」

「私が鍼医として独り立ちするまで待っていただこうと…」

「京と江ノ島《えのしま》の間はずいぶん遠く離れていますよ。よほど強い絆で結ばれているのでしょうね」

「私たちを結びつけているのは、江島の妙音《みょうおん》弁財天さまなのです」

「そういう事情でしたか。それで合点がゆきました。少々年齢がすぎても、二人なら幸せになれるでしょうね」

「ありがとうございます」

「そなたは、妙春さまのお心内をお察しせねばなりませんよ。遠く離れているだけに、暮らしのようすや心情を、何か別の形に変えてでも、お伝えせねばなりません。私は女として、妙春さまの不安な心情が痛いほどわかるのです」

「母上、私は妙音弁財天さまが、二人を結びつけてくれているものと、安心しておりましたが、それはそれ、常に心を通わせねばならないのですね」

「そうです。でなければ、妙春さまが余りにもお可哀想すぎますよ」

「母上、私が思いいたらず、妙春さまを悲しませていることがよくわかりました。どのようにすれば、妙春さまのお心に添えるのでしょうか」

「そうね。空を飛んで江ノ島までゆければよいのですが…。そなたは文を書き送れないのですから代わりに、この母が書いて差しあげましょうか」

「そのようなこと…」

「このような大事に迷ってなどはおれませんよ。江島までゆけぬのなら、他にどのような策があるというのですか。そなたの一言一句を文に記して差しあげます。そうなさい」

「…では母上、お願いいたします」

和一は、恥ずかしさが残ったまま母に代筆を託した。

永らくの無沙汰を詫び、鍼治の勉学も順調に進んでいること。江戸での開業に向けて計画を進めていること。そして開業するときは妻に迎えたいこと。最後に、恥ずかしながら母に代筆を依頼したことを詫びた。書き終え母が読みあげたので、更に恥ずかしさが増すのであった。

「和一、よくできましたよ。これで妙春さまも、きっと安心してくださることでしょう」

和一は気づいた。いつの間にか母は元気になっているのである。おそらく、我が子のために骨を折ることが一番の妙薬であり、老けない秘けつなのであろうと。

「母上、ありがとうございます。おかげで気が落ちつきました」

「いいえ妙春さまから、よいお返事が届くまでは安心できませんよ」

「あっ、そうでした。またもや母上に一本とられました」

「ほほほ、まだまだ母にはかなわぬこともあるのですね。さて、お父上がそなたに、必ず伝えるようにと申されていたことを聞いてください」

「父上が、私にですか」

「そうですよ。お父上は、そなたが必ずや鍼治で功を成すだろうと、楽しみに待っておられました。鍼治で世のため人のために尽くせることを喜びなさい。鍼治で功を成したなら、それを後世に残しなさい。と口癖のように申されていましたよ」

「母上、確かに父上のお言葉を承りました。肝に銘じてまいります」

「それと、これはそなたが独り立ちする時のためにと用意しておったものです。お持ちなさい」

「母上、これは金子《きんす》ではありませんか。このような大金を…」

「よいのです。いつかは、そなたの役に立つだろうと貯め置いたものです。江戸にて開業するおりにでもお使いなさい。私にできるのはそれくらいです」

「母上…」

「さあさあ、そうと決まったなら、京に戻ってお仕事をしてください」

「母上。私は国中から鍼師を志す盲目の者が、杉山流鍼術を学べるように、そしてそれを生業として生きてゆけるように精一杯努めますので、どうぞ見守っていてください」

「ええ、母はここで見守っていますよ」

和一は近所へ挨拶し、思い残すことなく故郷の空気を胸一杯に吸って京へ戻った。


「先生、ただいま戻りました。長い間ご迷惑をおかけいたしました」

「何をそのようなこと、それより国元はたいへんであったろう。お母上はお達者であったのか」

「はい、説教をされました。それに、開業資金とするようにと金子をいただいてまいりました。私には二百両は大金なので、先生、どうかその時までお預かり願えないでしょうか」

「そうか、さすがにお母上はたいしたものだ。よろしい、その時まで確かに預かろう。和一もその気になってきたようだな。よいことだ」

「まだ、おぼろげながらというところです」

「それでもよいのだ。わずかずつでも前に進んでおればな」

「はい、そのように努めてまいります」

「ところで、妙春どののことどういたすのだ」

「はい、江戸にて開業のおりはぜひ一緒になりたいと、母に文を書いていただきました」

「それはよかった。お母上に押し切られたのであろう」

「そのとおりです。一度いい出せば後に引かないのです」

「そなたのことを思われてのことなのだよ」

「その通りなのですが、その場に居合わせると気迫に押されてしまうのです」

「よいではないか。いずれにしても、よい話なのだから」

「はい、感謝しております」

「新たに所帯を持てば、やはり妙春どのに感謝いたさねばならぬぞ」

「はい、わかりました」

和一の心はすでに江戸に向いていた。京での修業は、杉山流鍼術を誕生させてくれた。盲目の者の生業として、鍼治を必ずや確かなものにせねばならないことを思うと、心の内に熱いものが込み上げてくるのであった。


江戸市中が大火災のために焼き尽くされたと、町の噂を耳にしたのは、明暦三（一六五七）年一月二一日であった。幕府からの早馬により、三日後に京に知らせが届いたのであった。

正月一八日の昼七つ半頃、本郷・丸山付近から出火。北西の強風にあおられ、またたく間に南東方向の駿河台、日本橋、霊岸島《れいがんじま》から佃島、石川島へと延焼していった。また浅草橋から隅田川を越

江戸の大火

え深川へも飛び火し、町々を舐めるように焼き尽していった。翌朝には一旦鎮火したという。しかし二二日の早馬では、翌一九日、伝通院《でんつういん》近くから再び出火し、飯田橋から竹橋に広がり、江戸城本丸に燃え移って天守閣が焼け落ちた。将軍・家綱公は西の丸に避難され、風向きが西に変わったため助かったが、京橋、新橋へと延焼。更に夕刻には麹町からも出火し、虎ノ門、日比谷、外桜田、そして増上寺を焼いて海岸にまで至り、ようやく鎮火したという。大小の武家屋敷もことごとく焼け落ちてしまったというのである。

和一は、真っ先に山瀬琢一家の安否が心配でならなかった。自身は火災に遭わずとも、その恐ろしさは想像できる。昨日まで存在していた周囲の全てを失うのであり、大切な人でさえ失ってしまうこともあるのだ。現在《いま》、江戸がどのようになっているのかもわからず、自分がどのような行動をとればよいかなどと、思いつくはずもなかった。ただ、じっとしてはおれないくらい胸騒ぎするのであった。

国を治める幕府の要である江戸が灰燼《かいじん》に帰したことは、京の各武家屋敷でも一大事であり、各々江戸と連絡をとりながら、救援体制をととのえねばならなかった。

和一は、安濃津藩に同行させてもらい、江戸に向かいたいと思った。だが、今はそのような段階ではないこともわかっている。それだけに尚のこと辛いのである。


「江戸がえらいことらしいどすな。何でも将軍さまが住んではるお城まで燃えてしもたそうやで」

「大勢のお人が焼け出されてしもうて、みなさん、えろうお困りどすやろな」

「何もかも焼けてしもたら、一から始めることになりますわな」

「ほんなら、ぎょうさん物が入り用どすわな」

「大店は大儲けして焼け太りどすな」

「これ、声が大きすぎますがな」

「そやけど、ほんまのことどすやんか」

「お知り合いや、ご親戚があるお方は大変どすやろ」

「これはお国の一大事どすな」

「わたいらも何かせなあきまへんやろか」

「みんなで、ちょっとずつ助けおうたら大きい力になりますやろな」

「そうや、そうせなあきまへんな」

京では応仁元（一四六七）年、堀川を挟んで東西に別れて起きた『応仁の乱』で、上京を中心に町の三分の一が戦火で焼かれ、人々は難渋した体験があり、そのことが昨日の出来事のように、いつまでも語り継がれており、誰もが人ごととは思えず、江戸の大火を気づかうのであった。

和一は、この江戸の大火を境に、先々のことを早く計画し準備に入らねばと思うようになった。一面の焼け野原から、人々の暮らしが立ち直るまでには、数年の歳月を要することであろう。その際、自分もその場に居合わせ、共に町の復興に協力できればと願うのであった。自分には鍼と按摩の技術があり、このような時には必ず役立つと考えたのである。

「先生、この度の大火で江戸では多くの人々が病や体の疲れ、気疲れでなどで苦しんでおられることと思います。私は何れ江戸にて開業したいと考えておりましたが、今がその時だと思います。江戸の人々が立ち直る手伝いができればと思います。

突然で申し訳ございませんが、私のわがままを、どうかお許しいただきますようお願い申しあげます」

「和一よ、そなたは私の元でよく修業したと思うぞ。当道座では勾当《こうとう》の地位も認められ、どこへでても立派な鍼医ではないか。今後は、そなたが描いた計画に沿って進むがよい。京にきて早くも二六年も過ぎたのだ。私はむしろ遅すぎるくらいだと思っておる。妙春どのと力を合わせ、江戸の人々のために精いっぱい努めなさい」

「先生、ありがとうございます。おかげさまで沢山の勉学をさせていただきました。杉山流としての鍼治にも、ようやく確信らしきものが持てるようになりました。江戸に戻り開業できそうな気がいたします」

「それはそうだ。私の弟子なのだからな」

「あっ先生、申し訳ございません。これはうかつでした」

「よいよい。和一は本当によくやってくれた。京の人々は寂しがることだろう」

「私も親しくしていただいたあの方この方と、お一人ずつの声も覚えております。京を離れることは身を切られるようです」

「そうだな。京で一人ひとりに鍼治を施してきた。その積み重ねが今の和一なのだ。ただし、江戸ではそのまま通用するとは限らないよ。今のそなたの技量の上に、新たに一人ひとりの鍼治を積み重ねてゆくのだ。そのことが、そなたが求めるものにたどり着くのではないかな。江戸の山瀬琢一先生にひと目お会いして、そなたの技量をご報告したいものだが、そうとなれば、先生には必ずや無事であっていただかねばならぬな」

「私もそのことが心配でなりません」

「何しろ、江戸中が火の海になったのだ。ご無事を祈るほかはないが、麹町はすべて焼けたとは聞いておらぬからな。望は確かにあるといえるぞ」

「ご無事を一刻も早く確かめとうございます」

「和一よ、ここに来てうろたえてはならぬぞ。よいか、先ず山瀬先生の安否を確かめた後、そなたが開業できる場所を探すのだ。その次は、妙春どのと共に藤堂屋敷をはじめ、人のつながりを確かめておくのだ」

「ありがとうございます。先生のご恩に報いるよう精一杯はげみます」

和一は開業するにあたり、京で多くを学べたことに感謝した。

鍼管を考案したことにより、管鍼法に最適の鍼の太さと鍼先を改良し、その理論と鍼治の技を究め、どこから見ても鍼医として人は認めているのである。

京は物づくりの街であり、多くの物づくり職人が技を磨くために、どれ程の年月を費やして修業するのかを知ることができたことは、盲目の弟子を教え育てる時の手がかりとなった。

ここにたどりつけたのは、実に多くの人達との出会いのおかげであり、感謝してもし切れないのである。

明暦三（一六五七）年九月末、綾小路《あやのこうじ》通り烏丸角を西へ入った稽古場に、近頃改名した箏曲家・八橋検校を訪ねた。

和一が労咳を患い病床についた、寛永一六（一六三九）年頃より、上永城談《うえながじょうだん》検校として上洛し、京での活躍の足がかりを築いていた。

八橋検校は、これまでの単調な曲想にたいし、半音階と文芸性をとり入れた箏曲の改革に力を発揮していた。

和一は、自分より五歳も若く二六歳にして、すでに検校の地位についた八橋城談に、ぜひ一度会ってみたいと前々から思っていたのである。

「私は鍼師の和一と申します。八橋検校さまにぜひともお会いいたしたく、伺わせていただきました」

「おお、和一どの。近ごろの京では、あなたの評判を聞かぬ日はありませんぞ」

「何を申されますか。検校さまこそ大層なご活躍ではありませんか」

「さあさあ、入り口では話も出来ません。どうぞおあがりください。今から稽古が始まりますが、しばらく聴いてください。後ほどゆっくりと話し合いましょう」

「ありがとうございます。では、ここで聴かせていただくことにいたします」

八橋検校の箏曲は、半音階を取り入れたことにより和音が生まれ、曲想に広がりと奥行きをもち、より臨場感を受けるのであった。

「検校さま」

「和一どの、あなたと私の間では、検校はやめましょう。城談と呼んでください」

「ありがとうございます。城談どの、ただいまの曲は『六段の調べ』ですね」

「そのとおりです。和一どのは、箏曲にも詳しいのですか」

「いえ、私は京の街をよく歩いております。道すがら琴の音《ね》が聞こえると、ときに立ち止まることはあります」

「そうだったのですか。近ごろは琴と三弦を習う人が増えてきました」

「城談どのが、箏曲の新たな形をお創りになられたので、音曲のよさが一気に高まり、習われる人たちが増えたのでしょう」

「確かに、これまでの音曲は、単純で素朴なよさはありましたが、華やかさ、おもしろさ、さらに文芸的に少し欠けていたように思い、私なりにあらためてみたのです」

「やはり新たなものに創りかえてゆくことが大事でしょうか」

「私はそう思いました。とくに芸能事は、その時代にふさわしいものが創り出されてくるのだと考えます。それが未来に生き残っているかは、誰にもわかろうはずはないのですが、先人たちの残してくれたものがあるからこそ、それを基に新たに創り出すことができるのではないですか」

「私もそう思います。ところで城談どのは、盲目の者の職について如何にお考えでしょうか」

「そのようなお話しをなさる和一どのは、何かをお考えなのですね」

和一は、これまで自分がたどってきた道を、順をおって話した。

「和一どのは、ずいぶんと努力されたのですね。それも、周囲の人たちに恵まれたからこそ、今につながったのでしょう。今からが大事ですよ。人を教え導くことは、どれだけ苦労を要することか、それは自らが実行してこそ初めてわかるのです。

とくに鍼治は、弟子の向こうに生身の患者がいるのですから、なおのこと荷が重くなることでしょう。ただし、和一どのには後に続く者のためにという信念がありますね。その大事な目的のために、何をすべきか順に組み立てて、実行してゆかねばなりません」

「私も京で修業させていただきながら、伝統的な職にたずさわる人たちから、物事の真理を聴かせていただけます。そのことが、鍼治の修業の過程で役立つと考えます。とくに、教える内容は期間を区切り、何年のあいだ学べば独り立ちできるか、などと思い巡らせております」

「そうです。独り立ちできるまでの計画が必要なのです。これは、和一どののことばかりになって申し訳ありません。私のことも話しましょう」

八橋検校は、奥羽の岩城に生まれ、三弦、胡弓、筑紫琴《つくしごと》などを経て今に至ることを聞かせた。何れの楽器においても師に学び、名手として世に認められていったのであった。

「私も、和一どのとおなじく、音曲の世界で盲目の者が如何に生きてゆけるか、思い巡らす日々なのです。琵琶を奏でての語りや盲女らの門付《かどづ》けでは、もはや生きてはゆけないのです。そこで、これまでの音曲にはないものを創り出したかったのです。和一どのが鍼管を考案され、新たな鍼治を目指されるのと同じなのです。ただ、音曲は聴いて確かめられます。そのぶん救いがありますがね。いずれにしても、盲目の者にとって職を持つということは、習って身につけることであり、自らがその職を手にせねばならないのです」

「そのためには、先をゆく者が道を作り、後に続く者が、その道をさらに広く安全なものにすることが大事なのですね」

「いずれの職業においても、修業が辛いばかりでは続きません。そこには喜びや感謝がなければなりません」

「城談どのは、生まれながらにして音曲の人だとお見受けします」

「いいえ、和一どのこそ、頭のさきから足のさきまで鍼治の人ですよ。今日初めてお会いするのに、体から熱気が溢れんばかりなのですから」

「えっ、そのよな」

「いえいえ、そこが和一どのの良さなのです。だからこそ、どなたにも好かれるのですよ。いつのときも、精一杯に取りくまれておられるようすがうかがえます」

「私はこれまで、大勢の方々に手を差しのべて助けていただけたおかげで、ここまで来ることができたのだと思っております」

「和一どのは、独り立ちし鍼治を究めた後に、弟子を育ててゆかれるおつもりですか」

「はい、そのようにしたいと思っております」

「究めるという言葉は一つですが、その内容は各人それぞれであり、世間がその技なり能力を認めることと、自分自身がそれらを究めたと自覚することとは違うように思うのです。

今、和一どのの鍼治の技を、弟子に伝えながらであっても、鍼治を究めることはできるのではありませんか」

「城談どのが申されること、私なりに考えさせてただきます。師の入江豊明先生からも、早く独り立ちをしなさいといわれてまいりました」

「そうでしょう。和一どのの鍼治の技を早く伝えることは、多くの弟子を早く育てることになるのですよ」

「私は、己の結果ばかりに意識が向いていたようです。城談どのが申されたように、教える内容を組み立てた計画をつくってみたいと思います」

「ぜひそうしてください」

「本日、城談どのにお会いできましたことは、忘れることのない思い出となることと存じます。多くのことを学ばせていただきありがとうございました」

「私も同じ思いです。今後もお会いしたいものですね」

「ぜひお願い申し上げます。では、本日はこれにてご無礼いたします」

「楽しみにしております。どうぞお達者で」

和一は、改めて八橋城談検校という人物の大きさに、おどろきと尊敬の念を抱いた。音曲であれ鍼や按摩であれ、盲目の者が、職を得て生きてゆくための、先導役とならねばならぬことを、互いに確認し合えたことは、このうえなき収穫であった。

つぎの日から、和一は鍼治に一層励みながら、慣れ親しんだ京の人々に経緯を話し別れの挨拶をした。殆どの人々は、和一の生き方を応援しながらも別離を惜しみ悲しんでくれた。その傍ら江戸のようすを詳しく知るために、藤堂屋敷をはじめ江戸と取引のある大店など、知り得るかぎりのところへ足を運んだ。噂をも含んだものが次第に確かなものとなっていった。


江戸幕府は大火後、ひと月と経たずに越谷御殿《こしがや》を解体し、江戸城内へ応急に移築し二の丸とした。被災した大名や町人に御下賜金《ごかしきん》を与えた。江戸城再建に天領の材木を使用した。建築に伴う賃金を公定とした。その上、建物が燃えにくいように定める等、その対応はすこぶる迅速であった。

つぎに江戸幕府は、この度の大火を教訓に街づくり計画を立てた。先ず、江戸城を中心に大名屋敷や武家地を整備し、商業地や職人地をその周辺に、さらにその外側に寺社等を移築していった。更に、隅田川の東側を埋め立て整備して街を拡げていったのである。

万治元（一六五八）年四月、明暦の大火から一年余、和一は、安濃津に戻り江戸行きを報告した。

「母上、いよいよ江戸に出て開業することと決めました」

「それはよかったこと。妙春さまにご挨拶は叶いませぬが、くれぐれもよろしくと申してください。仲良くお暮らしなさい」

「母上もどうぞお健やかに」

「兄上、この度の大火で藩より度々江戸に向かっております。さっそく明日の一行に加えていただけるよう願ってまいります」

「重之どのありがとう。よろしく願います」

和一は、いよいよ江戸にて鍼医の道が始まるのだと思うと、その夜は寝つけなかった。次ぎは、いつ国元に帰ることができるかと思うと、母のことが気がかりであった。

翌朝、安濃津藩の一行に加わり藤沢宿まで同行願い、江島《えのしま》・下之坊《しものぼう》へは一人で向かった。

「和一さま、お会いしとうございました。お健やかそうで安心いたしました」

「私もお会いしたかったのです。すっかりお待たせしたことをどうぞお許しください」

「いいえ、わたくしはいつまでもお待ちすると決めておりました」

二人には、たったこれだけの言葉を交わすだけで充分であった。

「さっそくですが恭順院《きょうじゅんいん》さまにご挨拶し、お許しをいただかねばならないと思います」

「ご案内いたします。どうぞこちらでございます」

和一は、恭順院に挨拶し、この度の経緯と妙春と夫婦になりたいことをうち明け許しを請うた。

「和一どの、お待ちしていましたよ。お話しは妙春から度々聞かされております。そなた達が幸せになろうとするのに異論などあろうものですか。そなたは、今日までたいそう善行を積まれたのでしょう。善き人相をしておられる。妙春のいう通り、きっと鍼治を究め大成されることでしょう。これまで通りお励みなさい」

「おそれ入ります。恭順院さま、お許しいただき感謝申しあげます。妙春さまとの暮らしを大事にし、初志を成すために日々励んでまいります」

「恭順院さま、ありがとうございます。和一さまをお助けして共に歩んでまいります」

「妙春、長い年月よく勤めてくれました。礼を申します。妙音弁財天さまも、きっとそなたたちを見守ってくださるでしょう。幸せになりなさい。そうだ、妙音さまの御前で祝言《しゅうげん》の儀を執り行いましょう。そなたたちには一番ふさわしい場所かもしれませんね。さあ、今から執り行いますよ。急ぎましょう」

「恭順院さま、ありがとうございます」

「このように嬉しいことはございません。ありがとうございます」

和一は、恭順院の挙げる祝詞《のりと》を聞きもらすまいと一言一句を心に刻んだ。妙春は嬉し涙をこらえることができず、震える両の手で和一の腕にすがりつかずにはおれなかった。

和一と妙春は、ここ妙音弁財天の前に、永久《とわ》に夫婦であることを誓った。この夜、互いのすべてを想う喜びで、つよく抱きしめあうことができたのである。

「和一さま、わたくしは妙音弁財天さまにお仕えすることを辞しますので、もとの名の『せつ』とお呼びくださいますか。そして、和一さまのことを『和一先生』とお呼びしてもよろしいでしょうか」

「そうですね。夫婦になったのだからそうしようか。けれど、私は『妙春』と呼びたいのだけれど」

「二人きりのときには許して差しあげましょう。ほほっ」

翌朝、和一とせつと名を改めた妙春は、江戸という街に希望を求めて江島を後にした。万治元

（一六五八）年五月の晴れた日、和一はせつと共に復興いちじるしい江戸の町に戻った。以前住まいした麹町は、思っていた通り何もかもが灰となって消え去り、そこには、整然と区画されたところに店や棟割長屋が、槌音高く建設されはじめていた。和一には気のせいなのか道幅も以前よりは広く感じ取れた。

「おやっ、おまえさんは確か和一さんといわなかったかい。おいらは…」

「あっ、あなたは神田の三郎さん」

「そうだよ、大工の三郎だよ。よくわかったね」

「はい、お声に覚えがあります。品川宿の賑わいを通りぬけるおりはありがとうございました。おかげでこうして元気に暮らしております。申し遅れました。となりは妻のせつと申します」

「せつでございます。主人がお世話いただき、ありがとうございました」

「おお、かみさんかい。二人とも無事でよかったな」

「あっ、私はあの後、京で鍼治を学んでおりましたが、たった今江戸に戻ってまいりました」

「えっ、何で焼けちまった処へなんざ戻るんだい」

「はい、何れは戻るつもりだったのです。町の復興で頑張る人たちに、鍼治や按摩でお役に立てると思いました。それに、師の山瀬琢一先生の安否が気がかりだったもので、早いほうがよいと思いました」

「そうだったのかい。でっ、先生の手がかりはあるのかい」

「いいえ今はまだないのですが、山瀬先生は麹町や番町ではよく知られておられたので、火災から免れた方々に尋ねてみようと思います」

「そうかい。目が不自由だってのによ、たいしたもんだぜ和一さんは」

「三郎さんは棟梁としてこの町のために尽力いただいているのですか」

「いただいているってほどのもんじゃねえけどよ」

「ひとつお願いがあるのですが。先生の所在を確かめた後、場合によっては、この町に住まいしたいと思っているのです」

「それはいい話じゃないか」

「適当な家が入用なのですが、私達では町並みがどのようになってゆくのかわかりかねます。棟梁なら相談にのっていただけると思い、お頼み申したいのですが」

「そうさな、今なら出すものさえ出せば、いい家があるだろう。気に留めとくよ」

「よろしく願います。私たちは、さっそく先生の所在を確かめたいと思います」

「そうかい、おいらはこの辺りにいるから何時でも尋ねなよ。そうだ、今宵の寝るところを見つけとくぜ」

「ありがとうございます」

「きれいなかみさんと一緒でよかったな」

「おかげさまで夫婦になることができました。これも棟梁のような方々に、あちらこちらでお助けいただけたからなのですよ」

「なあに、通りすがりに一緒に歩いただけさ。礼をいわれるほどのことじゃあないってことよ」

「私は、そのように何気なく手を差しのべていただいたことが嬉しいのです」

「そんなことは、お安いことだよ。いつでもできることだぜ」

「棟梁のような方が、一人でも増えたなら私たちは大助かりで、生きてゆくのが楽しくなるのです」

「そうだよな、みんながちっとずつ手を差しのべりゃいいんだものな。心がけて周りにもそういうぜ」

「ぜひお願い申します」

「じゃあな、先生の行方がわかるよう願ってるぜ」

「ありがとうございます」

二人は、甲州街道を西へ歩き始めた。四谷御門の広場には、にわかの店が立ち並び、互いに売り声を張り合っていた。槌音といい売り声といい、江戸の町は立ち上がろうとする活気で溢れていた。

「和一先生、この魚屋さんで尋ねてみましょうよ」

「よし、そうしよう」

「ちょうどお手があいたようですよ」

「ちょっとお尋ね申します。大火事以前の麹町のことごぞんじでしょうか。実は、鍼医の山瀬琢一先生の消息を知りたいのですが」

「ああ、大火事は麹町の東半分を焼き尽くしたからね。けど山瀬先生ならここから西へ、確か新宿あたりで療治をやってるって聞いたよ」

「そうだったのですか。ありがとうございます。」

和一は、礼をいうのもそこそこに、一刻も早く師に会いたくて、せつを急かせて歩を早めた。四半時もせず新宿に着くと、師の鍼治療所は直ぐに見つかった。和一は胸の高鳴りを押さえきれずに、いきなり引き戸を開けていた。

「山瀬先生、和一でございます。御無事で何よりでございました」

「おおっ、その声はまさしく和一。よくぞここがわかったな」

「はい、以前は妙春と申しておりました、せつと一緒に近所で尋ねました。必ずお会いできると思っておりました」

「妙春と申しておりました、せつでございます。和一さまの妻にしていただきました。この度は、大変な災難に会われ難儀されたこと心よりお見舞申しあげます」

「おお、妙春どのか。和一が労咳のおり、献身的に看病してくれたのだったね。私からも礼を申しますよ。それにしても、そなた達が結ばれてよかった。そうなって欲しいものだとお琴とも話しておったのだよ」

「お心にかけていただきありがとうぞんじます。この度は、お琴さまも大変でございましたでしょう」

「本当に大変な目にあったよ。おかげでみんな無事に逃げられたのだが、鍼の道具箱を持ち出すのがやっとでな。家財道具はとうてい運べなかったよ」

「冬の麹町は風が強いので火の回りも早かったのでしょうね」

「いつもよりは、風がずいぶんと強いなとは思っておったのだ。ごおっという地鳴りがしたかと思うと、弾ける音と共に炎がもうそこに迫ってきたのだよ。甲州街道は逃げ惑う人々と大八車で埋め尽くされておった。なにしろ前の日も大火事騒ぎで、江戸中が大変だったのだ。お城より西は、風向きの加減で大丈夫だと皆がいっておった矢先に、夕刻になっていきなりだものな」

「そして、この場所に落ち着かれたのですね」

「そうなのだよ。逃げる途中に声をかけていただいてね、家まで探してくださったのだよ」

「それはなによりでした。ところでみなさんはご無事だったのですね」

「ああ、茜たちは四谷御門の外だったので無事だった。お糸の所もその近所だ。昇太は七丁目の松平さまのお屋敷に請われて勤めておったので無事だったよ。今お琴とお華は湯にいっておるのだが、もう追っつけ戻るころかな」

「先生、おかねさんは…」

「おお、そうであった。おかねさんはな、三年前に亡くなったのだよ。長いこと世話になったが、風邪をこじらせて寝込んだままだった。もうろくはしておらなんだが歳には勝てなかったようだ。落ちついたら墓に参ってやってほしい」

「そういたします。おかねさんにはずいぶん世話になりました。会えなくなって無念です」

「そうだったな。おかねさんは、和一が鍼医として江戸に帰ってくるのを、自分の息子のことのように心待ちにしておった。歳をとるほど心配だったのだろうな」

「…」

「ところで今宵は互いの無事と、そなた達の祝いをかねて宴を開こう。それはそうと、今夜寝るところはあるのかな」

「はい、知り合いに頼んであるのですが、まだ決まっておりません」

「では少々狭いが一晩くらいはよいだろう。ここに泊まりなさい」

「先生にご迷惑をおかけするわけにはまいりません」

「何をいうのだ。命拾いをし、そなた達に会えたのだよ。これ以上の嬉しい事がどこにあるというのだね。ずいぶんと積もる話しがあるではないか」

「わかりました。お言葉に甘えます。では、知り合いの棟梁に先生にお会いできたことを知らせにいってまいります」

二人は麹町に引きかえし、三郎に経緯を話した。

「棟梁、先生が住んでおられる所がわかりました。四谷・大木戸手前の塩町を南へ入ったところで、みなさん無事に暮らしておられるそうです」

「そうかい、そいつぁ嬉しいじゃないか。おめえさんたちもひと安心だな。ところで今夜の」

「あっ棟梁、今夜だけは先生のお宅に世話になることになりました」

「そいつはよかった。積もる話もあるだろうよ」

「引きとめられました」

「そうだろうよ。明日また出直しなよ」

「では、明日もよろしく願います」

「ああ、まってるぜ」

戻る途中、四谷の店の前でせつが切り出した。

「和一先生、何かおみやげを求めてまいりませんか」

「よく気がついたね。何がよいかな」

「そうですね。焼き魚はいかがでしょう」

「それと、饅頭があればいいんだがな」

「えっ、お饅頭ですか」

「そうだよ。夕餉のあとの茶菓子にと思ったのだよ」

「ほほほっ、和一先生らしいですね」

「そうだろうか」

「そうですよ。お酒の肴ならわかりますけれど」

「では酒の肴に変えようか」

「いいえ、お饅頭もよいではないですか」

二人が戻ると、琴と華が夕餉の支度をしていた。

「せつでございます。今宵はお世話になります。どうぞよろしくお願いいたします。この度は、たいそう怖い目に遭われて大変でございましたね。皆さまご無事で何よりでございました。これは、四谷で求めてまいりました。どうぞお使いくださいませ」

「琴でございます。せつさま、お気遣いありがとうございます。主人から聞かされております。この度はおめでとうございます」

「ありがとうございます」

「お客さまに、お手をとらせて申し訳ございませんが、少しお手伝い願えますか」

「よろこんでお手伝いさせていただきます。何をいたしましょう」

「では、お汁のほうを願いましょうか。具はそちらに揃っておりますので」

「はい、青菜と豆腐ですね」

「おばさま、味噌はこちらにございます」

「お華さま、ありがとうございます」

鍼治部屋では、和一が管鍼法にいたる過程を説明するが、琢一が先をせかせるのであった。

「和一よ、早く鍼管と鍼を見せてはくれないか」

「先生、これでございます」

「…ふむ、なかなか良くできているではないか。試してみてもよいかな」

「どうぞお使いください…」

「…和一よ、これは素晴らしいものだ。入江先生も御園先生もほめてくださっただろう」

「早く、杉山流を興しなさいとおっしゃってくださりました」

「今宵は、杉山流管鍼法の完成を祝おうではないか」

「ありがとうございます」

「ところで、京には盲目の鍼師は他にいるのかい」

「いいえ、私の他にはおられなかったように思います。按摩をされる方は増えているようでした。

京は当道座の総元ですから、音曲で生業を立てる方がずいぶんとおられました。そうそう、今をときめく勢いの八橋城談検校どのにもお会いできました。検校どのは多くの盲目の弟子に新しい箏曲を教えておられました」

「そうか、八橋検校どのか。次は和一の出番だな」

「先生、私はまだ」

「何をいってるのだ。事を始めるにはよい機会なのだよ。そなたの大いなる望みを実現させるのは今ではないか。大勢の人たちが、きっとそなたを受け入れてくれるだろう。そなたは江戸に来て、初めから誰からも好かれたことが、今の鍼治の技と人柄を得ることにもつながっているのだよ」

「私も、本当に大勢の方々に助けていただいたおかげだと感謝しております」

「そう思うなら、あえて困難な道を選んで進みなさい。盲目の世を変えることを、杉山和一はすでに託されているのだ。腹を決めなさい」

「先生、今夜は頭の中を整理しますので、明朝お話しさせてください」

「そうか、楽しみにまっているよ」

和一は、琢一には何もかもが見通せるのだと思った。台所では、女達が賑やかに話しを弾ませていた。

「お華さまは、りっぱな娘さんになりですが、お幾つになられるのですか」

「はい、一六になります」

「まだ何もできないのですよ」

「いいえ、これからでございます。母上さまの手元をよく見て覚えてくださいね」

「はい、父からもよくいわれます」

「そう。お優しいお父上ですね」

「ときには雷が落ちてきます」

「皆さまは、のんびりした人だとおっしゃいますが、案外と気が急くほうなのですよ」

「まあっ。そのようには見えませんのにね」

「和一さんはどのようですか」

「まだよくはわかりませんが、思ったことはいってしまいたいのでしょうね。でもよく考えた末のようだと思うのですが」

「そうかもしれませんね。さあご馳走ができましたね。お華、座敷にはこんでちょうだい」

「はいお母さま。…おじさま、お父さま、おまたせしました。夕餉がととのいましたので隣のお部屋へどうぞ」

「お華ちゃん、ありがとう。世話になります」

「では和一よ、話しの続きは後ほどにしよう。さあ皆で祝いだ」

和一は、二七年ぶりに山瀬家の夕餉の膳についた。

「さあみんな席に着いたかな。今宵は、とくべつ嬉しいことが重なった宴だよ、楽しく祝って過ごそうか」

「あなた、お祝いの内容もお話しくださいな」

「そうだったね。先ず和一とせつさんの結婚の祝。杉山流管鍼法完成の祝。二七年ぶりの再会の祝。それに、私たちが明暦の大火から無事に逃れることができた祝だよ」

「わあ、すごい」

「そうなのですよ。お華、みんなそれぞれ苦労を重ねて、今宵のお祝いを迎えられたのですよ」

「では、今宵の嬉しい出来事に感謝して、おめでとう」

「おめでとうございます」

それぞれの胸の内に、これまでの年月の思い出が去来した。和一は、大勢の人との出会いが、今の自分を育ててくれたことに感謝せずにはおれなかった。とくに、せつとの出会いがあったればこそ、次々と目前の扉が開いていったのであった。

「さあ、うんと召しあがってね。和一さんは、相かわらずおいしいものを探しておられるのかしら」

「はい、けれど本当は、何を食べてもおいしいのです」

「まあっ、私もおじさまと一緒だわ」

「そうだね。お華もおいしいおいしいって食べるわね」

「京では、公家の食に習って町衆もあんがいとうす味なのですよ」

「京には伝統という歴史があるからね」

「私も、初めて京にまいりましたが、ずいぶん優しいお味だと思いました」

「我が家でも、京風の味付けをしてみましょうか」

「お母さま、ぜひお願いします」

「では、明日は和一さんとせつさんに味加減をしていただきましょうね」

「わたくしで大丈夫でしょうか」

「せつさんは二年もの間、和一の食事を用意したのだろう。和一、味のほうはいかがであった」

「結構な味だったので、こうして丈夫になることができたのですよ」

「おお、和一もいうではないか。ところで、和一たちは麹町で治療所を開業する気はあるのかな」

「先生、実は麹町に戻りたいと思っております。しかし、いずれ先生が」

「いや、私はここに腰を据えるつもりなのだよ。和一こそ、盲目の弟子を育てるためには麹町で開業しなさい。先ほども申しただろう。私からの願いだ」

「先生っ」

「もう何もいわなくてよい。そなたたちが夫婦になって戻ってくれたことが嬉しいのだよ」

「ありがとうございます」

「あなた、お二人が求めてくださったお饅頭がありますよ」

「おお、そういうものは早く出すものですよ」

夜が更けても積もる話しが続けられた。途中で華が眠ったので寝床を延べたが、枕を並べても尚話しは尽きなかったのである。

つぎの朝、せつは京風の朝餉を琴と並んで作った。和一は、これまでに思い描いてきた、盲目の弟子たちに杉山流を教え伝える課程を詳しく話すのであった。

「先生、私は鍼治を教える『鍼治導引学問所《しんじどういん》』を開こうと思います。初めの三ヶ年は按摩を教え、次の三ヶ年は鍼治を教えて独り立ちさせます。更にその上に、私の後を継ぐ者を養成すべく十年ほどの課程を設けます。学問所に学びながら、技能が認められた者から鍼師、按摩師として療治を行い生業とします。いずれにしても、これらは私がこの江戸で鍼師として認められてのことです。そのためには、たった今から心して取り組んでまいる覚悟です」

「和一よ、そなたの計画と覚悟はよくわかった。私にできることは後押ししようと思う。取りあえずは、せつさんと共に江戸の町をよく歩いて、幕府がどのような町にしようとしているのか、そのことも見ておきなさい。そして、杉山流鍼術で人々の病や疲れを取りのぞいて差しあげるのだ。そなたの技量なら、またたく間に患者が押しかけるであろう。その次ぎには、噂を聞いた盲目の者が

「先生、何故か直ぐにでも始められそうな気になってきました」

「それでよいのだよ。物事を進めるに、よく考えねばならないときもあれば、勢いに乗って突き進まねばならないときもあるのだよ」

「先生よくわかりました。ありがとうございます。それでは、ただ今から家を探しにまいります。開業が決まりますればご報告にうかがいます」

「くれぐれも体に気をつけてな。せつさん、和一をよろしく頼みますよ」

「山瀬先生、主人のためにお骨折りいただきありがとうございました。江戸のみなさまに可愛がられますよう共に励んでまいります。時々はおうかがいさせていただきます。お琴さま、お世話になりました。ありがとうございました」

「お二人でお幸せにね」


 山瀬琢一は、和一が思った通りの人物になって戻ってきたことが嬉しかった。

 和一とせつは、四谷から遠まわりして番町を通りぬけ、半蔵御門を廻って麹町に至ることにした。番町の武家屋敷も東半分が消失し、角地から順に普請が進められ、町全体に木の香りが漂っていた。麹町に入ると、こちらは大勢の町衆が普請を手伝い、賑やかに復旧が進んでいるようであった。

「棟梁の三郎さんの居場所を教えていただきたいのですが」

「棟梁なら平河天神の普請場だろうぜ」

「ありがとうございます」

和一は、琢一とお琴が祝言を挙げた場所なので覚えがあった。

「いよっ、お二人さん。昨日の一件なんだが、麹町五丁目に家主も店子も焼け死んじまった更地があるんだ。何でも、材木商の旦那が土地を買い取り家を建てた後に、買い取って家主になってもらうか、それとも店子になってもらおうってことに落ち着いたのよ」

「家の広さはどれほどなのでしょうか」

「前とほぼ同じ町割りで、通りに面した店と、その裏が長屋って寸法だよ」

「それでは、表店を買い取ると如何ほどになるのでしょうか」

「そうさな、広さにもよるが百両(約一千万円)くらいじゃねえかな」

「棟梁、その表店をぜひ求めたいのです。お頼み申します」

「よし、任せときな。それで部屋はいくつあればいいんだい」

「はい、下に待合部屋と療治部屋が二つ、奥に座敷が一つ。二階は座敷が三つもあれば助かります」

「よしわかった。大急ぎで用意するぜ。ただし、今のご時世だ。ひと月くらいは待ってもらうよ」

「はい、まっております。本当にありがとうございます」

「なあに、ほかならぬ和一さんの願いじゃねえか。何としても急がないとな」

「よろしく願います。その間、先生にいわれたのですが、江戸の町がどんな風に変わっていくのか、歩いて確かめたいと思います」

「おう、それがいいよ。戻ってきたときは、ちゃあんと新しい治療所が出来上がっていることだろうよ」

「楽しみにしております」

「それとよ、上野、浅草辺りは焼けちゃあいねえから宿を探してみなよ」

「そういたします。ではよろしくお願い申します」


二人は、気になっていた安濃津藩上屋敷、中屋敷に向かうこととした。泉町《いずみちょう》の上屋敷は跡形もなく更地となっていた。下谷《したや》の中屋敷は無事であった。せっかくなので、挨拶に立ち寄った。

「お頼み申します。杉山和一と申します。ご挨拶にまいりました」

「おっ、鍼医の杉山どのではないか」

「はい、そうでございます。どなたさまでしたでしょう…」

「無理もないこと、二〇年もっと前になるであろう。安濃津まで一緒に旅をした近藤でござる」

「あっ、近藤英之進さま」

「その通り。ちょうど良かった。まあ中に入ってくだされ。我ら疲れ果てて困っておるのだ」

「どうなされたのですか」

「なに、この度の大火によって上屋敷と下屋敷が焼失したのだ。無事であった、ここ中屋敷に江戸詰の藩士すべてははとうてい入りきれず、上を下への大騒ぎなのだよ。それに、御城の修復や市中の警護や新たな屋敷地探しやらで、皆が走りまわっておるのだ。一年余りが過ぎたというのに、いまだに落ち着かないので困っておるという訳なのだよ」

「そうだったのですか。私は長らく京で学んでおりましたが、麹町に戻ってまいりました。大火のお見舞と、私この度、鍼医として開業いたしますのでご挨拶にうかがいました」

「で、お連れはご妻女どのですかな」

「申しおくれました。妻のせつでございます。夫が度々お世話いただきありがとうございます」

「なに、困ったときはお互いでござる。で療治は願えるのであろうか」

「はい、安濃津藩のために喜んでご療治いたします。近藤さま、今宵からの宿を決めに上野辺りにまいりたいのですが」

「宿か。しばらく待ってくだされ。二人別れての相部屋となるやもしれぬが、確かめてまいるゆえ待ってもらいたい」

「はい…」

「和一先生、ここに泊めていただいてよいのでしょうか」

「もしそうなれば、療治代に換えて泊めていただくことにしようよ」

「そうですね」

「おまたせ申した。下働きの男部屋、女部屋に空きがあるそうなのだ。昼間は書院にて療治をしていただき、食事は皆と一緒にとってもらいたいそうだ。療治代金は、藩のほうでまとめて支払うということで如何であろうか」

「えっ、泊めていただいて療治代をお受けとりするわけにはまいりません」

「なに、御家老のお指図であるからご安心くだされ。拙者は勘定方におるので話しが早いのだよ」

「ありがとうございます。近藤さま、さっそくご案内ください。すぐに始めたいと思います」

「さすが杉山どのだ。案内いたそう」

通されたのは、台所に近いが意外と静かな書院であった。わずかに香木の香りが残っていた。

「この部屋にて願い申そう。何か用意するものがござるかな」

「このような立派な御部屋をご用意いただいて勿体のうございます。おそれ入りますが、熱い湯と手ぬぐいをお願いいたします」

「あいやわかり申した。すぐに用意いたさせよう。拙者は患者を集めてまいろう。あとはよろしく頼みますぞ」

「こちらこそ、お世話いただきありがとうございます」

程なくして年配の藩士が二人入ってきた。せつに名前と病症名などを書き取ってもらった。藩士の方々は、この一年というもの、ほぼ不眠不休で勤めているのだそうで、先ず気疲れがたまり、やがては五臓六腑が、つぎに筋や骨までもが冒されることもあるのだ。

この日は次々と患者がつめかけた。和一にとって久しぶりの療治であったので、少々くたびれたもののやり甲斐があった。下働きの者と一緒に食べる夕餉は賑やかで楽しかった。

「杉山どの、くたびれたことであろう。明朝は上野辺りでも散策され、ゆっくりしていただき、午後一番に御家老の藤堂高義さまが療治願いたいとのことなのだが」

「御承知いたしましたと、どうぞお伝えください」

「では、明日も頼みますぞ」

「はい、お任せください」

和一は、江戸の人々が一日も早く元の暮らしに戻れるよう願いながら床に就いた。

次の朝、せつと共に上野・寛永寺辺を歩いた。

「昨日はくたびれたろう。よく眠れたかい」

「ええ、眠れましたよ。和一先生こそお疲れさまでした」

「私は、せつがそばにいてくれるから、安心して療治ができるのだよ」

「和一先生は、お口がお上手になられましたこと。ほほほっ」

青葉のすきまを潜りぬける風と共に、小鳥のさえずりが二人の心を爽やかにしてくれ癒してくれるのであった。

「御家老さま、杉山和一でございます。この度は、江戸大火によりますご災難、心よりお見舞申しあげます」

「杉山和一と申したな。心配り嬉しいぞ。江戸はこの度の大火を教訓に、火災に耐えうる町にせねばならぬので色々と大層なのだよ。それはそうと、そなたの京での評判は、この江戸にまで届いておるぞ。聞けば町の復旧・復興の役に立ちたいとか、その心がけ気に入った。藩士の志気もあがろうというものだ。どうかよろしく願いたい」

「御家老さま、私もやりがいがございます。さっそくご療治いたしましょう」

「では頼むとするかな。実はよく眠れぬのだよ」

「無理もございません。一度に多事をご差配なされるのですから、首筋や肩、背に気血が滞って凝りになってゆくのです。揉みほぐしたあとで鍼治をいたしましょう」

「よしなに頼むぞ」

声で想像したとおり、藤堂高義は筋肉が盛りあがるくらい堂々とした体格である。片半身を揉みほぐしたところで眠気がさしたようだ。

「心持ちがようて、このまま寝そうだ。終われば必ず起こしてくれよ」

「ご承知いたしました」

半刻余りで療治は済んだ。

「御家老さま、ご療治終えましてございます。よく眠っておられましたが、起こさせていただきました」

「おお、体が軽うなった。爽快じゃぞ和一。これはよいな」

「御家老さま、近々もう一度ご療治なされますと、更に爽快におなりでございます」

「それはよいことを聴いたな。おりを見て願うといたそう。世話になったな」

「恐れ入ります。どうぞお大事になされませ」

このあと、夕刻まで療治は続いた。和一の鍼治への勘が戻ってきた。夕餉の後も療治が続けられた。その日の最後には、下働きの者も患者となった。

一〇日目の朝、和一とせつは麹町を訪ねた。日毎に家の数が増えているようである。

「和一さん早いね。毎日どうしてるんだい」

「棟梁おはようございます。安濃津藩・中屋敷に世話になっています。藩士の方々などの療治で忙しくしております」

「そいつはよかったね。で、かみさんは」

「私は、先生のお手伝いをしております。患者さまの病症などを書き取り、鍼を煮沸したりと忙しいのですよ」

「夫婦で仕事ができるなんざ先生は幸せだね」

「おかげではかどっています」

「あれっ、こいつぁ一本取られっちまったな」

「棟梁、お頼みした家は進んでいるのでしょうか」

「任せときな。もう一〇日もすりゃ出来上がるぜ」

「ぜひ場所だけでも案内してはいただけませんか」

「ああいいとも、案内しようぜ」

場所は、甲州街道を南に一筋入った角であった。あちこちで棟が上がり屋根を葺いていた。大火後の麹町では板葺きは禁じられ瓦葺とされたのである。

「たぶん、お二人さんの望みどおりに出来上がろうぜ。さあ、ここだよ」

そこは、屋根と枠組みがすでにできていた。

「先生、二階家のりっぱなのができそうですよ」

「棟梁、ありがとうございます。待ち遠しくてなりません」

「そうだろうよ。江戸で自分の治療所を開くんだものな」

「一〇日の間に、中に揃えるものを下見しておきます」

「それがいいぜ。あっという間に一〇日なんざ過ぎちまうさ」

「どうぞよろしく願います。この脚で、山瀬先生に報告してまいります」

「それがいい。先生もご安心されることだろうぜ」

山瀬琢一宅を訪れると、たいそう喜んでくれ近々訪ねるといってくれた。

帰り道、お糸の所と松平屋敷の昇太にも挨拶に立ち寄った。お糸は、すっかり母親が板について、おかねの物言いにどこか似ていた。

昇太は、昔の面影はなく和一より上背があり、立派に屋敷勤めができているようであった。母親は三年前に病で亡くなり、一人になったところへ松平屋敷の友が、勤めの世話をしてくれたのであった。

「昇太、立派になったな。無事で何よりだよ」

「和一先生、休みの日には訪ねてもいいかな」

「何いってるんだよ。目と鼻の先じゃないか、いつでもおいで」

「そうですよ。まっていますからね」

「ありがとう…」

「勤めのじゃまをしてはならないので、今日はこれで帰るからね。まっているよ」

次の日から二人は、朝のうちに上野あたりの道具店で、新居に入用なものを見てまわった。

「和一先生、これは裁縫道具を入れるものなのですが、鍼治の道具箱として使えませんかしら」

「小引出しがいくつもあって便利そうだね」

「こちらの小ぶりのものは手持ちです。往診の際に如何でしょう」

「丁度よい大きさだよ。せつさん文机と本箱も見てください」

「はい、こちらのお揃いのが、和一先生にお似合いですよ」

「えっ、私に似合うのかい?」

「ええそうですよ。お顔の色に合わせて、少々明るい色のものがよいと思います」

「へえっ、そのような見立てがあるんだね」

開業と共に、せつとの新たな暮らしのために、あれこれと物を揃えるのは心がはずんだ。

一〇日はまたたく間に過ぎ、二人は心はずませ麹町に急いだ。

「いよっ、お二人さん待ってたよ。ちゃあんと出来上がったぜ、案内するよ」

「棟梁、お世話になりました。胸が高鳴ります」

「そりゃそうよ、真っ新の家だもんな。しかも、望みどおりの間取りにしといたぜ」

「ありがとうございました。大事に使わせていただきます」

「そうだ、おかみさん。初めはしっかり掃除してから住まいしてもらいてえんだ。先生には、柱や板の間の乾拭きを手伝ってもらうといいよ。さあここだ」

「木の香がいいですね。檜や杉や松の香がわかります」

「おかみさん、やっぱり先生はすげえ人だよ」

「私も時々おどろくことがありますわ」

「二人でからかわないでください」

「さあさあ、順に案内するよ」

家は、甲州街道から横町を南に入り、次の南西角、南向き間口三間の一戸建である。土間に入ると六畳の待合部屋、その奥に八畳の療治部屋が二間、更にその奥に六畳の居間。西側には二階への階段があり、その脇を通りぬけて奥へは幅一間の土間が続き台所となっている。なんと奥突き当りには風呂と厠《かわや》まで用意されていたので、せつは感激した。

「和一先生、棟梁さんは厠まで作ってくださったのですよ」

「棟梁、盲目の私には大助かりです。ありがとうございます」

「なあに、先生に喜んでもらえやいいんだよ」

二階は、六畳と八畳が二間、その奥が仏間。西側廊下の奥が物干し台である。

「棟梁さん、このように立派なお家を建てていただきありがとうございました」

「なあに他ならぬ先生の仕事場だからね。ちっとは気張ったかもしんねえな」

「棟梁、気遣っていただき何と礼を申してよいかわかりません。皆さんのために励むことでお返しさせていただきます」

「そうよ、それでなくっちゃ先生らしくないぜ」

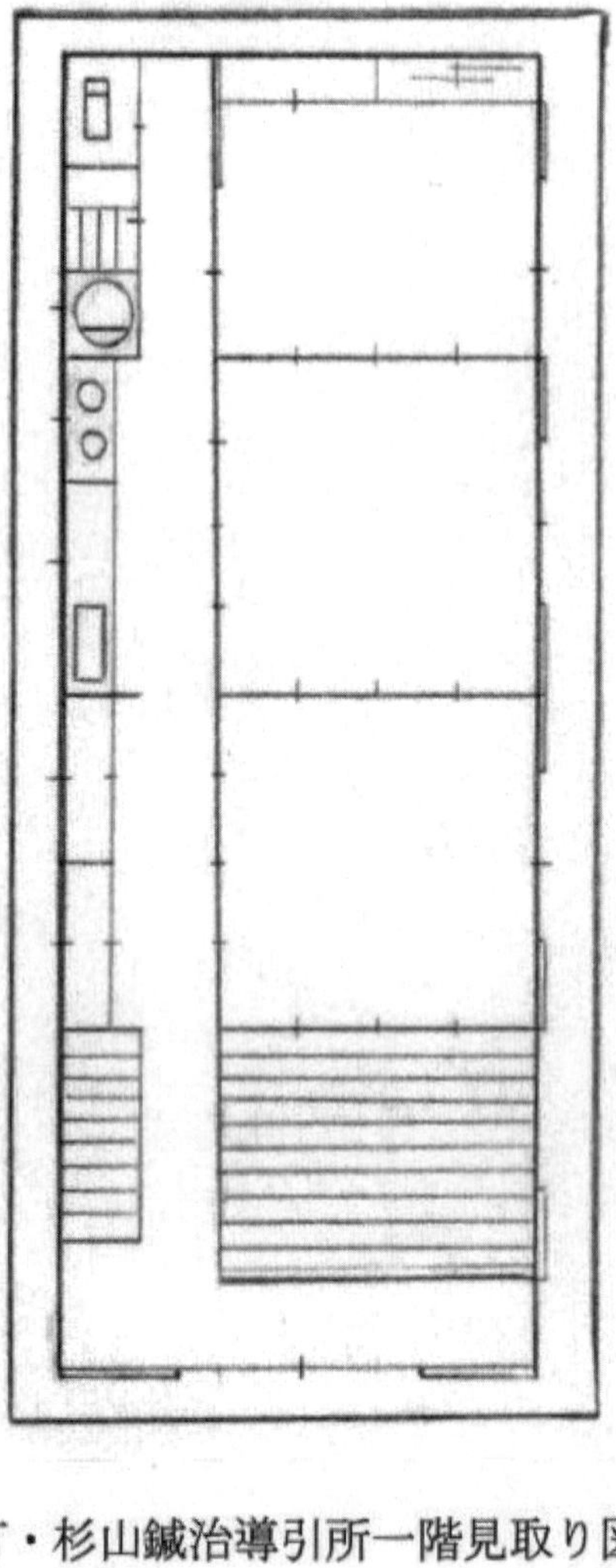

麹町・杉山鍼治導引所一階見取り図

「棟梁、名主さんと地主さんにご挨拶したいのですが、案内願えますか」

「ああ、お安いご用だぜ。今から出かけよう」

「はい、お願い申します」

名主は、以前に療治した矢部与兵ヱの孫で、代々与兵ヱを名乗っていた。地主は、麹町三丁目に新たな大店を構えた、材木商の木曾屋半兵衛であった。棟梁の口利きで、木曽屋が和一たちの想いを快く受け入れてくれ、表店を求めることができたのであった。

「杉山先生、この辺りの皆さんが丈夫に暮らせるよう診てあげてください。私も及ばずながら宣伝をさせてもらいますよ」

「木曾屋さんありがとうございます。どうぞよろしく願います」

「家の修理はいつでもいってくださいよ」

「その節はよろしく願います」

和一は嬉しかった。せつとの門出にふさわしい新居である。また、母が金子を貯め置いてくれたおかげでもある。


和一は、安濃津藩の近藤英之進にも開業が近いことをうちあけた。英之進からは、日時を限ってしばらくは療治を続けてほしいといわれ、一〇日毎に安濃津藩に出向くこととなった。

「和一先生、長らく世話になりありがとうござった。藩の者も大層楽になったと申しており、御家老は大層お喜びでござる。後日、開業祝と共に本日までの療治代金を持参いたします」

「近藤さま、お礼を申すのは私のほうでございます。家内共々助けていただきました。江戸の町は、復旧、復興にまだまだ時が要るようです。その手伝いに励んでまいります。開業いたしましても、一から積みあげてゆかねばなりません。この度のことをご縁に、以後もどうぞよろしくお願い申しあげます」

「いやいや、これからも長い付き合いになろう。当方こそ世話になるのだ。よろしく願いたい」

翌日から和一とせつは開業に向けて大忙しとなった。まだ町並みは揃わなかったが、二人で挨拶にまわった。ちらほらと準備する店もあった。商いへの新たな意気込みと、少しばかりの不安が話しの中にあらわれている。だが和一は、江戸が生まれ変わろうとしていることを、庶民の暮らしの中にはっきりと確かめられるのであった。

山瀬琢一が祝にかけつけた。

「和一よ、開業おめでとう。出来上がったではないか。本来ならば、もっと早く開業できたかもしれぬが人はそれぞれだ。和一らしいといえるだろうな。まずはめでたい」

「先生、皆さんお揃いで来てくださりありがとうございます。この家も、とんとん拍子に決まりました。以前の先生のお宅に間取りが似ています。あれもこれも大勢の方々のおかげです」

「それは、いつもいってるだろう。和一の日頃のおこないの結果なのだよ。感謝して喜びなさい。それが皆さんへの恩返しになるのではないのかい」

「ありがとうございます。早く鍼治を始めとうございます」

「その心持ちはよくわかる。私の場合もそのようだったことを覚えているからね。心に余裕がなくてはいけないよ」

「駄目ですね私は、直ぐに調子に乗ってしまいますから」

「それが良いときもあり、裏目にでるときもあろう。これまでは師が守ってくれたが今後は、そなたが全てを受けとめねばならぬのだ。それだけに、心のおもむくままという訳にはゆかぬ場合もあるだろう。せつさんは、和一のことをよくわかっているようだから、時には手綱を引かねばならぬ時もあるだろうね」

「はい、気をつけます」

「かといって感情をころしてしまっては和一らしくない。器がどんどん小さくなって和一という人間まで小さくなるからね」

「先生ありがとうございます。私も、主人が伸びのびと鍼治ができますよう、助手として努めてまいります」

「せつさん、和一には大きな望みがあることは知っておるだろうが、盲目の弟子を育てるというのは、学問や技術を教えるだけではないのだ。常々の暮らし全般の面倒も見ることなのだ。そうなると、せつさんは母親としての役目もせねばならぬのだよ。常に和一と心を通わせ、互いを信頼していればこそできることだと思うのだ」

「はい、私は主人を信頼して、どこまでも一緒に歩んでまいります」

「うん、それでこそ和一のかみさんだ。和一を頼むよ」

「はい、主人の今があるのは、先生とのお出会いがあったればこそだとぞんじます。今の私があるのも、江島にて主人に出会えたからこそなのでございます。私は幸せ者でございます」

「和一も幸せ者だな」

「はい、幸せに感謝しております」

「お華、このようなご夫婦をお手本にするのですよ」

「はい、お母さま華も幸せを見つけます」

「さあ、和一たちも忙しいのだ。このへんで退散しようか」

「そういたしましょう。お二人ともお幸せにね」

「ありがとうございました。度々うかがって、先生のお話を聴かせていただきたいのですが」

「こちらが望むところだよ」

「ありがとうございました」

慌しい一日であった。明日の開業に備えて用具の確認をすませると、せつは台所の片づけをまだ続けていた。

「せつさん、今夜はそれくらいにしてゆっくりしょうか」

「はい、これでお終いです。和一先生、戸締まりをお願いします」

「窓が多いからね。よし、今夜から私の用にしよう」

和一は、表戸から順に奥へ閂《かんぬき》を掛けていった。そして二階へ上がりかけた。

「あっ、明かり…、申し訳ありません。わたしとしたことが…」

「なあに平気だよ。こういうときは盲目のほうが楽だね」

「わたくしも、以前には目を閉じて歩んでみたこともあるのですが、とても怖くて脚が止まってしまいました」

「無理もないことだよ。見えなければ、それなりに覚悟をきめて行動するのだよ」

「そうだったのですね。では、わたくしを二階へお連れくださいませ」

「いいとも。さあおいで、ただし目を閉じるのだよ」

「どうすればよいのでしょう」

「左手は私が握ってあげるから、右手は手すりを軽く触ってごらん。足もとは、上がり口を確かめて一歩ずつ数えながら上ってごらん。この家は一五段だよ。慣れると片手に物を持ちながら上り下りができるのだよ」

「思ったほどむずかしくはないのですね。お部屋のまん中はどうするのですか」

「畳の縁と歩数でわかるのだよ」

「慣れるまではたいへんですね」

「そうだね。一度確かめれば、次からは予測しているので早く確かめられるのだよ」

「よくわかりました。和一先生を見なおしましたわ」

和一は、この夜からやっと我が家にて、ゆっくり眠りにつくことができるのである。それは、せつにとっても長年求め続けた和一との暮らしが、今ここに実現できたのであった。


万治元(一六五八)年五月二七日、いよいよ開業の朝を迎えた。表には、材木商の木曽屋半兵衛が祝いに贈ってくれた、『杉山流鍼治導引所《しんじどういんしょ》』と墨痕鮮やかに檜の看板が掛けられ、小鳥のさえずりが日和を教えてくれた。

せつは早くから朝餉を用意した。患者が大勢くる予感がするので、赤飯と具の多い味噌汁にした。

「和一先生、表にもう人の声が聞こえます。済ませてしまいましょう」

「うん、昼餉はこの赤飯をにぎり飯にしてもらいたいな。そのほうが食べやすいからね」

「はい、たくさん作っておきますね」

麹町・杉山流鍼治導引所

和一が表戸を開けると、患者が並んでまっていてくれたので、二人で表に出てあいさつした。

「皆さまお早うございます。鍼医の杉山和一と申します。今日からここで鍼治と導引の治療所を開業いたしました。家内のせつ共々これからよろしく願います」

「どうかよろしくお願い申し上げます」

「先生、今日をまったぜ。よろしく頼むよ」

「先生、あたしゃずっと前から待ってたんだよ」

「えっ、ということは山瀬先生の治療所で」

「そうだよ。歳をとったんでわかんないだ

ろうけど」

「あっ、亀の湯のおまつさん」

「そうだよ、ずいぶん老いぼれちまってさ」

「ご無事だったのですね。丈夫そうなお声ですよ。さあさあ皆さん入ってください」

「わたくしが、お名前と症状を書きとめさせていただきます」

昼を過ぎたころ、安濃津藩よりの使いが、開業祝いとして米一俵と、、先日来の療治代金として五両もの大金を届けてくれた。和一はありがたく頂戴することにした。

こうして、和一の開業は上々の船出をしたのであった。


この年は、もう一つ嬉しいことがあった。師の山瀬琢一が検校に昇進したのである。琢一すでに六一歳を迎えた夏であった。歴史的な経緯として、音曲関係者が三十代で検校に昇進することが多かったのはいうまでもない。

「先生おめでとうございます。検校におなりになれば、盲目の鍼医が増えるでしょうね。先生のことを国中に伝える何かよい策はないでしょうか」

「おいおい、急いては困る。そなた同様、私にも覚悟がいるのだよ」

「先生。これは、私達盲目の者にとって、きっとよい兆しだと思うのです」

「和一のいうとおりだとして、鍼治を生業とする者があとに続くためには、しっかりした計画を立てねばならぬな」

「そうですね。私には、先生が道を切り開いてくださるので、安心して後を歩めるのです」

「互いに鍼治のために励もうではないか」

「はい、そういたします」

二人にとって、明るい未来を予感させるのであった。

その喜びも束の間であった。北風が身にしみるようになったころ、江戸はまたもや大火に襲われ、あろうことか安濃津藩・中屋敷が消失してしまったのである。せめてもの救いは、駒込・染井に六万八千坪の所領地を用意していたため、今後の藩政にとっては一応安心であったが、当面は仮住まいとなり、近藤英之進にとっても気苦労が絶えない日々が続くことであろうと察するのであった。

安濃津藩は、その地に一万両を投じて下屋敷と抱屋敷《かかえやしき》を設け、一時期は藩主以下二千人もの藩士が住まいした。

このような慌ただしい年もあらたまり、杉山流鍼治導引所は、またたく間に患者が押しかけ繁盛していった。和一が想像したとおり、遠方より盲目の若者が弟子入りを望んでやってきた。かねてより思い描いてきた私塾での教育は、初めの三ヶ年で導引を、次の三ヶ年で鍼治を教えた。自分はわかっていても、弟子たちは一歩ずつ確かめては進むことの繰りかえしであった。山瀬琢一や入江豊明が自分を鍼医にするために教えてくれた数々がありがたく思い出されるのであった。

その後の杉山和一の足跡は順調すぎるほどであり、文献にも詳しく残されている。

寛文一〇（一六七〇）年、晴れて検校に昇進した和一は、せつと共に京に向かった。師の山瀬琢一と同じく六一歳の夏であった。一三年ぶりの京は、以前とさほど変わってはいないように思われた。入江豊明、御園意斎を始め、呉服商の菱屋など、かつて世話になった人たちの元へ挨拶して廻った。さらに、名を改めた八橋城談《やつはしじょうだん》検校のもとへも報告をかねて訪ね、互いを励ましあった。せつと二人、京の街を思い出しながら歩いた。和一は、祭囃子《まつりばやし》の音に懐かしいものが込みあげてきた。おりしも京は祇園祭の最中であった。

天和二（一六八二）年、七三歳の時、私塾を改め幕府公認の『鍼治導引学問所《しんじどういん》』とした。盲目の弟子たちの教育には、後に『杉山三部書』とよばれる三冊の教科書を用いた。文字の読めない者にとって、全てが暗唱であり暗記である。六年間の修業課程の後に、杉山流の奥義を究めるための修業があり、免許皆伝には一〇年以上を要した。晴れて免許皆伝となり、大名家お抱えの鍼医となった者も多数生まれた。

貞享三（一六八六）年、七七歳の時、江島・下之坊領地に、恭順院より多大な援助を受けたことに感謝して護摩堂を寄進。同所に綱吉公の厄除けを祈願して三重塔を寄進する。

また、江島・弁財天には特別の思い入れがあり、藤沢宿より江ノ島間に道標を寄進し、盲目の者たちの参詣の助けとした。

元禄四(一六九一)年、最愛の妻せつとの死別は突然やって来た。六〇年以上にわたって、妙春を想い続けてきた和一にとって、空しく時の過ぎるのを耐えねばならなかった。和一を想い続け、ただ一心に添い遂げてくれた。妙春八三歳の生涯であった。

命あるものいずれは天に召されるとはいえ、余りにも悲しい別れは断腸の想いであり、和一は命の糸があるものならば必死に手繰《たぐ》り寄せたことであろう。

思えば二〇歳の時、江島に於いて言葉を交わしたおり、和一の中には妙春の存在はすでに芽生えていたのである。以来、つねに和一の心を暖め支え続けてくれた妙春であった。人との出会いは、これほどまでに強い絆となって二人を幸せにしてくれたのであった。

時を要したものの、和一は悲しみから立直ることができた。和一の夢は妙春の夢でもあり、夢を叶えることは妙春のためでもあると知ったのである。

元禄五(一六九二)年、八三歳の時、綱吉公の命により、和一は二七番目の検校から、いっきに『関東惣禄《そうろく》検校』に任ぜられた。

当道座は、筆頭の総検校から十老まで、一〇人の検校によって運営されていたが、京では主に音曲師たちのための職屋敷であったため、幕府は関八州の盲目の者たちが、身の危険を覚悟で、大金を持参して京に出向かなくともすむよう、改めて江戸に『惣禄屋敷』を置いたのである。また和一は、内部が乱れきっていた当道座の、大々的な組織改革に当たり、新式目を制定した。しかしそれは、幕府の封建制度をより明確にする内容でもあった。

このように、杉山和一は最晩年にあっても精力的に活躍し続けた。弟子の教育に当たる一方で、自分たちの組織を立て直し、尚且つ鍼治を極める努力を惜しまなかったのである。

一つ目

元禄六（一六九三）年五月一六日、まもなく梅雨が明けるかのような青空がまぶしい朝、細工を施した駕籠《かご》が江戸城大手門を静かに入っていった。

駕籠は、側用人・柳沢吉保の先導で、そのまま本丸中奥の長い廊下をゆっくりとすすんだ。あとには若侍が、永年にわたって使いこまれたと思われる桐の道具箱を、大事そうにかかえて従った。

駕籠は、五代将軍・徳川綱吉公の御休息の間の前でぴたりと止まった。

引戸が静かに開けられ現れたのは、老いてもなお堂々とした風貌を持つ僧体姿の盲目の鍼医であった。彼の名は、旗本一〇万石の位を持つ杉山和一惣検校である。

綱吉公の心やさしい計らいで、老体の惣検校には登城もつらかろうと、格別に駕籠に揺られての大奥への出入りが許されたのであった。

「上様、惣検校さまをお連れ申しあげました」

柳沢吉保に手をひかれ、惣検校は御休息の間に進み、畳に両の手をついて深々と一礼した。

「上様、ご機嫌はいかがでございましょうか」

「おゝ、鷹匠町《たかしょうちょう》の爺まっておったぞ、さぁさぁこれへ」

「では、いつものようにお脈から拝見といたしましょう…」

通常、将軍の体に直接ふれての治療は、ほとんどなかった時代である。いかに将軍家から信頼され寵遇《ちょうぐう》されていたかの証である。

「上様、まもなく梅雨も明けましょう。暑さが一段ときびしくなってまいります。生ものにはご用心いただき、食あたりなどなさらぬよう御案じ申しあげます」

「爺、いつもの心くばり嬉しいぞ。では聞くが予は桃が好きだが、生ものであっても桃はよいのか」

「上様、桃は水菓子と申します。汗をおかきになって不足したお体の水気を補ってくれます。同時に桃は、上様の肺の臓のはたらきも補ってくれます。どうぞお召しあがりください」

「おゝ、それは至極じゃ。爺の療治をうけるとな、予の体はいつも温こうなってな、空《くう》に浮くような心地じゃ。気分がよいぞ」

「それはようございました。いつものように肺と脾《ひ》の気《き》がさかんになるよう、ご療治させていただきます」


盲目の鍼医・杉山検校は、貞享二年(一六八五年)正月、綱吉公の生母である桂昌院のたっての願いにより召され、江戸城本丸黒書院にて年始のあいさつに登城し、八日後再び召され綱吉公に仕えるよう申しわたされ、専属の鍼医となったのである。

幸いにも綱吉公の気鬱《きうつ》の病は、総検校の鍼治により平癒いたらしめることとなった。以来、度々呼びよせては鍼の療治をうけながら、老検校の世間話を聞くことを、このうえない楽しみとしていた。

「ところで爺、本日は格別そちに、何か褒美《ほうび》をとらせようと思う。何なりと申してみよ」

「上様、もったいないことでございます。爺もこのように老いてしまいました。八十四歳にもあいなりますと、もう欲しいものなぞございませぬ。ここに至るまでには、大勢の方々から数々のお助けを賜ってまいりました」

「そう申すな。予は嬉しいのだ、何か考えてみぬか」

「もったいないことでございますが…。そうでございますすなあ…。では、あえてお許しいただけますならば、この世のなごりに、今日まで御寵遇たまわりました上様のご尊顔を拝したく存じます。つまりは、今一度、よくよく見える目が一つ欲しゅうございます…と申しあげさせていただきます」

老検校は、とっさの思いつきで洒落をいったつもりであった。

「おゝ目が一つとな。ふぅむ、目をのう…」

綱吉公は腕を組んで天井を見上げてしまった。

「そうであったな。爺は幼子の頃は、ようよう見えておったのであったな。今さらその頃に後戻りもできようはずはないが、口惜しいことよのう。それにしても、よくぞここまで精進した。予は感服するぞ。予の病が癒えたのも爺のおかげだ。あらためて礼を申す」

「上様、もったいのうございます。ただいまの上様のお言葉で、爺はこのうえなき幸せ者でございます。さきほどの一つ目のこと、どうぞお忘れくださいませ」

「…何っ、爺いまなんと申した。『一つ目』と申したな。吉保、本所一つ目の屋敷はどうなっておる」

「上様、一つ目の屋敷は、ただいま主が定まってはおりませぬ」

「おゝそうであったか。爺よろこんでくれ間に合うたぞ。真《まこと》の目は叶わぬが、目は目でも本所・一つ目の屋敷を爺に取らせようぞ。思うがまま使うがよい。爺の願いを、ちっとは叶える手伝いができて予も嬉しいぞ。めでたい！」

「上様、何ともったいないことでございます。このような老いぼれに、お気づかい賜り御礼の言葉もございませぬ、ありがたき幸せにござります。かくなるうえはこの命が続く限り、もう一働きさせていただきまする」

老検校は、綱吉公に心から感謝し深く頭を下げた。その心の内には、既に次なる企てが思い浮かんだのであった。

約ひと月後の六月一〇日、綱吉公は居並ぶ家臣の目前で、高さ約五寸（約一五センチ）のひかり輝く黄金の弁財天像と共に、本所一つ目の一八九〇坪の屋敷を、盲目の杉山和一惣検校に与えたのである。

杉山和一は、賜った屋敷内に弁財天を奉る社を建てると共に、神田・鷹匠町にあった、盲目の鍼・按摩師を育てるための鍼治導引学問所をここに移し、また当道座の役所である関東惣禄屋敷としても当てたのであった。

このようにして杉山和一は、当道座の改革をもあわせて、当時とくに困難であった盲目の者の職業的自立、社会的自立に関して、後に続く者のためにと、己の持てる力のすべてを出し尽くしたのであった。弟子の中からは三島安一《やすいち》が関東惣検校となり、和一の遺志を引き継いだ。更にその後、杉枝検校、島浦惣検校らが続いたのである。

杉山和一は元禄七（一六九四）年五月一八日病の床に臥し、六月二六日ついに天界に旅立った。天寿を全うした享年八五歳の生涯であった。遺言により命日は、病に臥した五月一八日とされている。

江島・弁財天近く、緑深い木々に囲まれた墓地に、杉山和一惣検校は静かに眠っておられる。その傍《かたわ》らには、妙春も和一に寄りそうように、ひっそりと眠っているのである。

―完―

あとがき

今から約四〇〇年前の江戸時代、伊勢・安濃津（現・津市）に生まれた盲目の鍼医・杉山和一検校は、晩年になって世界的にも重要な偉業を成し遂げたのです。

そのひとつは、現在世界の九〇パーセント以上の鍼師が実践しているといわれる、『管鍼法《かんしんほう》』を完成させたことであり。

いまひとつは、わが国の視覚障がい者のために、フランスの盲学校に先駆けること一〇〇年も早く、世界で最初の鍼・灸・按摩の『職業訓練所』を、幕府公認のもとに開設したことなのです。

三〇〇年以上も前の杉山和一検校の偉業が、現在の日本における視覚障がい者の主たる職業として、『鍼・灸・按摩』が、治療あるいは健康管理のかたちで、広く社会に受けいれられ存続してきたのです。このことは、何をおいても杉山和一検校のお陰であり、視覚障がい者にとって決して忘れてはならないことなのです。

しかし、江戸時代の封建制度の中にあって、このような偉業が果たして一人の視覚障がい者の手によって実現出来ることなのでしょうか。

それは神業のなせるところなのか。それとも、杉山和一検校の綿密なる計画によるところなのでしょうか。近年の研究により、杉山和一検校没後三〇年を経て完成した『杉山真伝流』には、永年にわたる検校の鍼治療の集大成が収められていることがわかってきました。

私は二〇年ばかり前、ある講習会において『管鍼法のなぞ』といった内容のレポートを書いたことがありまた。しかしそれは、刺鍼の際に痛みなく切皮する方法について追求するものではありましたが、管鍼法の成立を追求するまでには至らなかったのです。

それ以来、杉山和一検校の、二十歳頃から五十歳頃までの約三十年間は、殆ど文献として残されておらず、いかにして管鍼法を完成させていったのか。常に私についてまわる謎であり興味の対象であったのです。

二〇一〇年は、杉山和一検校の生誕四〇〇年に当たり、全国的にも記念の行事が各地で執り行われました。そのように検校の偉業がたたえられる中で、一説には若き日の杉山和一は愚鈍で不器用であったため、江戸の山瀬琢一から破門され、失意の内にすがった江島・弁財天の夢のお告げの中で、鍼管のヒントとなる管を授かったともいわれています。しかし私は、それらの説には納得できませんでした。それゆえ、世界的な偉業である管鍼法にまつわる永年の謎を解きたく江戸時代にタイムスリップして、恐れ多くも杉山和一検校の生き様と、管鍼法の完成に至る謎について迫ってみることにしました。

したがって、本文中の管鍼法完成に至る過程は、あくまでも私の想像であり、関係する皆様方のご批判を仰がねばなりません。

さて、私たちは現在に生きて、杉山和一検校から何を学ぶべきなのだろうかと考えたとき、いつの時代であっても、世の中をリードしてゆく指導者は現れるものであり、その人物が、どのような境遇であろうと、自己の持てる力を全て発揮するからこそ、世の中が動くのであろうと考えます。これは、世界中の歴史の中でくり返されてきたことです。

ただし、歴史的に重要な出来事を、後世の者がどれほど知っているのか、また、どれほど評価しているのかによって、先人の業績は活かされます。

杉山和一検校が残した管鍼法の技と理論、盲目の職業教育は、現在も我が国の視覚障がい者教育に受け継がれています。その事があって、我が国における視覚障がい者の鍼・灸・按摩に携わる就業者は、世界を見渡しても類のない数を誇っているのです。

ところが近年、鍼・灸・按摩を職業とする晴眼者の数が、凄まじい勢いで増加し続けています。これは取りも直さず、この職業が広く世間の人々の治療や健康を管理する重要な役割を持つものであり、また、求められている結果なのですが、残念なことに社会的弱者といわれる視覚障がい者が、職業を失うという死活問題として、新たな社会的問題を生むことになったのです。

果たして、このまま視覚障がい者の鍼・灸・按摩を職業とする就業者数は減り続け、やがては誰一人としていなくなる日が来るのでしょうか。

杉山和一検校が、何故職業問題に取り組んだのか。

それは生きていくためにです。弱者が世間で生きていくためにです。では今、視覚障がい者自身にできることとは、どのようなことなのでしょうか。

先ずは、現状を知ることから始めなければならないと思われます。

広く世間に認められた職業ほど競争相手が多いのは当然であり、ここに至ったのは、多くの晴眼者による数多くの研究と努力があったことも認めなければなりません。

視覚障がい者が鍼・灸・按摩という職業を、今後も永久に続けてゆくとするなら、それは、視覚に代わる触覚、つまり『指先の眼』を信じることではないでしょうか。

鍼、灸、按摩による治療は、患者の体に触れて診察し施術するからこそ、視覚に頼らずとも、数百年間もの長きにわたって続けてこられた職業ではないでしょうか。

だからこそ今、視覚障がい者の教育現場において、技術教育の重要性がより強く求められているのはそのためなのです。

障がいを克服し、世間の一人として己の働き場を探し求めて、力強く生き抜く智恵を得るためには、確かな技術を身につけることではないでしょうか。

それが、杉山和一検校の偉業に報いることであると思います。

最後に、いにしえの道歌《どうか》を再び紹介します。

『鍼刺すに　心で刺すな　手で引くな　引くも引かぬも　指に任せよ　』

この歌こそが、視覚障がい者が鍼師を志すときの心構えではないかと思います。

この度、本書を書くに当たり多くの方々に、ご助言とご指導を賜りました。また、桜雲会の甲賀様をはじめ、杉山検校遺徳顕彰会の皆さま、みつわ印刷の岸さまには、本書を発行するにあたり多大なご支援と御協力を賜りましたことに、心より感謝申しますと共に、厚く御礼申し上げます。

また特に、長年に渡り杉山和一検校のご研究に携わって来られた、今は亡き長尾栄一先生の、ご冥福をお祈り致しますとともに、本書を謹んで捧げます。

さらに本書が、これから鍼・灸・按摩を自分の職業として行こうとされる皆さんに、とりわけ視覚障がいを持つ方々には、特に読んでいただければ幸いです。

平成二四（二〇一二）年　晩秋

杉山和一検校関係年譜

年号	西暦	年齢	和一と関係者の出来事
慶長八	一六〇三		徳川家康、江戸に幕府を開く
慶長一五	一六一〇	一歳	杉山和一、伊勢・安濃津（元・津市）藩、藤堂高虎の家臣・杉山重政の長男として生まれる
慶長一九	一六一四	五歳	近代箏曲の開祖・八橋検校生まれる
元和二	一六一六	七歳	和一、麻疹に罹患し失明したとされる
元和五	一六一九	一〇歳	和一、当道座に入門し、平曲一方流妙観派を学ぶ
寛永三	一六二六	一七歳	和一、江戸の山瀬琢一に師事し鍼按摩を学ぶ
寛永六	一六二九	二〇歳	和一、江島・弁財天の岩屋に籠もり、新たな鍼術を得たと推測される
寛永七	一六三〇	二一歳	藤堂高虎没す
寛永九	一六三二	二三歳	和一、京に上り入江豊明に師事し、鍼治を学ぶ
寛永一六	一六三九	三〇歳	和一、肺結核に罹患したと推測される　八橋城談、

			検校となる
正保三	一六四六	三七歳	徳川家光の側室・お玉の方より、綱吉生まれる
慶安四	一六五一	四二歳	父重政没す
明暦三	一六五七	四八歳	明暦の大火により、江戸の町大半を消失
万治元	一六五八	四九歳	和一、江戸に戻り妙春と杉山流鍼治導引所を開業したと推測される　山瀬琢一、検校となる
寛文一〇	一六七〇	六一歳	和一、検校となる
寛文一一	一六七一	六二歳	八橋検校、当道座の執行部に入る
延宝四	一六七四	六七歳	和一、藤堂高久を治療す
延宝八	一六八〇	七一歳	和一、徳川家綱を治療するも効無く、家綱没す　綱吉五代将軍となる
天和二	一六八二	七三歳	和一、鍼治導引学問所を開き、和一著「杉山流三部書」を教科書とする
貞享二	一六八五	七六歳	和一、綱吉を治療し専属の鍼医となる　道三河岸に屋敷を賜る　八橋検校没す
貞享三	一六八六	七七歳	和一、江島・下ノ坊に護摩堂を寄進、同所に綱吉の厄

			除けを祈願して三重塔を寄進、さらに藤沢と江島間に道標を寄進する
元禄二	一六八九	八〇歳	神田鷹匠町に屋敷を賜り、三〇〇俵取りとなる
元禄四	一六九一	八二歳	和一、高齢のため綱吉の治療は、輿に乗って大奥に向かうことを許される　妻のせつ八三歳で没す
元禄五	一六九二	八三歳	和一、綱吉の命により関東惣禄検校となり、当道座の改革を行う
元禄六	一六九三	八四歳	和一、本所一つ目に、一八九〇坪の屋敷と黄金の弁財天像を賜る
元禄七	一六九四	八五歳	和一没す　江島・下ノ坊近くに葬られる　弟子の三島安一、関東惣禄検校となる
聖徳三	一七一三		没後二〇年後、和一著「杉山真伝流」完成

参考文献

（視覚障害者　歴史と暮らし）
「盲人の歴史」谷合《たにあい》　侑《すすむ》　明石書店
「盲人史　鍼・按摩史　Q&A」香取俊光《かとりとしみつ》　ウェブサイト
「杉山和一と大久保適斎《てきさい》」木下晴都《はると》・代田文誌《しろたぶんし》　医道の日本社
「杉山和一生誕四〇〇年記念誌」杉山検校遺徳顕彰会
「史実としての杉山和一」長尾栄一　桜雲会《おううんかい》点字出版部
「鍼灸按摩史論考」　長尾栄一教授退官記念論文集刊行会
「皆伝《かいでん》・入江流鍼術」大浦慈観《じかん》・永野　仁《ひとし》　六然社《ろくねんしゃ》
「杉山流三部書」杉山和一　医道の日本社
「杉山真伝流《しんでんりゅう》臨床指南」大浦慈観　六然社
「はり　きゅう基礎技術学」有馬義貴《よしたか》　南江堂《なんこうどう》
「御園意斎《みそのいさい》」ウェブサイト

「まんが　黄帝内経《こうていだいきょう》」張　恵悌《けいてい》　アプライ
「まんが　住友四百年　源泉《げんせん》」西ゆうじ・長尾明寿《あきひさ》　住友グループ広報委員会
「絵で読む　江戸の病と養生」酒井シヅ　講談社
「琵琶法師」兵藤裕己《ひろみ》　岩波書店
「八橋検校十三の謎」釣谷《つりや》真弓　アルテスパブリッシング
「八橋検校」ウェブサイト

（江戸　歴史と暮らし）
「首都江戸の誕生」大石　学《まなぶ》　角川選書
「江戸時代年表」ウェブサイト
「幻の文人町」を歩く　新井巌《いわお》　彩流社
「東京時代ＭＡＰ　大江戸編」新創社編　光村《みつむら》推古書院
「嘉永・慶応　新・江戸切絵図」　人文社
「江戸の大名屋敷」江戸遺跡研究会編　吉川《よしかわ》弘文館
「見取り図で読み解く　江戸の暮らし」中江克己《かつみ》　青春出版社

「徹底図解　江戸時代」新星出版社編集部　新星出版社
「江戸の庶民の朝から晩まで」歴史の謎を探る会編　河出書房新社
「江戸のいろは総集版」清水將大《まさひろ》　コアラブックス
「時代小説職業事典」歴史群像編集部　学研教育出版
「楽しく読める　江戸考証読本」稲垣史生《ふみお》　新人物往来社
「大江戸調査網」栗原智久《ともひさ》　講談社
「明暦の大火少考」ウェブサイト
「東海道五十三次距離表」ウェブサイト
「東海道名所図絵を読む」粕谷宏紀《かすやひろき》　東京堂出版
「東海道中膝栗毛」安岡章太郎　世界文化社

「新修京都得書《そうしょ》　第二巻　京羽二重」野間光辰《みつよし》編　臨川《りんせん》書店
（京都　歴史と暮らし）
「近世京都の都市と社会」杉森哲也　東京大学出版会
「京都の歴史3」仏教大学　京都新聞社

「京都魅惑の町名」高野　澄《きよし》　ＰＨＰ研究所
「京都の江戸時代を歩く」中村武生《たけお》　文理閣
「歴史で読み解く　京都の地理」正井泰夫《まさいやすお》　青春出版社
「京都時代ＭＡＰ　伝統と老舗編」新創社編　光村推古書院

著者略歴

新子《あたらし》　嘉規《よしのり》（本名　義則）
職業　鍼灸師
京都市西京区桂野里町五〇―四九
一九四七年　奈良　吉野に生まれる
一九六八年　奈良県立奈良盲学校高等部専攻科卒
一九六八年　鍼灸師国家資格取得し　東京麹町　今井義晴氏に師事
一九七一年　京都市西京区にて鍼灸院を開業
現在　社会福祉法人日本盲人会連合監事、公益社団法人京都府視覚障害者協会理事、社会福祉法人京都視覚障害者支援センター理事を務める

鍼医・杉山検校『管鍼法誕生の謎』

平成二十五年五月二十五日　発行

著　者　新子　嘉規

発行所　社会福祉法人桜雲会　点字出版部
郵便番号　一六九・〇〇七五
所在地　東京都新宿区高田馬場四・十一・十四・一〇二
電話番号　〇三・五三三七・七八六六

印刷所　みつわ印刷株式会社
郵便番号　一三五・〇〇三三
所在地　東京都江東区深川二・十三・九
電話番号　〇三・三六三〇・九二一一

定　価　本体一、八〇〇円　＋　税

ISBN978・4・904611・25・8